飞
传

还珠楼主 著

武汉出版社
WUHAN PUBLISHING HOUSE

（鄂）新登字08号
图书在版编目（CIP）数据
岳飞传 / 还珠楼主著. —武汉 : 武汉出版社，
2012.9（2019.6 重印）
ISBN 978-7-5430-7140-7
Ⅰ.①岳… Ⅱ.①还… Ⅲ.①传记文学－中国－当代
Ⅳ. ①I25
中国版本图书馆CIP数据核字（2012）第216421号

岳飞传

著　　者：还珠楼主
本书策划：李异鸣
责任编辑：张葆珺
特约编辑：张　坤　付文生
封面设计：吕彦秋
出　　版：武汉出版社
社　　址：武汉市江岸区兴业路136号　　邮　编：430014
电　　话：(027)85606403　85600625
http://www.whcbs.com　　E-mail:zbs@whcbs.com
印　　刷：北京京丰印刷厂　　经　销：新华书店
开　　本：787mm×1092mm　1/32
印　　张：8　　字　数：187千字
版　　次：2012年12月第1版　2019年6月第2次印刷
定　　价：39.80元

目录

第一回

立雪听书声，只有英雄能耐苦
张弓穿雁羽，要将绝技授传人

这是一个严冬的早晨，接连三天大雪过去，雪住以后，天却更冷起来。西北风又大，田野里二尺光景的积雪已冻成了冰。远近树枝上的凌花，吃狂风一吹，卷起一蓬接一蓬的雪沙，满空飞舞而下，打在地上，沙沙乱响。风中不时发出一种凄厉的哨声，听去刺耳。

大地上一片纯白，银光耀目，通看不到一个脚印，也听不到一点鸡犬的声音。刚出来的太阳，成了一团暗无光华的白影，使这一处农村景物，更显荒寒。村中只有十多户人家，多半都是败屋号风，颓垣不掩，茅檐雪压，冷灶无烟，看去十分残破。

西首一家，同样也是土屋，那积雪下面露出来的茅顶，由于多年的雨淋日晒，大部分已成了灰黑色。但是草铺得相当厚，上面还盖有一层半新的茅草，左右墙脚还支住两根树桩。只管墙上土色新旧不同，好似修补过多次，比其他人家却较干净一些；门外的雪，也似经过多次打扫，只积有薄薄一层。一望而知这是一家勤谨的人家。

跟着便见板门开处，走出一个年约十二三岁的幼童，穿着一身两袖和膝盖都打着补丁的旧棉袄裤，头上一顶旧毡帽，冒着寒风，开门出来。因风力太大，一回手先将门搭绊抓紧，用力往外一拉，听得里面有了落闩的声音，又往里推了推，方始离开。动作灵巧而稳练，人虽小，看去颇有力气，一双黑白分明的眼睛，亮晶晶的显得目光很敏锐。一上路，行动便快了起来，仿佛去心甚急。

雪深天寒，那扑面吹来的西北风，一阵紧似一阵，道路又滑。幼童顶着风，踏着雪，高一脚，低一脚，连蹦带跳朝前急驰。刚出村口，忽然一阵狂风迎面吹来，那随风而来的碎雪，打得满头满脸都是，奇寒刺骨，逼得人连气都透不转。他并没有因此胆怯，只屏着气将身子侧转，稍微停了停，依旧顶风前进，后因风力太大，实在冷得难当，才将两只冻红了的小手连袖口笼在耳朵上，以背挡风，倒退着往前走。风力稍小，再回身向前，顺着地形高低，连滑带蹿，往前跑去。

这是河南相州汤阴县永和乡的一处农村。幼童姓岳名飞，字鹏举，因为从小喜欢读书习武，只是家境寒苦，无力延师。以前全仗母亲姚氏找了几本旧书教读，无钱买纸笔，便在沙上画字教他写。那年春天，帮助父亲岳和做完了田里的事，又去砍柴，回来路过麒麟村，发现村侧柳林后面，开了一所学馆。因听老师书讲得非常好，向人一打听，才知老师周侗是陕西人，年已六十多岁，人很精神，非但书教得好，还会教学生骑马射箭和诸般武艺。

周侗教书的方法也和寻常不同，最重要的是讲解和师徒间的互相问难。特别是对于兵法和行军打仗之学，讲起来有声有色，使人听而忘倦。这时赵佶（宋徽宗）正信任六贼（童贯、蔡京、梁师成、李彦、王黼、朱勔），搜刮全国财富以供他君臣的荒淫享受。闹得田地荒芜，民不聊生，水旱频仍，怨声载道。由于民间所受灾害的严重，必然地招来了外患的侵袭。百姓们在这双重暴力夹攻之下，所受的苦难真是一言难尽！

岳飞恰恰生在这个时代里（岳飞生于宋徽宗崇宁二年二月十五日），从小就听父老乡人们谈起朝廷无道、外患日深和敌人的残暴，家庭又是那么寒苦，不觉激起了爱国爱民的心志和对敌人的仇恨，读书习武的愿望也就日益迫切。无奈这位周老师是当地几家财主费了许多心力聘请而来，学钱还在其次，最主要是老师的脾气很古怪，所收学生均要经过他的选择。如果看不上，不管学生的家长有多大财势，送他多少束脩，说不收就一定不收，托谁也没有用。岳飞刚想附读，便受到旁人的讥嘲，说他不知自量，家况寒苦，出不起学钱。学中多是富家子弟，穿得好，吃得好，来去都有人接送，贫富悬殊，如何能与为伍？附学之念虽被打消，可是在门外偷听了几次讲书之后，越听越爱，老是放它不下，一天不去，寝食不安。

农村中的孩子是要帮助父兄下地的，岳飞又深知家庭困难，平日刻苦耐劳，所做的事甚多，一身不能兼顾。仗着聪明会算计，几次去过，听出周侗讲书是在清早和黄昏前，单日习文，双日习武。柳林以内就是演武场，还可暗中偷看，学些武艺。便把听读和砍柴下田做杂事的时间，仔细盘算。调配了一下，再和岳母说好，按时前往。由当年三月初便成了周家学馆门外的旁听生。

学馆靠近一片柳林，有十多间房、一个大院子，地势很幽静。书房两面皆窗，没有外墙，旁边有一小门，学生都由此出入。窗外花木扶疏，有松有石，掩在一旁，听得十分真切。每到双日的下午，众学生必往柳林习武射箭，岳飞便掩在树后偷看，暗中学练。先见众学生都是按时自习，老师从不在旁传授，心中奇怪。后才听说，周侗传授武艺，都是当日一清早，在书房后面的院子里，轻易不肯出门一步。

师座靠近里窗，平日只闻其声，不能见人。外面窗台又高，不便爬窗窥看。几次留心守候，想看看周侗是个什么样的人，均未如愿。刚起头的十多天，还常受到各家豪奴的呵斥。这日正与对方争论，窗内忽有一少年将两个豪奴喊了进去，以后便未再受闲气。似这样秋去冬来，不觉到了年底，忽然连下了三天大雪。

岳飞先还想前去听读，岳和夫妇因天太冷，想起周家学馆里面炉火熊熊，温暖如春，还有书僮下人到时与学生们送饭添衣，服侍周到，自己的孩子只能在外面凛冽寒风中，冻手冻脚地颤抖着偷听人家读书，连门都不能进。这一门之隔，温暖酷寒，相去天地，稍不留意，这可怜的孩子还要受到人家的呵斥。都是人生父母养的孩子，只为家贫，便隔着这么大的界限！心里一酸，再三以温言抚慰，不让他去，岳飞先还力请，后恐父母伤心，只得罢了。

第三天晚上，他冒着寒风到门外扫雪，见雪不再下，好生高兴，进屋又向父母婉言求说，才得到允许。次日一早，把隔夜的冷麦饼吃了半块，便往周家学馆赶去。只管雪后天寒，那迎面吹来的雪风吹到脸上，和刀刮一样，刺得生疼，雪深路滑，又极难走，并没有挡住他求学的勇气。一路冲风急驰，快要到达，眼前倏地一亮。

原来日边阴云业已全消，万里晴空，只有三两团白云，银絮也似，浮在空中飘动。阳光照在那一白无垠的积雪上面，真和银妆世界一样。刚脱口喊得一声“好”，又是一阵狂风裹着大片雪沙，和暴雨一般劈面打来。当时只觉冷气攻心，周身血脉皆似冻凝，逼得连往后退了两步。忙把身子一折，将背挡风，缓了缓势，再一鼓劲，用手捂着小脸，又往前跑。

路上岳飞想起快下雪的那天，听周老师讲用兵之法，讲的是十倍而围，五倍而攻；必胜始战，战必收其全功；见不能胜则退，退必保其全师。他把《孙子兵法》和他多少年来的苦心研究连起来讲，说得头头是道。后来又讲到以少胜多的战法，还没有讲完，天便黑透。跟着风雪交加，学生们也各放学回家。接连三四天没来，想已早讲过去。兵法中最紧要的一段偏被错过，实在可惜，也不知以后还讲不讲。心正盘算，不觉到了周家门外。

岳飞见学馆门窗紧闭，静悄悄的一点声音也没有。怕人误会，不敢去到窗口窥探，在寒风中立了一会儿。刚觉出里面不像有人，忽然发现由旁边小门起，有一列脚印，像是去往柳林一面；众学生平日来往的两条路并无人迹，越往后越觉冷不可当，又不便叩门打听，实在烦闷无奈，便往柳林走去。

柳林就在周家附近，林外有一小溪，溪水早已冰冻，上面布满了积雪。沿溪都是古柳高槐，本来寒林耸秀，只剩空枝，经过这场大雪，都成了玉树银花，缤纷耀眼，朝阳光中，清丽无伦。岳飞一面赏玩着雪景，信步前行，先以为这时候不会有人在林中练武，不过试看一下。走着走着，忽听铮铮抢地、金铁交鸣之声。忙掩向树后一看，原来林中亩许方圆的空地上，有两人正在比武，内中一个正是周侗之子周义，另一少年貌相英伟，关中口音，不曾见过。二人双枪并举，打了个胜败难分。正看到好处，忽听铮的一声，一条人影业已纵出丈许远近，随听笑说：“到底还是世弟，整天跟着老世叔，长进得多，再打下去，我就不是对手了。”

周义笑说：“杨大哥，没有的话！我这套枪法刚学不久，如何能和你比？难得同学们都回家过年去了，今天我还要随大哥再练一回呢。”跟着一看天色，又道，“原来天已不早，难怪大哥不愿再练了。”二人便收了兵器，互相说笑着往回走。

岳飞见二人又说又笑，十分亲热，方想：“看他们多好，我就没有这样的朋友。”周义同了姓杨的少年已由树旁走过。岳飞心中想事，忘了闪开，正好对面，互看了一眼。后见二人走在路上交头接耳，似在谈论自己。姓杨的忽然停步，把头一偏，看神气想要回身，被周义拉住，又回望了一眼，然后一同走去。想起以前因在学馆门外偷听读书，两次受到恶奴的气，全仗此人出来说话，除此无人过问，心中感激，想和他说话，他又装着没有看见一样，神情甚傲。似这样两次过去，也就不作交谈之想。今天姓杨的偏又被他拦住，明是看人不起。

正在气闷，忽听树枝上微响，一片雪花恰打向头上，冷冰冰的。抬头一看，树上还有一个鸟巢，里面伏着一只乌鸦，看神气已快冻僵。暗忖："你此时正和我一样，可是天气一暖，你便羽毛丰满，海阔天空，任你飞翔了，我呢？"心念才动，跟着又是一阵风来，又撒了一头碎雪，因学生们都已回家过年，听两少年后来口气，饭后不会再来，只得无精打采地往回走。

离家还有半里多地，瞥见山坡上伏着两只山鸡，右边一只长尾巴上还附得有冰雪。知道这时候的山鸡又肥又嫩，这东西最爱惜它的羽毛，尾巴上有雪便飞不快，正好都打回去孝敬父母。便把身边软弓竹箭取出，扣上弦，先朝左边一只射去，正好射中那只头部，只蹦起丈许高下，连翅膀都没张开，便落了下来。右边一只刚刚惊起，岳飞早打好了主意，头一箭刚发，第二箭也相继射出，当时穿胸而过，两只山鸡全被射中。忙赶过去，连鸡带箭全拾起来，往家飞跑。

到家一看，门前大片积雪已被父母扫光，只有两片平整的雪地未动，刚喊得一声，"娘！"岳母已由里面赶出，将鸡接过，笑说："你脸都冻紫了，还不快到炕上去暖和一会儿！你看那两片雪地，想留给你写字，还舍不得扫呢。"

岳飞忙喊："娘！儿子不冷。今天人家放学，书没听成，正好练字。”说罢，就往屋里跑。放下弓箭，把平日画沙的笔取了出来。迎头遇见父亲岳和，递过一杯热水，笑说：“外面太冷，明天再写吧。”岳母接口笑说：“五郎（岳飞乳名）不怕冷，趁这时候有太阳，就让他去写吧。”岳和微笑点头。因那山鸡格外肥大，不舍得就吃，离年又近，想再打两只一起腌了过年。两夫妻同到后面收拾去了。

岳飞拿了木笔画雪练字，连画了两个时辰，见日已偏西，正打算去到后面生火煮饭，忽听有人笑说：“果然难得！”回头一看，身后站着一个年约五旬的老头，穿着一身粗衣布服，上下却极整洁。

岳飞幼承母教，谦和知礼，对于老人素来敬重，忙即站起，刚拱手为礼，笑喊了一声“老大爷”，忽听门内喊了一声“四哥”。岳和已赶了出来，先把人让到家中，再命岳飞上前拜见，笑说：“这是你四大爷，以前就在本村教馆，后来出门游学赶考，便无音信。走的那年，你还未生呢。”

老头笑说：“你父亲和我是共贫贱共患难的知己。上月我带了你世妹，告老回来，一到就去寻你父亲。没想到那年一场大水，会把你们冲跑，也没找见。昨天往麒麟村找房子，无意中听人谈起你家避难之事，才寻了来。你不是想读书习武吗？教武我不会，教书却是我的旧行当。我同你父亲分手后，在江南做了几年小官，虽然两袖清风，却带了十几箱书回来。等我安排好了家，你找我去。”

岳飞早听父亲常时念叨，有一同村好友李正华，为人正直而又善良，与父亲是总角之交，还共过患难，可惜一别多年，杳无音信等语。闻言大喜，忙即上前拜谢。双方良友重逢，都是依依不舍。岳和家无余粮，哪有酒菜待客？岳母只得把山鸡烧熟，连同仅有的一顿大麦饭，端了出来。先还觉着正华在江南鱼米之乡，为官多年，这类粗粝之物，恐难下咽。哪知正华吃得很香，仍和当年做穷秀才时一样。吃完谈到天黑了好一会儿，才由李家来人接走。行时送了岳和十两银子，岳和也没作客套，照实收下。

第二天一早，李正华又令人送来好些粮、肉、布匹和江南的土物，还送了一些笔墨纸砚和十几套书与岳飞。这时岳家已快断粮，眼看明春绝难度过，不料多年良友雪里送炭，感激欣慰自不必说。岳飞有了书读，喜出望外。最高兴是李正华常到岳家来看岳飞读书，殷勤指点，不厌求详。岳飞所读断简残篇，也都补上，又常把岳飞唤到家中去讲解，一面仍令习武，不使中断。

正华常谈起周侗文武全才，收徒不论贫富，更不计较束脩，但求学的人天分要好，心志还要坚定，能耐劳苦。单学读书还有商量，若是兼带习武，必须性之所近，还要不废读书，才肯传授，上来先是耐心讲解，最后才教。平日功课，多由大的带小的，会的带不会的，老师从旁指点纠正。专一培养幼童的羞恶之心，使从学的人都以不能学好为耻，好学用功，全出自愿，对于学生从无疾声厉色。因此，老师有时出游不归，学生照样用功长进，师徒之间，真比家人父子还亲。

岳飞几次向正华请求，要拜周侗为师，正华总是微笑点头，答以人已他往，过些日子再说。听口气，李、周二人好像很熟，再一追问，答话又含糊起来，心中老大不解。正华只有一女，名叫李淑，幼读父书，聪明能干。双方本是通家之好，年纪又小，岳飞有时也曾见到，并不回避。岳飞每逢双日，仍往柳林偷习武艺，只是从开头起，所见到的都是一群学生，所想望中的周侗，从未见过。平日一提起周侗，正华就拿话岔开，也不知人回来没有。

第二年的春天，正华要出门访友，给岳飞上了些生书，便自别去。岳飞仍是每隔一天，往柳林去一趟。这时村中老百姓日子越发穷苦，岳家全仗李正华时常周济，加上本身勤苦耕作，才能度日。因正华行时再三嘱咐，要岳飞专心一意读书习武，没有叫他下地。

这日，岳飞去往野外练习弓箭，先赶上一伙由城里出来的富家子弟，拿了弹弓在那里打鸟玩，便躲了开去。无意中又走到了七里沟周家附近。柳林中设备齐全，单箭靶有好几个，还有各种兵器陈列在那里。岳飞恐引起对方不快，从来不曾拿人家的东西练习过。又知当天不是练武的日子，正想另换一个地方，不料远空中飞来一行雁阵。一时技痒，想试试新练的连珠射法，忙取身后短箭，迎头射去。口中低喝：“先射第二，再射第三，都要中头！”

随听树后有人接口笑说：“可惜还差一米！”声才入耳，还未听清，双雁业已带箭落地。忙赶过去拾起一看，箭都射中雁的头颈。心方一喜，瞥见来路桃花树后闪出一人，正朝自己含笑点头。正想方才射雁时曾听有人答话，不知说的是谁？那人业已缓步走来。岳飞见那人是个老者，慈眉善目，举止安详，衣冠朴素，从来不曾见过。心疑有事，便迎上前去。未容开口，来人已先笑问：“你这娃的箭，是谁教的？”

岳飞方一迟疑，老者接口又说：“你头一箭还好，第二箭就差得多。若非那雁往侧群飞，自凑上来送死，你又顺风迎头而射，就射不中了。不信？你看，这第一只雁，你正中它的咽喉要害，射得颇准。这第二只雁，你就是由它左肩向上，斜穿头颈而出。这只能算是凑巧碰上，还不能算射中，你知道吗？”

岳飞一面赔笑应“是”，忙将死雁提起一看，果然说得不差。暗忖：“这一群雁飞得甚高，我初射时，这位老人家便在旁发话，说是差了一米，只这目力已是惊人，定是此中高手无疑。”忙即恭恭敬敬上前求教，并问：“老前辈贵姓？”

老者笑说：“你先不必问我姓什么，也不谈别的，只问你有没有恒心，能不能下苦吧？”岳飞恭答：“小子不怕吃苦，也有耐心。”

老者笑说：“好！由明天起，你未明前起身，去到七里沟山坡无人之处，在相隔百步之内，挂一竹竿，上面挂着大小三个带有风叶的竹圈。你对着初升起来的太阳，朝那竹圈注视，看它随风的转动次数，每一个圈都要数到三百为止。竹圈大小不等，被风一吹，转动起来，有快有慢。除大风外，必须三个转数都要同时记清。稍微有点含糊，就得重数。等阳光射到脸上，你已睁不开眼睛时，再闭目养神。过一会儿回家，明早再来。隔四五天，你把竹竿移远两三步，直到三百步左右为止。这件事说起来并不希奇，但非有恒心毅力不可！练过百日以后，不管风怎样吹，你能够在三百步远近，把这大小三个竹圈转数记清，才算是有了根基，再练下去就百发百中了。你这副弓箭，还不合用，到时我再给你打主意吧。”

岳飞闻言大喜，忙要行礼拜师，老者一手拉起，笑说：“我还不一定教你呢，你忙什么？单学射箭，用处还不甚大，只要真能下苦用功，没有学不成的事情。我这徒弟不容易收，你这师也不容易拜呢。”

岳飞觉着老者表面上言语温和，蔼然可亲，暗中好似别具一种威严，使人自生敬意。不敢多说，只得诺诺连声，恭敬称谢。

老者又对岳飞说：“你不必寻我，到了百日期满，我会寻你。”说罢，转身走去。

由此起，岳飞便照老者所说去练。未明前起身，寻到当地，把竹竿横插树上，挂上三个大小竹圈，面对阳光，定睛注视，一天也没断过。开头一个多月，感觉到非常难耐，那三个竹圈的转动次数，首先数不过来。稍微一晃眼，觉着没有数对，便要重数，一回也没有数满，就到了无法睁眼的时候，风大时尤其麻烦。

四五月间的阳光，一天比一天强烈，岳飞用功又勤，每日不被阳光射得眼睛睁不开，绝不肯走。似这样由渐而进，约有两个月光景，老者始终不曾再见，两只眼睛却被阳光射得又红又肿，练的时间比初练时也增加了一倍以上。且喜父母不曾劝阻，依然坚持下去。

到了第三个月的下旬，心性越来越静，所定竹圈转动的次数，居然能够数完。两眼红肿逐渐消退，阳光也不像以前那样刺眼了。正想一百天的约会快到，眼看就有拜师之望。李正华忽然回家，将岳飞喊去，问知前事，笑说："你不是要拜周侗为师么？再过十来天，我领你去。"

岳飞虽然仰慕周侗已久，但因那日射雁时所遇的人曾经当面接谈，对他慰勉甚殷，看出是位高明人物。尤其是经过三个来月的苦练，有了成效，目力首先比以前强了许多，由不得心中感佩。眼看百日期满，正华引进去见周侗的日期，又正是那人所约的一百天头上。不答应不好，答应又恐失信，便和正华说，打算过了那人约会再作打算，以免辜负对方盛意。

正华道："我已托人和周老师说好，就这一天见面，如果他看你是个材料，当时就可收你为徒。约好不去，此老脾气古怪，以后求他，恐怕难呢！"

岳飞慷慨答道："侄儿因为家贫，无力从师，在周家门外偷听了一年，并无一人理我。偶因射雁，遇见这位素不相识的老人家，对侄儿那样殷勤指点，再三勉励，倘若失约，非但辜负老人家美意，侄儿当初所说的话，岂不成了假的？人生世上，重的是信义二字，伯父与周老师的约会，侄儿先并不知，并非有意失约。周老师知道此事，也必原谅侄儿求学苦心，未必见怪。还望伯父成全，向周老师婉言相告，等侄儿向那位老人家学了射法，再去求见拜师吧。”

正华又说：“这位周老师乃今之奇士，名满关中。拜他为师，不是容易，你不要错过机会。”

岳飞毅然又答：“周老师文武全才，侄儿心中仰慕已非一日。不过侄儿觉着有志者事竟成，只要肯下苦功，终有学成之日。倘若周老师因为没有按照他所指定的日子前去，不肯收归门下，侄儿也决不敢失信于知己！”

正华笑道：“你小小年纪，居然有此志气，我也不再勉强。只是改期的话，不大好说，暂时作罢，将来再打主意好了。”

岳飞听正华口气，以后再想拜师，决非容易。心想：“周老师虽然本领高强，如果气量这样狭小，也就不能算是一位真正高明的人了。”

当下和李氏父女谈了谈别后所读的书，便自别去。到家之后，想起周侗的本领，又舍不得，心里很乱，拿着书也读不下去。可是怎么想也不应失信于人，决计先去赴约，学箭之后，看事而行，方始入睡。

第二天照旧到七里沟旁山坡之上，对着初升起来的太阳，苦练目力。到时，天还未亮，疏星残月，仍点缀着大片天空，只东方天边微微现出一点红影。跟着，日轮渐渐冒出地面，朝霞散绮，好看已极。

这正是夏天空气最清新也最凉爽的时候。岳飞照例蹲着一个骑马式，面对朝阳，默数那随风转动的竹圈。开头阳光一点也不刺眼，不消片刻，那轮红日由地平线上渐渐升起，放射出万丈光芒，映得东半天都成了红色。岳飞业已看惯，仍不怎样，那三个竹圈也早数过了三百。数到后来，那伏天的太阳，仿佛亿万银针也似，斜射过来，光芒耀眼，强烈已极。岳飞经过多日苦练，有了经验，知道练时不能勉强，稍微觉着眼睛有些刺痛，便避免和太阳直对，或是合上眼睛一会儿再数；虽不像以前那样横来，但因百日期近，格外用心。等最后一次数完竹圈以后，觉着当天又有长进，打算少停再试一下。

无意中把头一偏，先瞥见相隔不远的地面上，现出两个又长又大的人影，正往自己身前移动。抬头一看，由东面野地里走来两人，相隔还有十来丈。因是背着日光对面走来。太阳又刚升起不久，人还未到，人影已先投到了地上。目光到处，首先认出内中一人是李正华，另一人也似见过。揉了揉眼，定睛一看，不禁大喜，原来另一人竟是那日射雁时所遇的老者。忙即站起，待要迎上前去，忽又瞥见左侧人影一闪，一个身穿黄葛布褂的少年已由旁边崖坡上纵落，向来人飞驰而去，又是一个常见的熟人。随听正华高呼："贤侄快来！"

等到走近，刚刚行礼，还未开口，正华已先笑说："这位就是你朝夕盼望想要拜师的周侗老先生！"岳飞这一惊喜真非同小可，忙即跪倒，口称"老师"。周侗一手拉起，连说"孺子可教"，随令和那少年相见。岳飞早认出那是周侗之子周义，连忙行礼，叫了"师兄"。

周义笑说："师弟真肯下苦，我奉家父之命，见了你面，故意不理，前后一年多了，真怪不过意的，你千万不要见怪。"岳飞已然明白，非但周侗父子有意磨炼他的志气，最近半年，连正华也都参与在内。心中欢喜，感激不尽！急切间不知如何回答是好。

周侗对周义笑说："有话到家再谈，你那些师弟们还都等着跟他见面呢。"说罢，老少四人一同转身，顺崖坡绕过柳林，往周家走去。岳飞同了周义，跟在二老后面，走不几步，忽觉周义暗中拉了一下，刚一停步，想问何事。

周义低声悄说："岳师弟，我真爱你极了。当你风雨无阻，连大雪寒天也必去我家门外听读书的时候，我们真恨不能把你当时接了进去。因家父说，一个能成大事业的人，必先苦其心志，劳其筋骨，再多受一些折磨苦难，才能有望，这才迟了多半年。他老人家看似中年，实则年已六十五了，所收徒弟并不多，像你这样暗中考查最久才收的还是头一个。莫以为他老人家心肠狠，对一个未成年的幼童全无怜惜；若非格外看重，想把平生所学，连文带武和他所知道的山川险要、关河形势，一齐传授给你，他也不会这样了。去年腊月底，我和杨再兴师兄柳林比枪，回去不多一会儿，家父便回了家。我们再三代你求说，家父知道你家贫苦，已打算和你见面，就便送些银米。李四叔恰在此时来访，二位老人家一商量，又改了主意。先由李四叔教你读书，随时考查你为人心性，等家父试验出你的恒心毅力，然后收你到门下来。我每天清早，也去那边崖上练功，不过练的方法不同，藏处你看不见罢了。你练得怎么样，我虽看不出来，只见你从来没有丝毫懈怠。有时看出你眼睛疼得厉害，又不便在这时候见面，心真代你着急。回去又向家父说了。他老人家第二天一早便赶了来，一直看到你练完才走。我见他脸上神气很高兴，知道无妨，才放了心。家父教射箭，单是目力就要练习上一年。这一百天只是头段，你居然忍受劳苦，不怕艰难，人还没有进门，就这短短不到一百天的工夫，先把那百步穿杨的目力练好，真叫人佩服极了。"

岳飞见周侗父子对他那样热情，自是感激非常。老少四人还未走到周家门口，众学生已迎了出来。周侗把手一挥，陪着正华先走进去。到了书房，正华先请周侗坐好，命岳飞正式行礼拜师，并与众同门相见。

第二回

劲敌当前，只有小心操胜算
忧危虑远，密联豪士备时艰

岳飞见案上已点好香烛，另外还有送给老师的束脩礼物，知道这是应有的礼节，一切已由正华代为备办。想起正华去年雪中送炭，始终爱护经过，不禁感动得流下泪来。刚恭恭敬敬向着师位行礼，又拜了正华和同门师兄，门外忽然响起了一大串鞭炮，吵得人连话也听不出。周侗刚把眉头一皱，跟着走进一人，正是本村富户王明。后面还有两名长工，抬着酒席和四大坛美酒。

王明人未进门，先就拱手笑说："昨晚小儿王贵回家，说起老师收了一位好高足，我连夜备办了几样粗菜和四坛水酒，前来道喜。幸亏家中东西现成，否则，凭咱们老弟兄的交情，失了礼，才笑话呢。"

周侗淡淡地答说："收一个门人不算什么，连李四弟办的这些过节，我都觉得多余。他真心求学，我愿意教他，这是咱们师徒两人的事，将来是否成材，还要看他自己。决没有收人礼物的道理。你又费心怎的？"

王明赔着笑说："这不算是送礼。我们弟兄好久没有在一块儿聚了，你这位高足又是李四弟的世侄，就这机会，咱们喝几杯。因为天气热，大量肥肉太腻人，特意备了八个凉菜、一些鲜果。底下只有六个炒菜、五个大碗，末了是绿豆水饺和馒头，凉面、米饭随便用。我实在看你收了一个好高足，心里喜欢，你好意思给我退回去吗？”转过脸来，又对正华说，“四弟，你也帮我劝一劝，算是我请你，周老师作陪，还不行吗？”

正华见周侗没再开口，笑答：“借这个机会，畅饮几杯，让小弟兄聚会聚会也好。”王明随问：“是不是就着早凉，到后院凉棚底下，先喝起来？”周侗才答：“都可以吧。”

岳飞方觉周侗一直都是那么和蔼可亲，对人诚恳，此时正在高兴头上，不知怎会现出厌烦神气。忽听正华要自己向王明拜见，便恭恭敬敬喊了声“王员外”，上前行礼。

王明一手把岳飞拉起，满面春风地说：“老世侄！你真乖。听说老师对你十分看重，还要把所有本事都传给你呢。你那师兄王贵，虽肯用功，心眼却没有你多！以后一起同学，将来出去求取功名，你要多照应他，才显得弟兄们的义气。”跟着，又问岳飞家境如何，“庄稼人日子都不好过，有个少长短缺的，叫你父亲找我去。可惜他当初不肯佃我的田，否则你父子全家也不会受这几年的苦了。他夫妻老怕承人的情，其实你刚生那年，汤阴发大水，你母子被水冲上岸来，我还帮过忙呢。”

岳飞以前常随父亲岳和到王家去帮做一些杂事，后来王明要叫岳飞替他放牛，岳和推说家中人手少，没有答应，由此不令登门。今天竟然会这样亲热，心中好生奇怪，正不知如何回答。周侗忽说：“王员外要喝酒，我们就喝吧，回头他们还要练功呢。”

王明接口笑说：“我看把岳飞的父亲也请了来，更热闹些。”

正华知道王明最喜沽恩挟惠，一向把岳和当作长工下人看待。岳和因那年水泛汤阴，妻子曾在王家避过水灾，遇上事，不能不去一下，想起这永远承不完的人情，心却难过，不肯佃他的田，也是为此。忍不住插口说："他父亲地里正忙，昨前天已和老师见过两面，说好了今天不来。和你同坐，更显拘束，莫叫人家老实人受罪了。"

周侗微笑不语，王明也未再让，便请入席。岳飞到了后面一看，后院地势宽大，三面房舍，都是几净窗明，陈设整齐，比起外面那间书房要好得多。西北角土坡上，还有一座凉亭，可以望远。心想："老师家中人口不多，这些房多一半空在那里，为什么单在临门一间教读？"心方不解。王明已在让坐，一面唤岳飞过去。

院中共陈列着两桌开席（每桌六人，空出前面）。上首一桌，坐的是老师、正华、周义、岳飞和王明王贵父子；下首一桌，坐着杨再兴、徐庆、霍锐、汤怀、张显和吉青等师兄弟。

岳飞正想那日看再兴和周义比武情景，周侗忽命周义到下手一桌，把再兴唤过来，随对岳飞说："这是我的世侄，去冬由我故乡关中寻访到此，在我这里住了半年。他家传一套六合枪很好，你就这几天光跟他学学。他快走了。"

岳飞刚起立恭答了一个"是"字，再兴已起立恭答："侄儿大后日就要起身，所学枪法，火候太差，恐怕来不及。最好和二弟同教岳师弟，老世叔从旁指点吧。"

周侗笑说："你当这娃是门外汉么？他在你未来以前，早从你世弟他们那里偷学了去。只你家传的'乱点桃花''惊龙回首'的绝招不曾见过罢了。"再兴诺诺连声。

王明不住向周、李二人敬酒敬菜，对岳、杨二人也极殷勤，隔不一会儿，便命王贵敬酒。

周侗说："我们还是自斟自饮，多少随意，比较爽快，你父子这一客套，我和四弟还不怎的，他们就吃不舒服了。"

王明知周侗不喜俗礼，才停了让。又叫岳飞称他世伯，不许再称员外。这一顿酒饭甚是丰盛，一直吃到中午才罢。长工们又送上许多瓜果。正华想小弟兄们免去拘束，畅畅快快谈一会儿，便把王明、周侗拉到上房谈天去了。

三个大人一走，周义忙说："这时候太阳当顶，凉棚底下还是有些烤人。我们快到房后凉亭里去，可以随便说笑，又凉快。"说完，领头先走。凉亭在一座二亩方圆的土山上，离地只三四丈，周围好些大树，亭内外设有竹制桌椅。小弟兄们坐在那里又说又笑，亲热非常。

岳飞见当地高柳鸣蝉，清风拂袖，大片浓荫，被风一吹，宛如满地碧云，往来流走。那由枝叶空隙中筛下来的日影，被风一吹，银鳞也似，不住闪动。方才暑气，不觉为之一消。笑说："这凉亭几时盖的，小弟常在门外走动，竟没有看出来。"

杨再兴接口笑说："这凉亭地势真好，由这里外望，哪一面都可以看出老远。由外望内，全被树和房子挡住，休说远望，就到院子里头也看不出来。你平日只站门外头，自然就看不见了。"

岳飞对杨再兴本来就有好感，又知双方只有三日之聚，少时还要向人家学那六合枪，由不得比较亲热一些。王贵、汤怀、张显三人因在周侗门下日久，虽然多少还带着一点富家子弟的习气，对于岳飞却都看重，谈得很投机。

吉青之父永祥是个贫农，因农村中难以度日，又不愿依靠亲戚，三年前去往江淮一带代人家运米。遇见押运"花石纲"的官差，将他硬抓了去，连受折磨，挨饿野死在外，连尸首也不知下落。去年春天，周侗由外回来，见吉青在田岸上痛哭咒骂。上前一问，才知吉青每日与人家牧牛，受尽饥寒，又因细故，被主人责打，逃了出来。心生怜悯，把他带到那家，问明是个无依靠的孤儿，被田主人诓去，为他牧牛看羊，并未立下什么卖身契约。便说了那主人几句，将吉青带回家去。先想教他读书习武，后见吉青不喜读书，练武却极肯下苦。自来授徒，就是量材器使，因人而施，不拘常格。知他勇猛多力，便传授了他一对狼牙棒。

徐庆、霍锐都是当地农家之子，平日读书习武，均肯用功，还打得一手好连珠弩。杨再兴却是将门之后，父亲杨隆和周侗至好，屡立军功，被奸臣童贯陷害，几乎送命。好容易放归田里，不满一年，竟至气死。再兴三日后便要回家，准备前去投军，见岳飞年纪最小，那样聪明好学，也颇看重，只觉着周侗对岳飞爱得过分了些。

周义聪明机警，文武两门都是家学渊源。因周侗轻易不到柳林中去，有时指点武功要诀，都把学生们喊到里面去传授。平日读书习武，多由周义带头用功，小弟兄们都信服他。众人畅谈了一阵，不觉太阳偏西。

周义说：“客人此时已走，今天是练武日子，家父还要岳师弟练一回六合枪给大家看呢。”

王贵笑道：“岳师弟刚头天拜师，还没有得到传授，只在林外偷看了几个月，就能行吗？”

周义早看出王贵有些妒意，微笑答说：“家父向来没有看错过人，我也不知道他的枪法学会没有，到时再看吧。听说还要叫杨大哥和他比对手呢。”

王贵没有再开口。众人同到柳林一看，周侗、正华业已先到，上来便叫岳飞把平日所记的枪法先练一回。岳飞自知无师之学，以前连枪法名称都不知道，还有点发慌，脸方一红。

周侗笑说：“你不要怕，我和山后杨家枪法同一门路。

你在背后练时，我暗中看过，你非但把看到的全学了去，还加了一些变化。杨贤侄幼承家学，也许比你强些；周义别的还好，六合枪没用过功，就未必是你的对手了。”随令周义、杨再兴分别和岳飞先对上一趟枪。

再兴让周义和岳飞先比，周义不肯，笑说：“照我爹爹那样说法，非但我不是岳师弟的对手，就是大哥你也得留点神呢。比别的，我还将就奉陪，这套六合枪，我实在太差，还是大哥和岳师弟对比的好，别叫我献丑了。”

再兴未及回答，忽听周侗笑说：“二娃子今日居然也有自知之明，知难而退了。”再兴和周义世交弟兄，感情最好，闻言有些不服，口答：“我先献丑也好。”随取过两支没有锋尖的枪，递了一支与岳飞，同到周、李二老面前，打了一拱，又朝岳飞说了一声“请”，便往场中心走去。

岳飞方才已听说起杨家六合枪的威力，认定不是再兴对手，但又不敢违抗师命，只得走向对面，躬身笑说：“小弟实在没有师长教过，又从来没和人对过手，还望杨大哥多多指教，手下留情。若能把这套枪法学会，感谢不尽。”

再兴见他谦恭和气，彬彬有礼，笑答：“兄弟放心，你只管施展，我不会伤你的。”岳飞连声称谢，先在相隔十步之外，双手持枪齐眉，微微一举，往横里走动了两步。

再兴见他目不转睛，望着自己，迟不进攻，神情又不像是十分紧张，连催动手，均答“不敢”。侧顾周侗正和正华指点岳飞说笑，似在称赞，全不理会自己，心中又添了两分不快，见岳飞右手紧握枪把，左手虚拢着枪杆，枪尖微微下垂，望着自己，往来走动，好像不敢出手神气。

再兴暗忖：“这小孩虽不会是我的对手，看他脚底这样轻快，身法竟比王贵、徐庆还稳，莫怪周世叔看重，我先逗他一逗试试。”笑说：“兄弟这样谦虚，愚兄只得占先了。”说罢，连上两步，一个“凤凰三点头”，化为“长蛇出洞”的解数，朝岳飞一枪当胸刺去。

再兴这一枪，本是虚实兼用的招式，先还打算手下留情，虚点一下，然后看事行事，等比过一阵再行施展，稍微占点上风就停。不料事情出人意外，见枪尖离岳飞左肩不过三四尺光景，转眼就非刺中不可；本心不愿伤他，还未来得及把势子收住，就这心念微微一动，瞬息之间，猛瞥见岳飞那双黑白分明的眼睛突闪精光，仿佛具有一种威力，自己连人带枪，已在人家目光笼罩之下。

再兴想起周侗平日所说，忙想收势，一团箩圈大的枪花已迎面飞来！刚暗道一声“不好”，手中一震，啪的一声，手中枪已被岳飞的枪绞碎了二尺来长一段，虎口震得生疼！随听周侗笑说：“这还不算，你们两个重新再比。老二快给他们换枪！”周义忙取了两支枪，分给岳、杨二人。

岳飞先未留意，正觉着原枪长短称手，经周义一指，才知再兴的枪虽被绞碎，自己手中枪尽头处也快折断。忙将新枪接过，悄问：“我没想到把枪绞断，杨大哥会怪我么？”周义笑答：“焉有此理？”周侗已把再兴喊到面前说：“你二人力量差不多，枪法还是你的熟练。不过岳飞应战沉着，目光敏锐。你被他全神照住，又轻看人家年幼，才吃了亏。这回再比，你却不能大意呢。”

再兴连声应诺，见岳飞红着张脸，有些不好意思神气，忙说：“我们兄弟时常比试，谁胜谁败，都没关系。我没想到你的手劲会那么大。这回再比，恐怕我还是要输呢。”

岳飞忙答：“小弟如何能比大哥？”话未说完，再兴已纵向对面，横枪相待，连说了两个“请”字；微闻周侗叹了口气，也未理会。因再兴又在喊“请”，刚把手一拱，再兴已举枪刺来，只得一举手中枪，迎上前去。

这两人一个是家传本领，人又好胜，先前一念轻敌，吃了一点亏，觉着丢人，一心想要挽回颜面；一个是聪明刻苦、肯下功夫，只管无师之学，一招一式都从平日细心体会苦练而来，又认定不是再兴对手，步步留心，枪无虚发，因此占了便宜。

二次上场，再兴先还在自信心盛；后见岳飞虽是守多攻少，但是变化无数，应付自如；所学明是周侗传授，偏又多了许多意想不到的解数，上下进退，使人莫测，微一疏忽，便非败不可。心里一紧，便把全身本领尽量施展。二人打了一个难解难分，连周侗也在旁夸起好来。

双方打到了半个多时辰。再兴见岳飞越来越勇，自己用尽心力，想占一点上风，竟办不到。一时情急，虚晃一枪，倏地回身，双足一点，往斜刺里飞纵出去。本意这回马枪是家传杀手，敌人只一近身，便非吃大亏不可。哪知人刚纵起，便听脑后风生！斜阳返照中，一条人影已跟着纵将过来，刚暗道一个“好”字，待要回枪刺去，说时迟，那时快，再兴刚将手中枪连身侧转，岳飞的枪业已到了身后，枪头往下一盖，哒的一声，再兴枪头首先着地。如是真正临敌，敌人就势再来一枪，便非受伤不可。

再兴情知胜败已分，只得红着一张脸，笑说：“我真输了。”

岳飞本未再攻，也红着一张脸答说：“大哥让我。”

再兴走到周、李二老面前，喊了一声“世叔”。周侗面色微微一沉，说：“你的枪法应该比他好，为什么会输呢？”再兴不敢回答。

周侗随向众人说：“按再兴枪法，差一点的人决非他的对手，只是他求胜心切，气浮了些。岳飞六合枪法虽未学全，但他心灵手快，又能采用别的兵器之长，加以变化。最可喜是始终气定神闲，目力敏锐，先占了不少便宜。这都是他平日勤敏用功，不怕苦，肯用心思而来。刚一拜门，我便叫他当众比试，就为的是叫大家看看，天下无难事，只怕有心人！多用一分心力，便有一分的收成。无论何事，千万自恃不得。轻视旁人和粗心大意，都非给自己找麻烦不可。遇敌而骄，气已先浮，对方却以全力应付，专攻他的短处，他就有十成把握，也要打个对折。再要不知人家深浅，就要吃大亏了。知己知彼，兵法首先要有自知之明，连自己都不知道，如何能知道人家呢？老觉着自己还差，事情又非办非学不可，才能临事不惧，好谋而成呢！不论多大的盆缸，都有一定的容量，稍微加一点水，就溢出来。可是世间上所有的水，极大部分都往海里流，几时听见说海满到装不下水的？所以自满的人无异自绝于人，长进两个字更谈不到了。平心而论，再兴的功力实在比岳飞强，他两次比输，都由于轻敌自满。岳飞却是如临大敌，唯恐有失，全神贯注在对方身上，又无侥幸求胜之念，即此胜败已分。加以再兴又粗心了些，没有看出岳飞那些解数是从哪一种兵器变化而来，当然休想取胜了。”

再兴恭答：“岳贤弟真是一个奇才，他那心、眼、手、身、法、步无一不快，无一不稳。再比恐还不是对手，小侄情愿认输，只将那套六合枪传授给他如何？”

周侗见岳飞恭立在旁，专心听话，小小年纪，两次打败杨再兴，非但没有丝毫骄矜之容，反倒带有警惕神气。又听再兴这等说法，微笑点头说：“胜败常事，何况自家弟兄。你还是和他再比一回，然后传授，彼此都有长进。”

再兴不敢违抗，只得笑对岳飞说：“我再陪兄弟走一回。”岳飞忙答：“小弟遵命。”

二人这次对手，与前不同，双方都怀着戒慎心理，并肩走到场中。各把手一拱，拉了个门户，然后再说一声“请”，便动起手来。表面上仿佛比头两次快，也没有那些客套，实际上再兴是听了周侗的话，业已知道了自己的短处，比平日对敌留心得多。岳飞也是加倍谨慎，一丝不乱。双方越打越快，打到急处，成了两团枪花裹着两条人影，在场中上下纵横，往来飞舞，真个紧张已极。

到了最后，岳飞见再兴刚让过自己一枪，倏地一个“鹞子翻身”，迎头就是一枪杆，仿佛有点手忙脚乱神气。因已连胜两阵，不愿再占上风，又不愿意故意假败，连忙横枪一架。没想到再兴见他防御周密，难以进攻，故意把枪用力抡下，等岳飞一架，就势倒转枪柄，往上一挑，那手法之快，到了极点。

岳飞万不料再兴有这一手，百忙中觉着自己的枪微微往下一虚，知道劲已被人卸去。刚暗道一声“不好”，想要往后纵退时，就这双足还未沾地的晃眼之间，一股极大的猛力，已贴着自己枪杆，往上一挑，跟着连人飞起，甩出去丈许高远。只听“飕”的一声，一股疾风过处，阳光斜照中，一条人影突由身后飞来，未容回顾，已被人轻轻抱住，落向地上。回头一看，正是再兴，笑说：“多谢大哥！”

再兴见岳飞满面笑容，神态天真，由不得心生喜爱，忙问：“你受惊了吧？”岳飞方答“没有”，周李二人业已走过。周侗问岳飞：“为什么不撒手丢枪，反而被枪带起？”

岳飞答说：“一来杨大哥来势太快，倘若冒失松手，稍微掌不住劲，便要翻倒。二来兵器乃是防身之物，不敢随便脱手。想借他那一点劲，把弟子带将出去，到地再说。没想到杨大哥身法那样神速。要是真个对敌，弟子就凶多吉少了。”

周侗将头微点，便命岳、杨二人暂停，吩咐周义、徐庆带头练习弓箭和“注坡”法（骑术）。一面指点与岳飞看，一面对再兴说："你来此半年，只有今日才是长进。年轻人好胜，原无足奇，像你方才那样自满，以后万来不得。"

再兴连声应"是"。等众人练完，又把整套六合枪都传与岳飞。周义、徐庆等同学也跟着一起练。练完之后，岳飞才知以前所记不全，和再兴的家传枪法也有一些不同。因再兴三日后便起身，众弟子还要他传授杨家钩镰枪，直练到再兴起身的头一天晚上才罢。

再兴走后，岳飞先是早来晚去，和众同学一齐读书习武。到了中秋节后，周侗又命岳飞搬到周家居住，传授他的兵法战阵之学。岳飞天资颖悟，一点就透，周侗对他十分期爱，可是稍微有点错处，也决不肯宽贷。岳飞对于周侗，自是又尊敬，又感激，师徒二人亲如父子。

周侗平日深居简出，和众学生家长极少来往。偶访李正华、岳和二人，都在夜间。可是每隔三数月，必要出门一次，一去总是一两个月，回时面上常带忧容，仿佛心思很沉重。常说："国家正当多事之秋，不久兵祸一起，河北首当其冲，河南也难幸免。你们必须趁此时光，努力用功，学成本领，以为国用。若是畏难苟安，使大好光阴平白度过，到时后悔就来不及了。"

周侗以前教学，本来文武并重，学馆中也极少外客登门。由岳飞到后第三年起，诗文词章之学，渐渐不再谈问，对于关河险要和行军布阵之法，却是再三讲解，力求详尽。骑射习武，也比以前格外着重。考问时遇能自出新意、发明心得的学生，定必喜动颜色，奖勉备至。来访的人也渐渐多了起来。来客多是一些少年壮士，登门都在放完夜学以后，至多住上一夜，次日一早必走。更有的来去匆匆，谈完了话便自别去。

岳飞受过周义指教，从未过问。这日因事回来，次日黄昏后方回学馆。刚进后院，便听得周侗哈哈笑道："你一见此人就知道了。将来你们能在一起才好呢！"

岳飞听出老师房中有了外客，刚想退走，又听周侗在唤"鹏举（岳飞的号）进来"，连忙应声走进。

周侗笑指室中少年说："他本是我忘年之交黄机密，偏要和你二师兄论平辈，你也以平辈之礼相见吧。"

岳、黄二人礼见之后，周侗命坐，笑说："机密要往太行访友，本来要走，我想使你们先见一面，留他小饮几杯。机密多涉关河，胸怀大志，不是纸上谈兵的书生。你先向他请教，我写封信就来。"说罢走出。

岳飞见机密年约二十，看去人颇稳练，说话有条有理，心思甚细，游历过的地方也很多。知道老师从来不轻许可人，便有了结交之意。双方正谈得投机，周义已捧了酒菜进来。岳、黄二人连忙起接，刚摆好座位，周侗走进，将所写的信交与机密，然后同饮。老少四人边吃边谈，毫无拘束。周侗又劝机密明日一清早再走，机密应了。

岳飞听周、黄二人之言，才知太行山中聚着许多壮士；他们种着一些山田，以忠义安民为号，结寨自保，专与贪官恶霸作对。内有两个为首的，一名牛皋，一名梁兴，各自占据一个山头，本不相下。机密与牛皋，觉着分开势单，知道梁兴是周侗至交，特意来与商量，想使二人合在一起。周侗早看出内忧外患越来越重，每一想起，便自忧急。平日专喜培养人才，结交志士，也是为国储才之意。听机密一说，当时答应。酒后又谈了一阵，方各入睡。

次日天还不曾亮透，周义便送机密起身。岳飞见众同学一个未来，也送了去。三人边谈边走，送出十里之外，方始殷勤握手而别。

第三回

民怒已如焚，犹溺狂欢，不知死所
敌强何可媚，自招凌侮，更启戎心

光阴易过，一晃四五年。岳飞已十六七岁，每日勤学用功，耐劳耐苦，艺业大进。在父母师长教养之下，文学武艺俱都打下极良好的根基。李正华自来看重岳飞，又将爱女许配与他。婚后光阴，甚是和美。

却说赵佶因用奸臣蔡京、王黼作宰相，太监童贯、梁师成，一个做上将军，一个掌管御笔诏旨，李彦掌括公田，朱勔掌运花石纲。这六个奸贼连成一党，巧立名目，搜刮老百姓，贪冒军功，出卖官爵，任意横行，无恶不作。最可恨是，老百姓种的田稍微好一点，便被指为荒地，随意充公，名为“括田”。一面强征许多民夫，往江、浙一带深山穷谷之中，搜寻奇峰怪石和各种花草树木，以供御花园中堆砌假山和点缀风景之用。

这些东西都是又笨又重，花色繁多，特别是那些假山石，往往重达好几万斤。当那交通不便的时代，硬要用人力车船，从远隔汴京（开封）二三千里的江、浙一带抬运到京，这是多么麻烦困难的事！每次所征发的民夫，动辄在万人以上，而贿赂卖放和被迫逃亡的苦难百姓，再加十倍不止，还未计算在内。

押送花石纲的大小官员差役，贪残凶暴，无恶不作。这些抬运花石的穷苦老百姓，都是自备干粮，不管炎天暑热、雨雪风霜，都得咬牙忍受，挣扎前进，稍有不合，便遭官差们的毒打。押送的官差只管倚势招摇，到处都有地方官吏逢迎接待，任性享受。这大量民夫们只能宿在野地里，日晒夜露，受那寒暑风霜的侵袭。稍微体质弱一点的人，便在途中折磨而死，死后连尸首也无人掩埋。至于这些被害人们的家属，田业荒废、加重饥寒、盼夫盼子、望野悲号的惨状，更是写它不完。

以千万人的膏血供给皇帝权要们的一时玩好，自然民怨越结越深，终于使许多善良的老百姓在万般无奈忍无可忍之时，不得不造起反来。朝廷所养骄兵悍将，见了外敌虽然害怕，对于这些反抗朝廷的老百姓，却认为是贪功冒赏、搜括民间财物的好机会，打起仗来非常残暴。这班初起事的百姓，不知战阵，势力较单，根基还未稳固，开头时常被打败。各地连带遭受残杀的良民，简直不知多少。后来到处官逼民反，此伏彼起，各地官府这才慌了手脚。赵佶在蔡京、童贯等六贼蒙蔽之下，依旧穷奢极欲，任性荒淫，全没料到不久就有国破家亡之祸。

宣和（赵佶纪元年号）以后，由于六贼当权，民不聊生。休说远方各州府县，就连开封城外的乡民，也多半是炊烟断绝，家无隔宿之粮。偏又由头年腊月底起，连下了几场大雪。好容易盼得天晴，雪还没化，宋室君臣又非常隆重地举行了一年一度的元夜张灯。这一场豪奢无比的御苑花灯之会，照例由头年九、十月就准备起，除夕前就开始张灯。到了正月十五的元宵佳节，称为极盛。

历史上，许多封建王朝在将要崩溃的前夕，由于对百姓的压榨日益加深，所造成的灾害之严重，已成为不可掩饰的事实。他越要梦想用与事实绝对相反的繁荣来作为他的安慰和夸张，因此其行动也必更加愚昧、残酷而疯狂。封建统治者本质如此。这是他垂死以前必然会有的现象。当年赵佶特下诏旨，允许全城官吏军民人等，不分男女，都可往御苑观灯游玩，表示与民同乐之意。这些话说来好听，其实去的人不是官绅士族，便是富商大贾，真正的老百姓正在饥寒交迫，儿啼女号。漫说没有心情前往赏玩花灯，就是有个人打算看看皇家富贵、御苑风光的，恐怕还没走到端门，凭他穿的那一身破旧衣服，先就被守门的禁军打个半死了。

那往御苑观灯的都非寻常百姓，不是衣冠整齐穿戴华丽的人，先就进不了门。载籍上只管写得天花乱坠，仔细一想，这些却都是谎话。

没有功名财产的人，想要进去一开眼界，真个万难。少数城市居民，羡慕皇家富贵，弄上一身华丽穿戴，仗着久居京城，懂得一些皇家礼节，混到御苑里面去赏玩一个通宵的，并非没有，但决不是那些受苦受难的老百姓！

到了十五这天，一轮满月刚刚升起，汴京城内已是灯火万家，笙歌处处。跟着皇家内外，宝炬烛空，管弦四起，花灯万点，灿若繁星，照得端门一带明如白昼。将近黄昏的云层，都被映成了红色！那当头明月悬在空中，只远近陪衬着几点疏星、几片流云，竟比平日显得孤单，与下面的繁华景象相比，大有天上清辉远逊人间火炽之感。

隔不一会儿，禁门开处，明月华灯光照之下，人影纷纷，万头攒动，那能够观赏花灯的士女们，真如潮水一般涌了进去。这些参与元夜张灯的游人，男的是文武百官和他的亲友，女的是命妇闺秀和她的灵巧丫环，一个个衣服华美，珠翠满头，笑语如珠，从容雅步。

御苑以内，到处金鳌喷雪，玉螭垂虹，火树银花，城开不夜。真个是富丽矞皇，气象万千，歌舞江山，上下如狂！可是城外那些老百姓，却都是破屋号风，柴门拥雪，苦痛呻吟，星火全无。这一城之隔，简直成了两个世界！

这许多游人，大大小小都有一点来历。内中只有周侗忘年之交黄机密，因父母老病在京，知天下将乱，同妻张若兰由浙江赶来迎亲回籍。听说御苑张灯，夹在人丛之中混了进去。一见那种奢侈豪华景象，想起沿途所见许多老百姓流离死亡、白骨在野的惨状，不由激动气愤，便想回去。

若兰笑说："你既答应和我同来，就该让我看完花灯再走。这些虽然都是民脂民膏，我们看看昏君到底荒淫无道到什么地步，不也是好么？"

黄机密道："我想起沿途所见那些死尸和受苦受难的老百姓，气就往上撞，实在无心再看下去了。听说银岳花灯最盛，还有人工做成的瀑布和鳌山灯棚，你看完那里就走，可好？"

若兰虽然贪看花灯，知道丈夫疾恶如仇，只得点头笑诺。夫妻二人正在悄声谈论，忽听众声喧哗，人们纷纷散避。跟着眼前一片五色花光闪处，由宣德楼两旁拥出两队花灯。舞花灯的都是俊童美女，有的扮着鸾、凤、孔雀、鹤、鹿、麒麟、鱼、蚌等形象，有的扮着梅、兰、荷、菊、牡丹、芍药等四季名花，还有一些拿着各种乐器。一个个都是粉妆玉琢，姿容美秀，又穿着一身云锦一般的装束，在那灯月交辉之下，载歌载舞，真和金童玉女一般，使人目迷五色，耳乱八音，顾此失彼，应接不暇。

若兰几时见过这样繁华的花灯？正看得在兴头上，那队花灯忽然越舞越急，方才的细细笙歌，也变成了繁音促节，随听砰砰连声。先是接连几十百串"炮打流星"，冲霄直上，洒了满空花雨！骤出不意，人们业已吃了一惊；紧跟着便是一阵大乱，下面花灯队里，突又窜进数十条虎豹之类的猛兽，张牙舞爪，见人就扑。舞花灯的俊男美女，纷纷狂呼急叫，四下奔逃。

就这非常混乱中，忽听金鼓交鸣，震耳欲聋，那百十头野兽，竟在场中随同鼓乐之声摇头摆尾，飞舞追扑起来。若兰才知那些野兽，也是一种灯形。

因为扮的人都是殿前武士，长于跳跃追扑，用的又都是真兽皮，乍看上去，已和活的一样。再加上人工的精制，有的口里还在吐火，一个个磨牙吮血，七窍生烟，越发显得形态凶猛，令人可怖。那二三百个俊童美女再一狂呼救命，四下奔逃，仿佛真有大群野兽扑来神气。

游人们都知道御苑内养有许多奇禽猛兽，稍微没有看清的人，都误以为野兽出笼，当然害怕。等到乐声再起，兽蹄齐飞，看明真相，拭干急泪，业已吓出了一身冷汗。惊慌忙乱中挤掉簪环首饰和受伤跌倒的游人妇女，不知有多少。宣德楼那面，却远远传来一阵欢呼哗笑之声。若兰被众人挤出老远，方始看出那是皇帝老儿异想天开，故意扮些野兽前来吓人，以博他和左右的一场欢笑。移时，再找丈夫，已无踪影。

若兰和机密是表兄妹，青梅竹马，一起长大，感情甚厚。本来又通文史，学过几天武艺，婚后常随丈夫远游名山大川，富有胆智，不拘小节，因此并未放在心上。先想回到原处等候，不料看灯的人越来越多，先前立处人已挤满，无法过去，只得寻一较高的地方，连看带等。不知不觉到了深夜，这才心慌起来。御苑禁地，又不便高声呼喊。正在为难，忽听银岳那面真的野兽吼啸之声，跟着又隐隐传来了几声鸡叫。

这时歌舞初停，那上下四面的千万点灯光，仍与雪月争辉；可是闭目一听，那神气仿佛以前和丈夫深山夜行听到虎啸狼嗥的情景一样。仰望天空，残星荧荧，斜月未坠，只比起前半夜月华如水、白云丽空的情景，仿佛暗了一些。

若兰心想："反正要等天亮才能回去，久闻昏君把千万百姓的膏血搜刮了来，供给他君臣们享受；今宵这一片富丽繁华的花灯影里，正不知有多少千万的屈死冤魂在内！机密多半看了生气，再被游人挤散，找不见我。虽知我常和他奔走江湖，决不妨事，因此各自先回，却也不想想公婆在堂，孤身少妇夜游不归，倘若见怪，何以为情？事已至此，又听说端门早闭，只得忍耐着再看下去。"心正想事，忽听四面八方又喧起一片"万岁"之声。

歌舞一停，御苑中的游人也都散开了些。豪绅大族的轻裘缓带与官家眷属的鬓影钗光，掩映交织于火树银花之间，本就热闹非常。再蚊雷聚关也似，潮起这大片繁喧，更显声势浩大，聒耳欲聋。那不可数计的各色花灯，也似起了回光返照，分外鲜明。

这时，宣德楼头平台口上，忽然出现了两个中官（太监），似在那里张口喊叫；四面八方的人流，宛如过江之鲫，潮水一般，齐向楼前涌去。

若兰早就看出宣德楼前玉石平台上，羽葆双双，宫花对对，提炉香袅，孔雀开屏。无数宫娥太监各持香花仪仗，锦屏也似，两边分列，平台四角，还升着四大盆熊熊兽炭。当中御座上坐着一人，也看不清他面目，仿佛周身都是锦绣包装，头和身上所装饰的一些金珠宝玉，在朗月华灯照耀之下，五彩流辉。远望过去，好似许多手持金瓜钺斧的卫士，都是琵琶腿（大腿粗壮）、车轴身（肩宽腰细）、魁梧高大，摆出一副威风杀气的壮汉，站立左右。

若兰因不愿受这些皇室爪牙的呼斥，一直没有走近。后见众人都往楼前乱涌，一时好奇，也夹在人丛之中跟了过去。暗中留神查听，才知中官传旨，官家（宋朝内监和一般军民对皇帝的称号）因见瑞雪初晴，华月流辉，京城四十万居民都来御苑赏玩花灯。那远方赶来的百姓不知多少，还未算在其内。想见“风调雨顺，五谷丰登，圣君有道，与民同乐”之盛！因此，官家大悦，特降玉音，传宣黎庶齐集宣德楼前，金杯赐酒，要使每个人都带醉回去，以尽元夜之欢。

说时，楼前早已摆开赐酒场合，联结达数十丈长的几案上，陈列着许多金杯玉盏。再由一伙官监卫士，领着那上万的游人，排成几个行列，由左而右，一个个饮将过去。饮时，人们都先举杯谢恩，高呼“万岁”。

这和方才喊叫喧哗之声并不一样，喊得十分零乱。因为人们在雪地里看了一夜灯，只管身穿重裘，到底免不了遭受夜寒；何况这班有钱有势的人，平日养尊处优，何等保重，虽被皇家富贵所吸引，以能参与元夜张灯为荣，但那脆弱的身子，到底不是势利之念所能支持，伤风的人很多。有的人“万岁”两个字还未喊完，先就打一个喷嚏，再把那冷冰冰的金杯端起，喝那冰凉的御酒，取暖作用丝毫还未得到，先来了个冷气攻心，抖得上下三十六个牙齿直打架。人们连咳带呛和打喷嚏的声音，与楼上下的细吹细打，汇和成了一种极难听的交响乐。

若兰夹在这群游人当中，方觉这种嘈杂的声音，说不出那么刺耳难听，人已走到酒案之前。刚端起酒杯，忽然闻到一股花香，忍不住呷了一口；觉着其凉震齿，却没有什么酒味，仿佛一杯冷水里滴上了几点花露，一味冰凉。这才知道十之八九是冷水，想吐也来不及，业已咽了下去。当时心口冰凉，激灵灵打了一个冷战！手微一松，连杯带酒泼落地上。正慌不迭低身去拾，忽又听叮的一声，又有一只金杯落地！

原来紧靠若兰身前的是个大家命妇，因为丈夫官大，每逢这类宫廷豪举，她都参与，积累了多年经验，穿得特别多。人又生得肥蠢，再跟着众人一跑，好些人冷得暗中打抖战，她却头上直冒热气，贴身内衣都被汗湿透。那胖妇口既渴得难受，又是海量，明知这类御酒早被经手的人一层接一层兑过了好几次水，但没有想到会兑得那么多，连酒味都会失掉；喝得又猛了一些，刚一扬脖把这一大金杯酒喝将下去，当时来了一个透心凉！口渴方余，猛觉着喝的是一杯生冷水，暗骂："该死的！这也叫酒？"赌气把杯往桌上一放，一不小心滚落地上。

若兰正在此时拾杯，见又有一只金杯落地，猛想起公公平日最讲礼教，这次观灯，若非丈夫再三力请，公婆恐怕不会答应，再等天明之后，孤身回去，难免被他说上一顿。何不把这金杯带回，做一凭证？心念微动，一见人们乱糟糟的，胖妇丢杯之后，头都未回，也无人问，忙把自己的原杯拾起，掩向袖内，把另一只金杯刚放向桌上。忽又想起昏君虽然可恶，不该偷人东西。心中一惊，正想把所取金杯，装着代人拾起，放向案上，不料心慌手乱，手刚微抬，那只金杯已从袖口内落了下来。未等再拾，耳听一声断喝，两膀已被人抓紧。大惊回顾，乃是两个执事的宫监，跟着那如狼似虎的卫士便赶了过来。

原来每年元夜张灯，宫中都要失去不少御用之物。宫监卫士们自己在偷，却防游人也偷，最好捉到两个偷的来洗刷自己，因此照看十分仔细，到处都伏得有人。若兰装束平常，又是外乡人，初次见到这样大的场面，先在人丛之中东张西望，寻找丈夫，早已引起这班爪牙们的疑心。

那群宫监卫士们因为赵佶降过旨意，认为元夜张灯乃是庆贺上元佳节，一件喜事。如有酒醉失仪的人，不许计较。人们越是欢呼痛饮，越有意思。若兰金杯落地，不去管它并不相干，这一拾先就犯了忌，何况又多拾了一只，自然有口难分。当时人群中就喧哗起来，纷纷喊说：“拿住一个女贼！”

赵佶在平台御座上，听见下面喧哗，命内侍问知前事，便命将女贼押上平台御审。那狼虎一般的卫士拿了绳索正要绑人，一听传旨，忙喝：“女贼快走！”

若兰虽然胆小害怕，业已悔恨无及，只得硬着头皮，由卫士押上平台跪倒。心想：“反正凶多吉少，且先看看这皇帝老儿是个什么样的人物。”勉强镇静心神，偷眼往上一看。

那号称皇帝的中年汉子，竟长得容不出众，貌不惊人。瘦削削一张脸，口边挂着疏落落一些胡须，面色灰白，目光昏暗，仿佛酒色淘虚的神气。身材那么瘦弱，偏坐在那比人大好几倍的九龙御榻之上。榻上面的锦茵绣褥又厚又多，还有各种珍贵兽皮做成的靠垫之类，几乎把人埋去了半截，越显得这位君临天下的皇帝老儿渺小而猥琐，看去一点也不起眼。

若兰正伏地偷看中，忽听上面和苍蝇钻窗户一样嗡嗡了两声，也没听出说些什么，跟着便听旁立太监传旨喝问：“那妇人谁家眷属？因何大胆盗取金杯？从实奏来！”

若兰想了一想，答说：“民女无知，恐语言失检，有犯宫仪，致触法网。请赐纸笔，写奏供状。”

赵佶见盗杯的是个少妇，姿容又极美秀，怒意早消。再见她语音清朗，举止从容，见了自己的威风势派，并没有失魂落魄、周身乱抖的讨厌神情，越发动了怜惜之念，不等内侍转奏，便把头微微一偏，朝旁立的内侍看了一眼，鼠须动处，鼻孔里好似又哼了两声。旁立内侍连忙恭答：“领旨！”因为赵佶颇喜翰墨，常要题咏，文房四宝俱都现成，内侍只一转身便取了来，交与若兰，并在她身前放下一张小条几。

若兰知道当夜吉凶全在这支笔上，仗着文思敏捷，业已打好了腹稿，提笔就写。写完，自有内侍代为呈上。赵佶见她所写供状乃是一首《鹧鸪天》，书法十分秀润，交呈又快，先就高起兴来。这一首词的词句是：

月满蓬壶灿烂灯，与郎携手至端门。贪看鹤阵笙歌举，不觉鸳鸯失却群。

天渐晓，感皇恩，传宣赐酒饮杯巡。归家恐被翁姑责，窃取金杯作照凭。

赵佶看完，哈哈大笑，问知若兰公公是太学生，本身是江南士人之妻，因闻元夜张灯之盛，随夫入宫赏玩，越认为是一桩太平盛事，风流佳话。当时传旨，将金杯赏与若兰，另赐金银彩绢，命宫车护送回去。

若兰谢恩下台，刚刚走到楼前，便听官家回宫之声。回顾宣德楼上，鼓乐声中，那位望之不似人君的赵官家，正被左右宫娥宫监扶进暖舆，和病人一样搭走。跟着开放端门，大群游人又和潮水一般，争先恐后涌了出去。

这时天已渐亮，法驾（皇帝坐的车轿和仪仗）刚刚回宫，鼓乐之声渐渐远去。那千万盏华灯业已多半熄灭，只零零落落有一些未点完的残烛，在晨风中一闪一闪地摇曳着那就要消亡的残焰。昨宵那些火树银花也都光辉全失，现出本相，被游人扯碎践踏的残纸破绢，狼藉满地，到处蜡泪成堆，灰烬零乱。

宫苑中的积雪，大部分虽早在前数日打扫干净，那稍高一点的所在和一些花石林木，仍是玉琢银装。御苑中楼台殿阁奇峰怪石又多，雪后风光本来壮丽非常，无奈地方虽大，游人更多，经过昨夜大群游人的攀登践踏，到处都布满了人们的大小脚印。有的地方因为灯强火旺，雪多融化，地上都是泥浆。再有好些游人由此经过，把一条条泥污之痕，直带到宫门以外。先后个把时辰之隔，丑恶和富丽之景竟连成了一片。

游人还未散净，端门一带正在拥挤不堪，忽听呼喝之声又起，跟着便见千百个短衣人，被一伙官差和内监押着来拆灯棚，打扫园林。这些人多半都是鸠形鹄面，神情疲敝。有的还赤着两条泥腿，愁眉苦脸地在官差扬鞭威喝之下，爬高纵低，连扫带拆。只见余烬随残雪齐飞，绫罗与灰烟同扫，无限繁华，一时都尽，仅剩下一片乌烟瘴气和残破的情景，使人回忆昨宵盛况，宛如隔世。

若兰方在暗中慨叹，一辆宫车配着一匹紫缰玉勒的小白马已飞驶而来。随车宫监到了若兰身前，便请上车。前面四卫士已当先开路，轰开游人，让出了一条人弄。

若兰端坐车中，觉着皇帝喜怒无常，老百姓的吉凶祸福也就莫测，自己总算侥幸逃出了一场无妄之灾。对皇帝赏杯事印象极深，但非庆幸，只是感到侥幸而已。心中寻思，车轻马快，不觉驶出端门，行到御街之上。忽然瞥见道旁一人在前面往来走动，左右张望，定睛一看，正是丈夫黄机密。忙把绣帘微微拉开，探出半面，把手一挥，忙又缩回。

黄机密原是昨夜人多拥挤时，被人在肩膀上拍了一下，回看正是那年拿了周侗书信去往太行山结识的义士梁兴。心中一动，忙即引往无人之处。一问来意，不禁大骂，忙说："我一进来，便看这里到处戒备森严，罗网密布；并且游园观灯的都是朝中亲贵，富家眷属，就找不出你们这样人来。单你这样举动神气，就容易被人看破。再要仗着一时血气之愤，空手行刺，事情决办不到，白送性命，还要连累好人。这是何苦？"

梁兴因见昏君奸贼荒淫太甚，想起百姓平日所受的苦难，万分愤怒，先不肯听。后经机密再三劝说，方始点头。机密还不放心，趁着端门未闭，强拉梁兴走出；到了僻静所在，各自谈论了一阵，互订后会之期，方始分手，回接若兰。不料端门业已关紧，只得重又寻到梁兴的住处，谈到天色将明，然后赶往御街等候。没想到爱妻竟会坐了宫车出来。

两下目光一对，当时会意，便跟了下去。到家见了父母，各谈前事，知道国事业已危急，在汴京待不几天，便将全家移往江南。机密安顿好了父母妻子之后，便孤身来往江湖，极少回去了。

以后（一〇三八——一二六七），我国混同江（黑龙江）长白山区，有一种族，名叫女真。最初原名勿吉，全族共分七个部落。内中有一黑水部，所居之地，东边临近渤海，南边临近高丽。五代时又分成两个部分，南半部附属于契丹，称为熟女真，只有这北半部住在长白山一带，不归契丹所管，称为生女真。

女真族俱都穴居野处，迁徙无常，喜吃生肉，饮糜酒。酒醉之后，动辄杀人。没有文字，也没有国号，散居在深山穷谷之间。大的部落约数千户，小的部落才千数百户，各自推选豪强武勇之人当酋长。由于环境关系，造成了所有女真人都长于骑马射箭。有一个姓完颜的部落，在同种族的部落中比较强大。这年有一个名叫函普的高丽人投到它的部下，因为才智过人，得到了众人的信任，又在当地娶妻生子，正式成为完颜部人。不久便被众人推为首领，当了酋长，并把众人推举酋长的制度改为世袭。传到第四代的酋长叫绥可，才开始耕种土地，兴建房屋，有了定居生活。绥可的儿子石鲁，又开始设立一些条文法令。石鲁的儿子名叫乌古乃，为了本部不产铁，并想在各部落中建立威信，径向契丹（辽）称臣。契丹封他为生女真部落节度使，由此开始买铁，制造甲胄兵器，设官属，势力逐渐强盛。乌古乃有三个儿子，相继当了节度使，最后传位至乌古乃的长孙阿骨打，是函普的第八代。他在赵佶建中靖国元年被立为酋长。

起初生女真每年都要向契丹进贡北珠、貂皮、名马、良犬及海东青（小鹰，能擒天鹅）。契丹酷爱海东青，贪之不已，耶律延禧（辽主）勒索得更厉害。女真族部落不胜其苦，群情愤激，都想反抗。阿骨打趁机联合诸部落，起兵同抗契丹。开头虽然只有二千五百人，因为勇猛善战，积怨又深，竟将契丹兵杀得大败。由此兵力越强，屡次和契丹打仗，俱都大胜。

宣和元年，金主阿骨打遣李善庆（渤海人）及索都（完颜部人）拿了国书和北珠、生金等礼物，同了赵佶头年二月所派的使臣马政，借着通好为名，试探宋朝强弱虚实。赵佶并没想到自己君臣荒嬉，民不聊生，天下骚然，变乱四起，已由内忧引起了外患，依然丝毫不知利害轻重，妄以上国自居。

先命奸相蔡京和使臣说，想约金人一同攻辽。李善庆、索都见宋室君臣上下荒淫，国力凋敝，自顾不暇，还要夜郎自大，心中暗笑，只敷衍了几句，没有十分答理。

赵佶君臣还不知趣，又命马政带了诏书礼物，同了来使，往金报聘。走到登州，听说金主已立为皇帝。赵佶又下诏书止住马政，遣平海军校呼庆送使臣等回金。阿骨打对呼庆说：“你家皇帝如真要与我金邦和好，便派使臣拿国书来。若把我当成小国，用那诏书以上临下，决办不到！”宋室君臣听呼庆回来一说，好生不快，但是没法。童贯贪功心盛，自不量力，一心一意还想去收复燕云（营、平、滦三州和冀、景、檀、顺、涿、易等燕京六州二十四县，均五代时被契丹占去的失地），妄念还是未息。宣和二年，先后又遣赵良嗣、马政往见阿骨打，要求灭辽以后，把五代时陷入契丹的汉地送还宋国。阿骨打说：“土地尚在辽人手中，不是一句话就能得到的。如果双方同时出兵，谁先攻下，就归谁得，才合情理。这都是要拿人命钱财去换来的东西，既无法取巧，也不能白送，如打算要，快派兵来。”赵佶君臣才知威信已失，空言无用，又遣赵良嗣和金人商议，夹攻契丹，约定金取中京（热河平泉县东北），宋取燕京西京（山西大同县）。

赵佶君臣又送给金人岁币五十万金。把国家有用的金钱、人民的血汗，拿去讨好金人，打算将来得到一些方便。阿骨打理也未理，跟着连败辽兵，夺了许多州县。赵佶君臣还想捡便宜，又命童贯为河北、河东路宣抚使，蔡攸为副使，率领诸将，分路进攻。刚一交阵，宋兵便纷纷溃退。赵佶君臣方始害怕，慌忙下令，退兵保境。由此金人更把宋军当作腐朽，把宋室江山也看成了囊中之物。

自来国与国之间，全仗自己本身的力量，来决定它的强弱，丝毫投机取巧含糊不得。最重要是全国的人心和士气。像赵佶君臣那样荒淫残暴，民心早失，而统兵大将又是童贯等奸贼和他们的粮饷爪牙，平日只知贪功冒赏，搜刮民财，兵无纪律，倚势横行，上起阵来却都贪生怕死，不听号令，又多半是些强征强拉、专为用时凑满空名额、未经训练过的新兵，连老带小，全有在内。这样兵力士气，如何能与刚刚强大起来的金人为敌？其造成中原沦陷、二帝蒙尘、河山破碎、万姓流离之祸，并不是偶然的。

第四回

应变识先机，午夜仍为一恶狙
关心唯后起，弥留犹问九连枪

岳飞成婚不满三年，生下一子，取名岳云。李正华因醉后感受风寒，不久去世。岳和与正华患难知己、儿女亲家，想起当年雪中送炭和对爱子岳飞的恩情深厚，简直说他不完，不禁伤心已极。岳母想起正华对她全家的恩义，也是伤感非常。岳飞夫妇当正华临终以前的亲侍汤药，衣不解带，和正华死后的尽哀尽礼，更不必说。

周侗和正华交情极深，正华死后，心情本就悲痛，偏偏一场大雨下了好几日，越加添了烦闷。好不容易雨过天晴，众学生见周侗老师思念亡友不能去怀，均说“人死不能复生”，正以婉言劝解。岳飞红着一双眼，手持旧鞋，恰由外面光脚走进。

周侗想起昨天正是正华死后的百期，岳飞曾经请假回家，前往设祭，自己本来要去，众学生见自己近日身子不爽，再三劝阻，方始作罢。心方一酸，岳飞已赶到西厢房，洗完脚穿上鞋走来，强笑着喊了一声“恩师”。

周侗问知外面泥水甚多，苦笑着说：“你岳父死后，我才知他两袖清风，并没有什么积蓄，剩下有限百十两银子，业已做了他的丧葬之费。这几年租粮太重，加上水旱天灾，庄稼人的日子越来越难过了。难得天已大晴，我本想到外面稍微游散，就便到你家去看望看望。不料前夜受了点寒，雨后的路难走，大家将我劝住，在屋里枯坐了几天，实在闷得难受。此时太阳偏西，你们到厨房去弄点酒菜来。好在天还不算很冷，我师徒同到后面小山凉亭里饮上几杯。你们把旧鞋穿上，在附近泥水地里跑上几回，试试近日的轻身本领有没有长进。晚饭后大家再谈兵法。”

众门人同声应诺。王贵当先跑去，周义、吉青、徐庆、霍锐、汤怀、张显等六人，想和师父解烦，都往外跑，岳飞也想跟去。

周侗见他两眼红肿，伸手一挡，说：“你先莫忙，我还有话要问你。”岳飞连忙应声立住。

周侗问道：“令尊令堂身体好么？他种那几亩薄田，租粮越来越重，你又娶了亲，这日子恐怕不好过吧？”岳飞恭答：“家父家母精神尚好，仗着平日勤俭，徒儿媳妇过门后，又多了一双人手。岳父生前所送银子，除交租粮外，还剩一些，足可度过今冬了，多谢恩师挂念。”

周侗笑道：“你我师徒情如父子，休看我手散，身边没有多的钱，仗着那几家富户送的情金多，像你家那几口人，我还可以贴补一时。若把我当作外人看待，和拜师的第二年秋天一样，家中已无隔宿之粮，正华送的几两银子，偏又被官差强逼了去，你父子情愿咬牙忍受，偏不肯和我二人说，我却不答应你呢！”岳飞恭答：“徒儿的家境如真为难，定求师父接济就是。”

周侗拉着岳飞的手，笑说：“自你岳父病故，我心绪不好，三个多月没有仔细考问你们功课了。我教的轻功都学会了么？”

岳飞忙答："岳父是徒儿恩人，不是他老人家那样的栽培，焉有今日！去世之后，徒儿心如刀割。尤其他老人家病中和安葬那些天，每日忙乱，未多用功，多半没有长进呢。"

周侗道："我要不是方才看出你脚底下长了功夫，还不会问呢。我还要看看你气提得匀不匀，到底提着气能走多远。少时你穿上藤鞋，由柳林后面穿过那片松林土坡，绕到土山后面再来见我。这条路平日无人往来，中间还隔着两个水塘、一道溪流，大雨之后，泥坑更多，轻功差一点便过不来。我先在山亭上看你怎么走法，等路干透，再去查看你的脚印，就知你的功夫深浅了。"

岳飞觉着所练轻功尚难自信，师父这一指点，连那没学会的师兄弟也可一同传授，心中一喜，连声应诺。

周义同了王贵走进，见岳飞拿了一双藤鞋要往外走，笑问："酒菜业已备好，岳师弟往哪里去？"

周侗接口说："我要考查他的轻功呢。我们都到凉亭上等他去。"说罢，起身先走。岳飞觉着冬日天短，唯恐少时不及传授，忙往柳林赶去。

周侗带了众学生，由房后走上土山一看，凉亭内酒菜杯盘均已摆好，旁边还有大小两个火炉，一个温茶，一个烫酒。笑说："我本意等岳飞回来同饮，酒菜既已摆上，不妨先吃起来。等他到后，你们再轮流到亭外练一回给我看吧。"

众学生见周侗兴致勃勃，和方才沉闷神气大不相同，俱料老师当日必有传授，全都兴奋起来，便请周侗入座。周侗吩咐热菜先慢点上，刚喝了三杯，忽然起立，走向亭外，众人也忙起立，打算跟去。

周侗回顾笑说："你们吃你们的，不要拘束。我看一看野景。等上热菜时，再进来。"众人看出周侗要等岳飞回来同饮，又知老师脾气，不敢违背，忙同应声归座。

这时正是十月中旬的天气，土山在柳林的东北面，这一大片地方，到处都是古柳高槐，林木甚多。周侗站在亭外假山石上，先往四外一看，到处寒林耸秀，败叶摇风，斜阳影里，分外显得萧飒。左近田野里，都是一块接一块的黄土地。虽然是雨过天晴，但空中云层甚多，遮得那一轮斜日时隐时现。一阵接一阵的寒风，吹得那些衰柳寒松飞舞如潮，飒飒乱响。分散在平野上的农家，都是柴门紧闭，鸡犬无声。几条通往乡村的小路上，也极少有人来往。看去全是一片荒寒景象。

周侗心想："朝廷无道，专一横征暴敛，加上年景又差，不是旱灾，就是水灾。官府只知搜刮民财，全不管老百姓的死活，以致庄稼人的日子越过越苦，到处都是呻吟悲叹之声。金国又在虎视眈眈，意图吞并我大好山河。照这样下去，将来不知怎了？愁闷了一阵，估计岳飞快由柳林赶回，便朝柳林那面仔细观看。方觉出由柳林往山后侧面绕来这一条路，平日多被草木挡住，此时居高临下，却是看得逼真。忽听耳际疾风，知道有人暗算，忙把身子微偏，左手微抬。紧跟着飕飕飕接连几声过处，来人的三支小梭镖，已被周侗从容接住。

周义正端起酒杯要和徐庆对饮，猛瞥见斜阳光中有几点寒星，由斜刺里朝周侗飞来，不禁大惊，连话也顾不得说，忙往外纵。众人都知老师平日疾恶如仇，江湖上对头甚多，纷纷纵起，还未出亭。忽听周侗低喝："你们回去，不许妄动！"一面把身子侧转，朝着斜对凉亭的土冈上笑道："你们怎么今天才来？我等了好些年，已经是不耐烦了。"

随听对面土冈上有人喝道："姓周的不必夸口！方才三支追风燕子梭，只是给你报个喜信，你当是暗放冷箭么？"

周侗笑道："你们既不愿意光明正大登门求见，我也不便强做主人了。什么时候，什么地方，你们说吧。”

土冈上又答话道：“今天十四，月亮正好。我们在离此十五里的关王庙备下薄酒，等你光临呢。”

周侗闻言，两道长眉微微一扬，冷笑道：“我明早天明前，准来拜访如何？”

说时，土冈树石后面早闪出了四人，为首是个寻常身材的老头，旁边一个彪形大汉，一个头陀，还有一个年约二十的矮子。老头听周侗把话说完，答了一个“好”字，便同退去。转眼之间便到了冈旁溪边，快得出奇。

周侗手里却托着三支形似箭链、后带燕尾的小钢梭，上来神态十分从容，对头去后，忽然冷笑了一声，由此全神贯注在对头的去路，一言不发。

王贵说：“岳飞正由这条路来，莫与对头撞上，我和诸位师兄弟前去接应如何？”

周侗把面色一沉，低语道：“岳飞不知对方虚实来意，没问明我前，决不会与人动手。若说对一个素昧平生的小娃下那毒手，老贼虽然万恶，这类丢人的事，不是万不得已，当着人还做不出来。”

众人见到周侗说完只喝闷酒，不再发话。以前又曾听说过那大对头名叫“独霸山东铁臂苍猿”吴耀祖，本是一个坐地分赃的恶霸，平日奸淫掳抢，无恶不作。因强抢民妇，被周侗撞上，恶斗不胜，带了几个心腹同党负伤逃走，由此好些年不知下落。年前才听说老贼隐藏在鲁山人迹不到之区，在神前发下重誓，非报此仇不可。看今日来势，老贼必有准备。都盼岳飞回来，好听老师作何打算，以便同去助阵，将这一伙恶贼除去。谁知相隔不过一里多路的柳林，岳飞竟去了半个多时辰不见回转，又不敢问，正担着心。

周侗忽然停杯起立道：“按说就遇见对头，也不妨事，何况看老贼来路和约会的地方，也绝不会遇上，怎么这时候还不来呢？”末句话刚说完，霍锐坐处正对山上的坡道，忽然惊喜道：“岳师兄来了！”众人忙起观看，见岳飞已三步并作两步急匆匆跑了上来。周侗含笑朝岳飞看了一眼，便命入座。一面催炒热菜，连饭一齐端来，对于方才之事，一字不提。岳飞知道老师性情，又看出众人紧张神情，也未开口。

霍锐急于想知就里，又和岳飞坐在一起，忍不住悄问：“岳师兄为何来得这样晚？”岳飞因知事在紧急，心中愁忧，又恐周侗听了不快，忙把霍锐的衣襟偷偷拉了一下。

周侗笑说：“你两个不必这样，等我打好主意，就对你们说了。”说时正好端上热饭，周侗仍和往常一样，把余下的酒饮完，然后吃饭，始终未动声色。吃完，天已黄昏。

王贵正抢着去点灯，周侗说：“灯不用了，到我屋谈一会儿去。”随和众人一同回到卧室里面，谈了一阵闲话，忽然笑道，“你们睡吧，天明前我还要到关王庙去赴人约会，打算养养神。”

周义喊了声“爹”，底下的话未问出口，周侗把手微微一摆。周义、岳飞首先会意，忙邀众弟兄同往厢房走去。进门，周义先打了一个手势，众人便将外屋刀剑和镖弩之类暗器暗中带上。

周义看了看天色，故意笑说：“索性大家都早点睡，天明前起来，到关王庙看热闹去。”众人同声赞好。周义又用手比了几下，王贵、霍锐、汤怀便同往炕上卧倒。周义随引岳飞、张显、吉青由后面小门走出，贴着走廊，绕往东厢房平日练功的室内，贴窗埋伏起来。

吉青人较粗鲁，悄问周义：“对头已约老师在关王庙相见，难道还会来么？”周义附耳悄语：“事情还拿不定，但是不可不防。对头今天一上来就打算行刺，已然看出情虚；

所发三支追风燕子梭，又全被爹爹接去，更难免于气馁。爹爹平日料事如神，看方才的意思多半料到老贼和他的党羽打算骤出不意，给我们来个先发制人……”话未说完，嘴忽被人按住，随听耳边低喝：“不许开口！不是万不得已，谁也不许出去。我料对头就不会来，也必先叫两个能手来窥探我们的强弱虚实。老贼心毒手黑，须防他暗算呢。”

众人听出是周侗的口音，忙即回头，周侗已拉岳飞走去。周侗把岳飞领到了正房东里间。岳飞见外屋师父榻上好似睡着一人，也没有问。到了里屋，周侗早把后面一排窗户打开，令岳飞掩向一旁，悄问：“你路上遇见的人多么？”

岳飞答说：“先只四人，弟子见他们形迹可疑，来路又是凉亭土冈后面，便在暗中跟了下去。走不多远，又来两人，腰间都凸起一块，好像藏有兵器，口气均极凶横，公然明说在关王庙埋伏下许多人，要引恩师天明前入伏报仇等语。”周侗说：“果然不出我之所料，你知对头的用意么？”

岳飞悄答：“我料群贼仿佛是叫弟子带话神气。照他说话那样夸张，恐还藏有诡计呢。”

周侗笑道：“所料不差。快到时候了，你目力比我还强，你看土冈一带有什么动静没有？”

这时，天已将近三鼓，月明如昼，照得后面院宇树木和浸在水里一样。屋子里灯光早熄，屋里正背月光，一片漆黑。窗外本是亩许来地的一片菜园，西面通往土山凉亭。东北面对着那一列土冈，中间还隔着土山凉亭和一些树木。两下相去有十多丈，冈上尽是矮树荆棘和一些大小石头。岳飞照着周侗所说，朝前一看，悄答：“冈上好像有几个人呢！”

周侗低询：“方才我已看出老贼诡计多端，恐还有诈，你再看看。”

岳飞悄答：“我已看出那几处埋伏的人都是假的，真的只有一个藏在树旁山石之后，好像是个头陀。”

周侗拉紧岳飞的手，笑说：“你真是个好孩子，看得一点不差。今晚最厉害的对头，大概只有两个。我料老贼原想引我天明前入伏，倚众行凶。现在又想出其不意，提前行刺。能将我杀死更好，否则便诱我师徒追往土冈，等发现上面尽是一些衣帽装的假人，稍一疏神，真埋伏的能手却突然出现，猛下毒手，对我暗算。以为我一倒地，你们决非其敌，没想到会被我看破。去年听说有一头戴金箍、身材高大，借卖春药为由，专与官府往来，外号‘快活菩萨’法广的凶僧，乃金邦派来的奸细，正与这头陀打扮身材一般无二。相隔才十多丈，何不先赏他两箭试试？”

岳飞立起，将周侗事前放在一旁的铁胎弓拿起，搭上两箭，朝土冈上射去。那凶僧隐伏冈上，自恃本领高强，本就大意了些；又因贼党已将发难，前面院落有半边被大树挡住，看不出来，正在探身往前张望，做梦也没想到会有这两支连珠箭突然飞来。等到瞥见两点寒星迎头射到，不禁大惊，连忙纵身闪躲，伸手想接。哪知弓强箭急，来势又猛又快，头支箭先没躲过，正由右颈透过，第二支箭将右中指射断，吃手一带，钉向脸上，箭镞斜穿，直透后脑。凶僧只怒吼得一声，便自翻倒，整个尸首由土冈上翻滚而下，掉在下面泥塘里，溅得泥水四下飞射。

岳飞箭射凶僧之后，正在查看冈上是否有别的贼党隐伏，忽听外屋夺夺几响，好似有什么东西钉向榻上。紧跟着一条人影带着一股疾风由面前闪过。知有变故，忙将长弓放下，拔刀追出。月光正由前窗外照进，被中无人，床头和被褥上却钉着好些暗器，周侗不知去向。耳听院中铮铮连声，金铁交鸣，一时情急，连忙越窗而过。还未落地，耳听周义大喝："师弟留心暗算！"同时瞥见酒杯大一团寒光，映月飞来。

岳飞虽然初和敌人动手，但是目光敏锐，心灵手巧，早就防到。刚一横刀背，朝那暗器挡去，忽又听叮当两声，斜刺里又飞来一件暗器，正好将敌人的暗器打向一旁。那发暗器的贼党，就在对面房上，正往下纵。岳飞更不怠慢，忙将左手刚取出的铁莲子，用大中二指扣住，照准敌人猛力弹去。那贼脚还不曾沾地，便吃打中印堂，深嵌入脑，翻跌在地。

岳飞见地上已倒着四五个；另外还有十来个来贼，正和周义、王贵、徐庆、汤怀、张显、吉青、霍锐等分头动手，打得甚是激烈。因见周义、徐庆都是以一敌二，敌人来势猛恶，恩师不知何往，唯恐轻身追敌，中了仇人暗算。心里一急，便把平日练着玩的十多粒铁莲子全取出来，照准群贼头上，一个接一个连珠打去，又连伤三个。

群贼见状大惊，纷纷怒吼，内中一贼，自恃身法轻快，连人带刀一齐飞来。岳飞用足右臂之力，横刀一挡。那贼手中刀先被磕飞，虎口也被震裂，刚惊呼一声，吃岳飞左手就势一铁莲子打中头上；再腾身一脚，踢出丈许远近，倒地身死。另一贼正往前赶，吃周义由后一镖，打了个透心穿。

就这转眼之间，贼党死伤了好几个，余下群贼多半胆寒起来。内一彪形大汉，首先呼哨一声，想要上房逃走。身才纵起，忽听迎面大喝："狗强盗休想活命！"一条人影带着一股疾风，已迎面飞来，手扬处，大汉凌空翻落，倒地不动。

岳飞一见来人，首先惊喜，急呼："恩师回来了！"群贼都知周侗威名，哪里还敢应战，当时一阵大乱，分头往房上蹿去。众人正要追击，周侗已由房上纵落，将众人止住，缓步走向房中坐下。

周义正在查看倒地诸贼死活，见状大惊，忙即赶进房去，悄问："老贼可曾除去？爹爹怎样了？"岳飞等见周义神情紧张，心中惊疑，忙同赶进，也问了两声。

周侗神色如常，只是停有半盏茶时不曾开口。王贵忙端了杯茶过来，给周义把手一挡，低说："此时还不能喝。"众人见状，情知不妙，全都提着一颗心，面面相觑，作声不得。

又停了一会儿，周侗才微笑道："你们不要慌，这没有什么。今夜总算把民间一个大害除去了，岳飞又把那个最得力的奸细射死，真乃快事。我方才与老贼拼斗，伤了一点真气，趁我还要坐上一会儿才能安睡，岳飞、周义赶紧到土冈下面，将凶僧的尸首搜查一下，要是搜出腰牌地图和机密信件，好好保存，将来有用。王贵速寻里正，就说有群贼明火，令速报官。好在官府和你家都有来往，当不至于因此涉讼了。徐庆带了众师兄弟，速往关王庙探看余党逃未。我方才下来，正遇老贼同党赛霸王曹蛟，此贼到处杀人放火，为害民间，又是老贼的死党、凶僧的徒弟，自然容他不得。虽然将他一掌打死，余力已尽，此时已不能再多说话。我等你们回来才睡，快些分头行事去吧。"

周义、岳飞等同门均料凶多吉少，心中一酸，几乎流下泪来，都想探询周侗是否内伤甚重，周侗已把双眼闭上。周义知道父亲正在闭气养神，不宜惊扰，只得朝众人把手一挥，轻轻退了出来。

这时天还未交四鼓，岳飞见王贵、汤怀等早已分头走去，为防万一，悄告周义说："你去搜那凶僧的尸首，小弟在此等你如何？"

周义本不放心父亲一人留在屋内，无奈周侗说出话来向无更改，不敢不听；也是恐怕室中无人，万一贼党又来行刺，无人抵挡，正在为难。一听岳飞这等说法，正合心意。

忙答："此时真还不能离人，师弟守在这里，再好没有。我到后面去去就来。"说罢，匆匆走去。

岳飞轻悄悄守在门外，想起这几年来师徒的情分，万一恩师有个好歹，岂不抱恨终身？心正难受，忽又想起方才受伤倒地的那些敌人，忙乱中不曾细看，是不是还有缓醒过来的。心念微动，朝前一看，院子里所躺贼尸并无动静，只仿佛少了一个。暗忖："先前我由窗内纵出时，分明看见一个手使月牙护手钩的矮贼，被周大哥打伤左膀，纵到旁边。刚巧霍锐因避敌人暗器，也往旁纵，正好撞上，就势一棍打倒，便没有见再起来。矮贼身法十分轻快，并且早有逃意，不是霍锐这一棍打得巧，非被逃走不可。记得此贼倒在那旁树下，怎会连人带兵器都没有了影子？被他逃走，已难免于后患，再要藏在附近，少时又来行刺，岂不更可虑？"

想到这里，便往院中走去。本意是想查看群贼尸首是否有先前所见矮贼在内，只要把那一对奇形兵器月牙护手钩寻到，也可放一点心。

那院落甚是宽大，四面都是走廊和四五尺高的台阶，正房台阶下还有四株大海棠树。岳飞因恐惊动周侗，正轻悄悄顺着台阶往下走，忽听左侧树枝微微一响。这时夜风甚大，空中云层又多，被风一吹，宛如潮涌。那高悬空中的明月，星丸跳掷也似，不住在云隙中往前乱穿，光景明灭，时隐时现。因地面的月光时明时暗，风又响个不停，稍微大意一点的人，必当作风吹树枝的声音，忽略过去。岳飞却是耳目灵敏，心细如发，一听便知有异，忙回转脸一看，当时醒悟，更不怠慢，倏地转身，双足一点，一个"蜻蜓掠水"的身法，朝左侧第二株海棠树下飞纵过去。

原来台阶底下倒着一人，双手各拿着一柄月牙护手钩，正是方才所见矮贼，脸朝上躺在那里，和死了一样。岳飞暗骂："猾贼！只顾装死，也不想想中间还隔着两株海棠树，你怎会由前院倒到树后头来？我先叫你吃点苦头也好。"念头一转，左脚便朝那贼的右手腕踏去。

矮贼名叫陶文，最是奸狡，本领又高。当夜一到便看出主人有了准备，又震于周侗的威名，早就想溜，不料稍微疏忽，左膀被人打伤，又挨了一铁棍。知道对头厉害，想逃不易，忽然急中生智，就势倒地不起，一面暗中偷看，正打逃走主意。忽见周侗由房上纵落，只一掌便将赛霸王曹蛟打死，不由心胆皆寒，正暗中叫不迭的苦。自周侗师徒回到正面房内，听所说口气，老贼吴耀祖虽被打死，周侗也似受了很重的内伤，心中暗喜。因觉上房逃走，稍将对头惊动，追将出来，休想活命。看出正房侧面有一月亮门，先打算掩到里面翻墙逃走。刚轻悄悄掩到正房台阶底下，暗中查听动静，忽见众人分头走去，暗忖："周侗关中大侠，名满天下，他受内伤之事并无人知，若能将他人头带走，真是多么露脸的事！"心中只顾打着如意算盘，并没想到周义和岳飞分手时，语声极低，一句也没听出。直到岳飞走下两层台阶，方始警觉，看出来人正是方才用连珠暗器连伤好几名同党的少年。知道厉害，只得把身子往地下一顺，打算卧地装死，再相机行事。

岳飞先并没有留意台阶两侧，陶文想逃，并非不能办到，只为心凶手黑，老打着害人的主意，倒地时微一疏忽，左手月牙护手钩将海棠枝微微带了一下。心方一惊，便见对头转身寻来，情知不妙，表面装死，暗中紧握双钩，准备冷不防突然暴起，先将来人杀死，再往卧室之中行刺。不料来人非但练有一身惊人本领，应敌之际更是机警灵巧。他这里心念才动，左膀已被人一脚踏住，半身全麻！当时负痛情急，忙起右手想要迎敌，又吃岳飞连打了两下重的，内中一粒铁莲子，竟将手背骨打碎了两根！当时痛彻心扉，怒吼一声，待由地上挣起；猛又觉眼前一暗，头上好似中了一下铁锤，就此晕死过去。

岳飞见矮贼头巾落向一旁，里面似有金光一闪。拾起拆开，乃是骨牌大小一块金牌，上面刻着似篆非篆的一团花纹，牌后还刻着“陶文”二字。再就着光仔细一看，那形似篆字聚成的一朵小团花，正是恩师周侗曾经写出给大家看过的金邦文字。心方一动，忽听一声断喝，同时瞥见两点寒星由身旁飞过，跟着又是一声：“哎呀！”

目光到处，矮贼刚由地上挺身坐起，左手好似拿着一样东西，还未打出，那两点寒星已先打中他的头上，一声惨号，重又倒地。

随见周义由台阶上纵落，右手拿着三只燕尾梭，见面笑说：“这类出风毒药暗器，最是凶毒，我先拿这狗贼试一试手。”

岳飞见矮贼已被周义打死，只得笑说：“此贼十分狡猾！我将他头巾踢落，发现这形似帽花的金牌，上刻一朵团花，很像金邦的文字，背面还有‘陶文’二字……”

周义瞥见岳飞手里拿着那块长方形的金牌，忙接口道：“这矮贼就是陶文么？我真粗心大意，只见他要用暗器打你，我手上正拿着由凶僧身上搜出来的燕尾梭，随手赏了他两只，不料被我打死。此贼和凶僧都是金邦最得力的奸细，金牌是他们的机密信符，休说外人，恐怕今夜来的这些贼党，都未必全见到过。我由凶僧身上搜出好几张地图和探报我国兵力虚实的信件，还有一块小金牌藏在束发金箍后面。我料此贼身上也许还有别的东西，我们快搜一搜。少了一个活口，没法问他口供，真个可惜。”说罢，二人一同动手。

矮贼果有一道绢手札和两封机密文件，贴身收藏。再翻院中群贼的尸首，除随身兵器外，只有一些散碎银子。

周义说："有了这两面敌人的金牌信符，今后再多杀几个强盗也不相干了……"话未说完，忽听有人接口道："你两个快到这里来，我有话说。"

二人闻声回头，正是周侗站在台阶上面，语声比起平日似显微弱，不禁大惊，忙即走上。岳飞首问："恩师好些了么？"

周侗微笑了笑，转对周义说："如今到处都有金邦派来的奸细，好些贪官污吏、土豪恶霸正和敌人勾结。你想自找无趣，为亲者所痛，为仇者所快么？快将搜出来的那些东西收藏起来。见了里正公差，就说群贼都是山东路上的响马，路过此地，见我房多整齐高大，以为是家财主，明火打抢，被我师徒打死了几个，余贼保了负伤的一同逃去。别的话都不用说。"

周义连声答应，忙将搜出来的地图信符之类拿进房去收起。周侗又对岳飞说："你到里面端把椅子出来，把你新悟出的那套枪法，练一回我看看。"

岳飞闻言，心中一酸，不敢说周侗受伤之后不宜多劳，强笑答道："徒儿初次临敌，连经恶斗，不知怎的有些疲乏，明日再练给师父看吧。"

周侗见岳飞说时，一双大眼泪花乱转，明白他的心意。哈哈笑道："你今天怎么这样软弱？我不愿人对我说假话，快取枪来，练给我看！"

岳飞不敢违抗，只得依言行事，端来椅子，请周侗坐好，就在院中练将起来。这套枪法乃是周侗师徒近半年互相研究发明出来，比杨再兴的六合枪更多变化。岳飞明已看出周侗神情和所说的口气不妙，仍不得不强忍悲怀，打起精神，将那一套新练成的九连枪施展开来。练时，偷看周侗正和周义手指自己低声说话，周义满脸都是忧急之容。正恨不能把这一百二十八式九连枪赶紧练完，上前探问。周侗忽命停手，岳飞忙即收枪赶过。

周侗笑说："你真能下苦，居然半年光景就练到了火候。你听鸡声报晓，转眼王贵他们快来，不必练了。"

岳飞两次想问周侗伤势可好一些，均被周义暗中摇手止住。想起师门恩义，忧心如焚。后来实忍不住，刚开口喊得一声："恩师……"周侗笑说："有的话我已给你二哥说了。这没有什么。你一个少年人，要放刚强一些。"岳飞越听口气越觉不妙，心方一紧，王贵已陪了王明，还有许多庄丁长工，持兵器火把赶到。

原来王明得信之后，仗着自己是个大绅士，和官府有交往，一面写信命人报官，一面命人去喊里正。然后带了庄丁，亲自赶来，作为昨夜强盗是来抢他，全仗周侗师徒相助，将强盗打死了几个，余党逃走。

周侗听完来意，微笑点头，连说两个"好"字。跟着徐庆也率众人赶回，报说关王庙中已无余贼，和尚并不知情。周侗听完，忽朝左右看了一眼，两膀微微抬了一抬。岳飞、周义先见王明到来，周侗坐在那里，身都未抬，语声又是那么细微，早担着心，忙同上前，将周侗扶向卧室榻上，靠着枕头坐定。

停了不多一会儿，周侗朝众人看了一眼道："你们有话问老二吧。"又朝岳飞笑说，"你要好好看重自己，不久国家就要用你呢！"说完微微喘了口气，又略停了停，然后笑对王明说，"这些年来，多谢你们了。"说罢，双目一闭，手朝岳飞一伸。岳飞忙将左手伸过，周侗一把握住。周义便将周侗身后枕头抽去，扶他轻轻卧倒，二人一试周侗鼻孔，已无气息。当时心神一震，由不得同声哭喊起来。

周义扑上身去，哭喊了一声"爹爹"，几乎昏倒。岳飞万分悲痛中，猛觉手被周侗握得更紧了些，比初握时的气力大得多，以为还有生机，忙喊：“诸位师兄且慢，恩师还有气力呢！”

众人忙同止住悲号，仔细查看周侗神色，一个个都存了希冀之心，当时便静了下来，室中通无一点声息。岳飞觉着周侗手劲很大，更是目不转睛，注定在周侗脸上，连口大气也不敢出。

似这样静悄悄地停有半盏茶时，周侗面色转红，两眼似睁非睁地望着岳飞道：“你不许这样软弱，那扎马刀有用，金人善于用马，你……”

说到“你”字，双眼一闭。同时岳飞觉着手上一松，忙和周义仔细一查看，周侗心脉已停，渐渐手足冰凉，人已死去，忍不住扑向周侗身上，哭叫一声“恩师”，便急晕过去。众人自然哭成一片。

岳飞刚刚醒转，里正来报官府验尸，周义便要出迎。王明说：“老贤侄好好保重，你们不要管，都有我呢。”说罢，同了里正迎去。

周义万分悲痛中，想起父亲遗嘱，见众同门多半哭得力竭声嘶，伤心已极，忙即劝住。跟着，王明走进，说：“事已了，官府还要追捕余贼呢。”便和众人商计后事，买了棺木成殓，设灵上祭，照周侗遗嘱，就葬在永和乡附近，并不扶柩回籍。

第五回

人已云亡，孤军长眠悲宿草
世方多难，哀鸣四野痛灾黎

众人都随岳飞在墓旁芦篷之内守墓，每日早晚上香设祭。过了七七，方各回家，只岳飞不舍离开。后来虽因父母妻子和众同门再三劝告，每日仍要往墓上去哭奠两回。

周义原定过了百期，再回关中故乡，安排父亲身后一些琐事，每日都到墓上，和岳飞常在一起。吉青、霍锐、徐庆也不断前去看望，只有王贵、汤怀、张显三个富家之子，因当年天气特冷，开春还没有化冻，父母恐其受寒，说人死不能复生，芦篷太冷，岳飞房小，难容多人。岳和夫妻贫而好客，不应常去打扰人家，因此和岳飞见面比较少些。

这日已是第二年的正月底，又是一场大雪下过，春寒甚重。积雪好几寸，吃寒风一吹，全都冰冻，脚踩上去，沙沙乱响。风吹到脸上和刀子一样，刺骨生疼。

周侗葬在离岳家半里来地的高坡上，四围都是白杨树。墓在树林当中，旁边搭着一座丈许方圆的芦篷。周义有事未来，岳飞独坐篷内，眷念师恩，心正悲痛，岳妻李淑忽奉母命来唤，一同回转。

岳母姚氏见两小夫妻回来，回头笑说："你两个快到灶前暖和暖和。后日是周恩师的百期，你周二哥年轻，没有经过这样大事，又遵他父亲遗嘱，一切从简，明日上祭，恐办不齐。我把去年徐庆、霍锐送的腌肉、腌鲤鱼蒸好，加上你恩师生前爱吃的咸菜辣椒，办了一些供菜。还有周恩师去年秋天送的那坛竹叶青，你爹没舍得吃，正好也拿了去上供。趁天刚黑不久，赶紧给你二哥送个信去，说我已准备，他不必再费事了。”

岳飞因觉近两月来，家中光景越发穷苦，李淑仅有一些妆奁，变卖都尽。当年春荒先就难过，父亲近来多病，需要调养，照王明和周侗那样交情，必有祭席送来。“良祭称家之有无”，只要把心尽到，无须勉强。家中存的这点年礼，若全用尽，父亲病中想吃点荤，又无钱买。便说：“恩师百期，王贵、汤怀、张显定要前来上祭，祭剩决吃不完。我家这些东西，留着日常上祭如何？”

岳母停了一停，笑说：“这只是各尽各心。这样大雪，万一有的地方我们没想到，现做怎来得及？你周二哥今早同我们在墓庐里，哭得那么伤心，必有原故。你还是去和他商量商量，就便劝慰他几句吧。”

岳飞深知母亲行事素有分寸，连声应是，胡乱吃了两块麦饼，便赶了去。到后，见周义独坐灯前，面有悲愤之容。喊了声“二哥”，正要问话。周义已赶了过来，将岳飞双手握紧，笑问：“这样风雪寒天，你怎么又来看我？”岳飞把来意说了。

周义苦笑道：“多谢伯母和世弟的好意。我正准备明早寻你去呢，我俩弟兄日内就要分手，今宵作一长夜之谈如何？”

岳飞闻言，大惊问故。周义答说：“爹爹临终遗命，一满百期，就要离开。本来我还打算多住几天，今早接一同门好友的信，前杀诸贼，有一个名叫游山虎的，乃奸贼童贯手下教师锦狮子袁秀的女婿。他的老婆韩三姣，家传一手毒叶飞簧弩，不知爹爹去世，不久就要寻来报仇。这件事原不值一虑，无奈这婆娘仗着奸贼童贯的势力，明的打不过，定和官府勾结，阴谋暗害。一个不巧，还要连累好人。爹爹在日，原是自设家馆，除死去的李世叔外，连汤怀、张显的父亲均极少来往，只要我一走开，便可无事了。我已定后日动身，望你照着爹爹平日所说和临终命我转告的遗言，努力上进，将来为国立功，安民杀敌，才不负爹爹对你的一番苦心呢。”

随谈起当天由墓庐回来，已顺路向张、王诸家去过，准备明日再寻徐庆等话别，岳飞一来，正好一早同去。

岳飞听周义说时，面上微有愤容，知他背后从不道人短长，此去王家，定受到了冷淡，也没好问。次早，二人先去看望徐庆等同门，竟一个也未遇上。

原来吉青三日前由墓庐回来，被一外人约走，不知去向，霍锐被他叔父带了出门。这两人一个是怕周义、岳飞知道，不让他走；一个是起身太忙，又想去不多日便要回来，所以事前不曾通知。徐庆虽未远出，因王贵劝他去到王家附读，知道王明势利，请的又是一个高谈性理的腐儒，不肯答应，与王贵发生争论。被父母说了几句，追命去寻王贵赔话，刚走不久。

二人只得赶到墓庐，采了些松柏枝，连夜安排起来。跟着，岳和夫妻同了儿媳李淑，又将香烛供菜水酒用具，连同当夜的饮食挑送了去。老少五人在芦篷内预祭之后，就地生了一堆火，一同坐到天亮，谈起周侗的一生行事，俱都悲悼不置。

次日天气忽然转暖，坟前积雪逐渐消融，四围数十株又高又大的白杨，本来冻满冰雪的树枝，吃阳光一照，滴滴答答，往下直流雪水。春风微漾，吹面不寒，好些树枝上已现出了嫩黄色的新芽。

上完早供，周义见岳和夫妻业已熬了一夜，坟前又是满地泥浆，再三劝请回去。岳飞也因父亲年老多病，在旁劝说，请二老先回。岳和见当日光景和周侗初死时大不相同，非但那三家财主并未送什么祭礼，连人也没来一个，口虽不说，心中十分感慨。因周义再三苦劝，只得同了妻、媳先回。

周义原定当日午后起身，被岳飞再三留住，一直谈到午后，众同门仍无一人到来。二人知道这班小弟兄都和周侗亲如父子，平日颇讲义气，就说有的出了门，有两三个财主人家子弟父亲势利一些，怎连徐庆等寒苦同门都不见面，俱都不解。

周义因当日非走不可，行李马匹早已带到芦篷，又谈了一会儿，便向岳飞辞别。岳飞本来要送，周义力说："你我弟兄后会有期，何必多此一举？"岳飞也觉少时万一来人上祭，无人接待也是不妥，马又只有一匹，只得拉紧周义的手，双方挥泪而别。

那残雪还未化尽，几条乡村小径，都是静悄悄的，极少有人往来，景物甚是荒凉。岳飞独立在斜阳影里，四顾苍茫，百感交集。心想："去年今日，正和恩师清晨论文，午夜谈兵，谆谆诲勉，言犹在耳。曾几何时，这一位心胸磊落、文武全才的老英雄，自己生平唯一的知己恩师，竟是一抔黄土，长掩墓门，人之云亡，此恨何极！"

岳飞转念至此，由不得心中一酸，便扑倒在泥水地里大哭起来。正哭在伤心头上，忽听身后有人连呼"岳师兄"。回头一看，正是徐庆，手里拿着香烛祭礼，乱踏着残雪污泥赶来。先到坟前哭奠了一阵，再向岳飞谈起来意。

原来徐庆家贫，父亲种着人家十多亩田，不够度用，哪有银钱备办祭礼？昨日偏又被他父亲逼往王家耽延了半天，回来天色已晚。当日一清早，才打了些野味，去往集上换些祭礼，因此来迟了一步。见周义已走，不曾话别，好生悔惜。

岳飞见天近黄昏，正想把供桌和剩的酒菜挑送回家，就便留徐庆吃完晚饭再走，忽见汤怀、张显骑马赶来。祭完，说起王家所请老师是位号称名儒的道学先生，学规甚严，人最古板，说周侗好勇斗狠，不是一个纯正的人。常说，只要熟读半部《论语》，便可以治天下，每日抡枪舞棒，至多练成匹夫之勇，有何用处？

王明因他当过蔡京的上宾，朝廷亲贵多与往还，因此奉若神明。开学不几天，这位老师便要王贵下帷三年，目不窥园，先养好了浩然之气，然后熟读《论语》，自然就会治国平天下。并说汤怀、张显每日下学要回家，不能由早到晚，亦步亦趋，学他那样“申申如也，夭夭如也”的圣贤容止和吟风弄月的襟怀，是件最可叹惜的事情，将来事业不如王贵也就在此。

汤怀气他不过，便把周侗平日所读书中精义，去向老师执经问难，偏又十回倒有九回将他问住。老师每次答不出来，定必把他平日引以自豪的“从容雅量”变作了赫然震怒。汤怀不提周侗所教还好，只一提是周侗所教，便即大声疾呼，斥为邪说，愤不能直入周侗的墓门而“叩其胫”。

王贵只前日乘老师进城之便，寻了一次徐庆，此外每日都在闷坐读书，连武功也不能练，到周侗坟前祭奠，更休想了。老师放学又晚，高兴时，常要学生苦读到深夜才罢。附读的学生也常不令回去，口口声声说是男儿立志，必须饱尝“三更灯火五更鸡”的味道，才能成大事业。老师却是日上三竿，还自高卧不起，自称这等随其心之所欲的行为，正是魏晋六朝人的风度，此中藏有许多大道理、大学问，不是后生小子所能领会，不是其人，也不能说。学生熬了夜，头昏脑胀，没有精神读书，只好去学“宰予昼寝”，与老师同梦周公。

汤怀、张显的父亲都当过边将，知儿子本领都是周侗所教，平日又不喜欢这类道学先生，送子附读，由于王明强劝，并非本意。无奈老师名望太大，这时还不愿得罪，当日汤怀、张显前来上祭，还是推说家中有事，才得脱身。

小弟兄四人谈了一阵，汤怀、张显先自辞去。岳飞同了徐庆回家，吃完夜饭，徐庆刚要走，岳母忽然发现周义在岳飞枕头底下留有一封信，还有四十多两银子和一本手抄的《孙武兵法》摘要。信上大意是：当年怕有春荒，这几十两银子乃汤怀之父汤永澄所赠，特意留赠伯父伯母，以作度日之用。

岳飞看完，想了一想，便禀明父母，分送了十两银子与徐庆。徐庆也未推辞。岳飞怀念师门恩义，每日仍往周侗墓上看望，随时祭奠。

光阴易过，不觉已是三月底边。岳飞望着墓前所种花草，业已盛开，正在伤心感叹。忽见爱妻李淑赶来，说当地逃来了大批难民，麒麟村王家恐受骚扰，已将庄门紧闭，戒备甚严。那些难民，多半衣不蔽体，面有菜色，还有好些负伤带病的人在内。各地正闹春荒，乡村百姓俱都穷苦非常。所过各州府县，又将城门紧闭，不许他们进城。开头人数少时，常受官军差役们的欺压凌辱，后来逃荒逃难的人到处都是，越聚越多，军差恐怕激变，欺压虽然好了一些，难民求食却更艰难，所受严寒困苦，惨不忍言。众怒既深，民变易起，稍有数人登高一呼，几声怒吼，当时便结成一伙，专和官府富豪作对。于是年轻力壮一点的，都成了官军的死对头，老弱妇孺便受尽严寒，流离道路，死无葬身之地。

岳飞听完前事，不由激动义愤，边走边问：“周二哥所送的银子，还有多少？”李淑气道：“你还说呢！我们早打过主意了。婆婆强着公公去见王员外，请他能够领头放赈更好。否则，我们买他二十几担粗粮，熬上几大锅粥，专给那些老弱妇孺度命也好。不料王员外见了公公，和周老师未死以前大不相同，口口声声说善门难开，非但不肯放赈，连卖粗粮给我们也怕惹事，还说了许多难听的话。公公只当王员外素有‘善人’之称，以前谈得又好，决不会一毛不拔，没想到白受了一顿奚落。婆婆向来不愿求人，今天因见这些难民围在这几家财主的庄前悲哭不止，实在可怜，特意命我把你找回商量，想让你寻找王贵、汤怀、张显他们，拿同学的情分再试一回。这事情越快越好呢。”

二人正走之间，遇见两个乡民，说难民人数甚多，单麒麟村就聚集了一千多，传说后面还有一伙专一打抢富户的强盗也快赶来。官府正在调兵遣将，准备迎头堵截，把他们当作反叛全数剿灭，去向朝廷请功。知道王员外的儿子王贵和一些同学本领高强，左近这几家财主又养有不少壮丁，特地派人来寻他们商量，请这些财主大户们帮助镇压难民，削平反乱。

岳飞听了越发有气，暗忖：“这班难民，不是官府横征暴敛，刮田追粮，逼得他们到处逃亡，便是金兵侵犯国境，官将们不能尽守土之责，不战而逃，以致他们饱受敌人残杀之余，九死一生，逃了出来。再不，就是官府贪庸无能，逼得他们走投无路，激起来的民变。这都是内忧外患两下交迫所造成的惨状，如何还以暴力镇压？似这样把有用的兵力不去对付敌人，却用来残杀自己的穷苦百姓，依靠的又是那些专一欺压穷人的土豪大户。自来乱世人命不如鸡犬，官绅一气，只图贪功冒赏，定必多杀善良。这一来，双方仇恨越结越深，各地的民变越来越多，金人也必利用时机大举进攻，转眼便有国破家亡之祸，如何是了？”正越想越愤慨，猛一抬头，瞥见岳母满面愁容，倚门相待，忙赶过去，喊了几声“娘”，又问：“爹呢？”

岳母苦笑道：“你爹找人去了。地方上来了这许多的难民，官府置之不问，我们这里还好一些，有的地方，硬说他们是盗贼，还要激起民变。我明知汤怀、张显、王贵他们家有大人，做不了主，无奈这班难民实在身受太惨，我们哪怕丢脸踹门，也要尽心尽力，试他一试。你张、汤两位世伯人较直爽，汤怀、张显又是他们心爱的独子，你先找汤怀、张显商量，再由他们去向大人劝说。内中只要一家点头，王明素来好名，就不会袖手旁观了。这和求人不同，受点闲气也不相干，你快去吧。”岳飞连声应“是”。

岳母又将他喊住道：“方才听你爹说，官府招募一些丁壮，与那些富豪大户合力，以防反贼作乱。王明是当地首富，唯恐难民去到他家求食，无法应付，又想借此代儿子谋个军功，听官府一说，当时答应。王贵竟想照顾你和徐庆，把你二人的名字也开了上去。你虽然文的武的俱都学过，可惜家世寒微，无人引进，按说这倒是个进身机会，你的心意怎么样？”

岳飞气道：“什么叫反贼！还不是一些穷苦的善良百姓么？拿屠杀善良作为进身之阶，首先违背了周恩师的遗嘱。就是王家写了名字，儿子不去，他也无奈我何。”

岳母笑道：“五郎真乖！我和你爹都怕你到了王家，却不过小弟兄们情面，去当官府爪牙，做那伤天害理的事情，既然谨记恩师遗命，再好没有，你快去吧。”

岳飞才知母亲有意试他，忙说：“娘请放心，儿子决不敢违背爹娘恩师的教训。”说罢，先往汤怀家中赶去。

汤怀之父汤永澄和张显之父张涛，都是老年退休的武将，家财虽没有王明豪富，也有不少田业。岳飞因为汤永澄很爱汤怀，以前虽因贫富悬殊，轻易不肯登门，周侗又不喜欢与这些富人来往，但永澄性情比较爽快，只要把他说动，事情就好办。满拟一到便可见到汤怀，只一开口，定必点头，去向他父劝说，哪知汤怀尚在王家未回。心想：“我真糊涂，怎会忘却他和张显都在王家附读？大批无衣无食的难民都在嗷嗷待哺，等他二人回来，岂不误事？若是先到王家，连王贵都可见到，这三个师兄弟也不会不听我的话，但最能出钱的还是王明。他一个不答应，连张、汤两家也难免于设词推托了。母亲那样细心的人，怎会忘了这两人此时不会回来？事若不成，非但于心不安，也对不起父母这番苦心。”两次想要直接去见汤永澄，俱因人微言轻，一遭拒绝，底下便难说话，欲行又止。

心正踌躇，忽见两人跑来，老远便高声急呼：“快些紧闭庄门，难民来了！”汤家门外本有多人在那里交头接耳，当时就是一阵大乱，内有两人便往里面跑去。

原来张涛方才闻报，麒麟村来了许多难民，王明紧闭庄门，如临大敌。群情愤激，非要吃的不可，王明想请官兵驱散，那位名儒老师被张显用言语激动，出头劝止。说：“王道不外乎仁义，只要东翁抱着民胞物与之心，亲自出面，把安贫乐道的大道理和难民们讲一讲，自然就会退去。”

王明到底懂得一些人情，觉着难民们正在急于求食，不是几句空话所能挡退，又不愿得罪名儒，便说：“我才疏学浅，德不足以服人。只有老夫子德高望重，妇孺知名，如能现身说法，以圣贤之道治逃难之民，登墙一呼，定必一言而安全庄，使其心悦诚服，受教而去。”

这几句话，当时鼓起了老师浩然之气，笑说：“我十年读书，十年养气，至诚之道，可革金石，与天地参，而况人乎？事关东翁全庄财产安全，食其禄者忠其事，‘虽千万人，吾往矣！’”说罢，便自起身。

王明为防万一，又派了些庄丁保护。张显本意利用这位酸气冲天的名儒老夫子去劝王明莫请官军，以防闹出事来。不料这位老夫子竟会自告奋勇，登墙头而论圣贤之道。因老师平日自命经国济世之才，常说得人头疼，都想看他一言而安苦难之民，躲在一旁，没有过去。

这位名儒满想只要把《论语》上的道理读上一阵，便可使难民退去。谁知这些他认为是贫苦下愚之民的人们，并没有体会到他的微言大义，也不像那些聪明的财主肯听话。名儒胸中虽然藏有两个半部《论语》，说话的技巧却不大高明，忘了“衣食足而后知礼让”的古先圣贤之言，却把“愚民无知”等毫无礼貌的话挂在嘴上。这一来激动众怒，他那一套圣贤之言丝毫不曾生效，却被难民们骂了个狗血喷头，石头土块，暴雨一般往庄墙上打去。

这位名儒谨记知命者不立乎“庄墙之上”的圣人之言，固然吓坏了个屁滚尿流，直喊“亲妈”，狼狈逃下，随行保护的人也连带遭殃。若非隔着一道护庄河，这些难民又是饥火中烧，没有力气，不打得他们头破血流才怪。

本来先只围在庄前求救的难民，现在口气全都强硬起来，非要主人开仓放粮，死也不退。同时又听传说另有大批难民正往汤家这面赶来，声势甚是惊人。张涛与汤永澄交情甚深，连忙命人送信，要永澄早做准备。并说有的大户人家业已被抢，难民虽然只要吃的，不抢东西，可是所有粮仓全被打开，抢个一空。别的州县还有就此杀官造反的。

第六回

老眼实无花，能识英雄于未遇
长才容小试，从知事业在将来

岳飞在汤家门外听来人说完前情，料知事快闹大，只要官兵一动，便成不可收拾之势。正在愁急，打不起主意，忽见汤永澄带了四五十个手持兵器的壮汉由里面赶出，觉着事已至此，越快越好。即使劝他不听，也要试上一试。念头一转，连忙上前行礼，喊了声："世伯！"

永澄出身行伍，人较粗直，以前见过岳飞几次，本就觉他聪明谨慎，少年老成。又听爱子汤怀屡夸岳飞肯下苦功，文武全才，有了先入之见。一见是他，忙还了一个半礼，笑说："小儿读书未回，恐怕难民要来生事，等我稍微安排，便请贤侄到里面叙谈吧。"

岳飞当着众人，不便多言，只在一旁窥看，见汤家共只百十个庄丁长工，人并不多。再把左近一带的形势一看，心中早想好了主意。等永澄安排停当，随到里面落座以后，笑说："多日未见汤师兄，特来看望，听说人在王家未回，本不敢惊动世伯。因见张世伯派人送信，要防难民生事，小侄觉着事有可虑，正想求见，世伯已走了出来。"

永澄道："自从童太师被辽兵打败，郭药师献城降敌，越发长了金人的气焰，屡次兴兵犯境，占我土地，杀我良民。分明想要吞并中原，不亡我国家不止。这些难民，不是家乡被敌人占据，存身不住，便是遇到年荒和贪官污吏之害，逃亡到此。本县虽有十来家富户，无奈善门难开，早晚仍被他们吃光。说不得，只好打着自顾自的主意，紧闭庄门，暂避一时了。”

岳飞乘机道：“小侄以为这样做法大是不妥。休说难民人多，只凭庄中数百个丁壮，绝难久守。万一情急拼命，这小小一圈庄墙决挡不住。麒麟村地广人多，又有一道护庄河，也许能够多守三数日。这里水源都在庄外，若被难民围困，庄中用水先就艰难。日子一久，难民越来越众，一旦激出民变，那时决不是开放几处粮仓可以了事。若请官府派兵驱散，更非激成大变不可。世伯带兵多年，也曾平过反乱，当知老百姓在年年天灾人祸之下过的是什么日子。只要几个人登高一呼，当时到处响应，越聚越多。休看他们未经训练，不知战阵，遇到这类生死存亡的关头，动起手来，全能拼命，并不是好对付的。官军们平日坐享俸禄，耀武扬威，真个打起仗来，却又胆怯害怕起来。他们自知兵无纪律，平日无甚训练，能胜而不能败，便想依赖本地的富绅大户为他卖命，以便借此贪功冒赏，捐募勒索。乡绅大户们现成好事不做，却想借官军的暴力来驱杀良民。官军若胜，白把许多家财献作犒劳应酬之用，而田地荒芜、丁壮死伤的损失还不在内。其结果是讨了朝廷传旨嘉奖，博得一纸空名衔。否则一无所得，还要招忌。官军一败，势如山倒，他们自保身家性命，先自逃去。剩下这些守着家业、不能逃走的绅富，都成了难民的不解之敌。而难民仅想要求活命的粮食，也只有这些财主乡绅才是可扰之东，非取到手不可。自来星星之火，可以燎原，请问世伯到时何以自保？”

永澄闻言，心中一惊，越想越觉所说有理，忙道："贤侄所说甚是有理，只是难民人多，后面还有大批要来。漫说善门难开，就是我拼着这片家财不要，也难养活他们，怎么办呢？"

岳飞看出永澄意思活动，忙答："单是世伯一人仗义，也不济事。依小侄的估计，近几年的租粮虽然越来越重，民不聊生，但受害的还是老百姓，富家并没有吃什么亏。本地存粮，少说也有五十万石以上。最气人是，有的富家所存粮食，竟有经过五六年之久不曾动过的。为什么存在那里任凭鼠吃虫咬，不拿来救人呢？按说国家多事之秋，人力物力最关重要。这些难民都是我们将来抗敌的力量，最好收容下来，让他们休养生息，使其各安所业，以为富国强兵之用，方为上策。如今还未遭到敌人侵害的良民，尚难免于饥寒交迫之苦，何况无家可归的难民？我们要使他们安居乐业，自是梦想。打算免去地方糜烂，少死许多无辜良民，并还保全自己身家性命，却并不是难事。他们无地可种，无业可作，休说五十万石存粮，再加十倍，早晚也是吃光。必须有人领头，先打好急救主意，再把本县绅富全请了来，使大家看清利害轻重，踊跃捐输，多设下几处粥厂，使难民先吃上两顿饭。然后资送他们上路，使其暂免死亡，以免激出事来，自相残杀，闹得兵力消耗，元气更伤，使那贪残的强敌野心更大，侵犯越急。这不比和官府勾结，同床异梦，各有私心，将来还是同归于尽，强得多么？"

永澄闻言，越发动容，把手一拍道："我常听小儿说你有智谋，想不到年纪轻轻，果有这样见识。我由当兵起家，今年六十五岁了，偌大一片家财，哪一样是我出生就带来的？我得子又晚，众人只有小儿一个，就将这片家财耗尽，凭我两父子，也不愁没有安身之所。我虽不愿和人说好话，你张世伯和我却是多年老友。休看他平日居家节省，仿佛小气一点，遇事却跟我走。只要道理说得对，当时就答应。我两个都是粗人，贤侄还要帮我照管一下，先把粥厂设下两处再说。只是难民太多，万一照顾不到，容易生事。你看怎么才好？”

岳飞心中暗喜，忙答：“小侄听说这都是由北方逃来往各地求食的。麒麟村那面算是最多，才只千把人；另外还有两起，都不过三五百人。只要备上二三十口大锅，连粥带麦饼一起准备，稠粥暂时充饥，麦饼作为他们上路干粮。最好每人再送一点钱，包管他们上路得快。至于后面还有贼寇要来的话，大概这是谣言，即使是真，他们也实是迫于无奈。我们只要真心诚意，以礼相待，照样保得无事。真要是些散兵散卒、成群结伙、打家劫舍的草寇，再和他动手，也有去他之策。众擎易举，独力难支，要是旁人领头，小侄也还不敢深信。以世伯的多年声望，那些绅富们定必闻风兴起，世伯再把利害轻重仔细一说，他们定必慷慨捐输，成此义举了。表面上大家虽然花费了一些银米，首先保得地方平安，免去兵灾，也不至于妨害农事，误了春耕。比那去做官府爪牙，多伤人命，还要受他勒索要挟，实在强得太多呢。”

永澄被岳飞一席话打动，立时命人把张涛请来，略微商计，全部愿意。一面命人在庄外路口埋锅造饭，一面命人把岳和找来相助照料。跟着命人去请当地绅富，商计放赈之事。岳飞乘机谈起汤怀、张显如能按照周侗的传授，自在家中习文学武，比在王家附读要强得多。

张、汤二老早听儿子说起王家所请这位名儒，口是心非，言行不符，除高谈正心诚意和一些不着边际的空话而外，别无所知。常被学生问得张口结舌，恼羞成怒，不知所云。方才又听说他许多丑态，本就有气，听岳飞一说，立时命人去往王家，设同将儿子接回。

汤怀、张显回到家中见了岳飞，先就高兴，又听说父亲开仓放赈，更对心思。随谈起麒麟村的难民包围更紧，庄中业已断绝出入，老师受惊病倒。汤怀、张显闲中无事，去到墙头瞭望，发现自家的人在那里招手急呼。仗着本领高强，换了衣服，找一人少之处，翻墙而过，才得脱身。

岳飞闻言大惊，暗忖："官府曾派人到王家商计驱逐难民之事。照此情势，王家被难民围困，官府不会不知，定是算计双方必起争斗，因此上来坐观成败。等双方动手，再带官军赶来，一面残杀良民，去向朝廷请赏；一面向王家讨好要挟，勒索金银，坐收渔人之利。一个不巧，转眼就是一场大祸。王明虽然势利，那些受苦受难的良民何辜遭此残杀？"念头一转，忙和张、汤二老商议解围之策。

汤怀、张显在旁一附和，二老立照所说行事。岳飞随把汤怀的快马骑上，往麒麟村赶去。刚一出庄，便见几条路口的大铁锅已搭了起来，父亲带了二三十个乡民，已在烧火熬粥。越发心喜，喊了声"爹爹"，不顾说话，把辔头一拎，如飞驰去。离王家还有里许来地，便听哭喊咒骂之声嘈成一片。遥望庄墙上，已站满了庄中丁壮，手里都拿着刀枪弓箭，分明时机危急，一触即发。同时瞥见三五十个难民，手里扬着树枝、木棍、石块之类，同声喊打，正朝马前迎来。恐其误会，忙把外衣脱下，拿在手里挥动，大声喝道："两路坡那边有吃的，你们快跟我走！"

众难民看出岳飞虽然骑着一匹很讲究的快马，衣服却很破旧，不像是官府手下，也和庄丁打扮不同，手里并没有拿着兵器，见人不退，反倒迎来，当时消了好些敌意。纷纷拥上，四面围住，七嘴八舌，问个不停。有那饿急了的，口中还在咒骂，乱糟糟的，寻常说话决听不清。

岳飞费了好些口舌，才就马上随手拉过两个年轻点的难民说明来意。两难民闻言大喜，立往人丛之中大声疾呼，照话一说。除却一些无知的幼童婴儿还在悲哭喊饿外，喧嚣立止。岳飞早命汤怀、张显随后赶来引路，自己等难民走后，再到里面去见王明。

王家那些庄丁，认出来的是岳飞，有两个高声一喊。王贵听说，也赶上墙来连喊“师兄”；这一来，引起了难民的疑心，内有好些已然起身的，又朝庄前围拢。

岳飞忙喊：“现在和我说话的是这里的少庄主。你们如其不信，我把他喊下来，陪你们先走。老庄主并非不想接济你们，只为你们人数太多，来得太猛，恐怕一个不周到，彼此不便。现在张、汤两家放赈，也有王善人在内。你们这样围住全庄，我们那面人手少，粮也不多，后去的，就怕接济不上了。”

说时，王贵到底从周侗学过几年兵法战略，知道一些利害轻重，听出张、汤两家已在放赈，又急又愧，也不再顾父亲责罚，竟由墙上跳将下来。岳飞的话也被传开，这一些难民才相信了。有那半信半疑的，也都走去。王贵见了岳飞问知来意，心想：“岳大哥真义气，只怕爹爹未必听他的话。”便和岳飞说，想到里面去请母亲劝父亲开仓放赈。

岳飞笑道：“平日我们人微言轻，大人们也许不听；今天汤、张二位世伯做主，就不然了。你还是陪了这些苦朋友先走，我见了令尊，说完话就来。”

王贵刚刚点头，把马骑上，王明已在庄墙上出现，唤岳飞过去问话。岳飞说：“我奉了汤、张二位世伯之命，要和你老人家当面一谈，请开庄门容我进去。”王明见王贵骑了岳飞的马，业已走远，又见难民均退，岳飞站在下面，词色从容，稍微放心。忙命人开门，把岳飞放进。

岳飞作为汤、张二老的意思，详说利害，王明方始醒悟，忙命备马，和岳飞赶往汤家。正遇难民相继到达，都按着先来后到，由当地乡民们分别送食，一律管饱，只暂时不令离开。另外还有两间现搭的茅棚，铺上许多木板稻草，正在准备药物，去请医生医治难民中的伤病之人。办理得井井有条，丝毫不乱。

众难民一路饱受饥寒风霜之苦，第一次得到这样照顾。主持人岳和又极热心，并没有把对方当作受惠的苦人看待，使得人们仿佛见了亲人一样，一个个喜笑颜开坐在那里，比起方才庄前围困、呼号咒骂、砖石横飞、咬牙切齿、视若仇人的情景，大不相同。

岳和对王明说："这些苦朋友都饿了好些天，先不敢叫他们吃硬的。这大小五十多口锅，才煮了两石多粮食的稠粥。本来打算一锅吃完，跟着就煮，以防接应不上，现在估计人数，足够吃的，已准备头顿吃完，腾出火来，就蒸馍烤饼了。"

王明听了心想："平日随便请官府吃两次酒席，比这千多人吃顿饱饭的钱要多好几倍（彼时请官府吃酒席，连陪客和随从人等，动辄数十桌）。方才准备命人冲出庄去请官兵来驱逐难民，还要杀几个来示众的主意，非但造孽，也太不上算，单是犒赏官军的钱要花多少？"正夸岳和父子能干，见汤永澄、张涛老少四人和王贵同出查看，正走过来。越想越不好意思，忙抢过去，说道："二位老大哥真是善人。其实，小弟本就想开仓放粮的，只为他们来势太凶，恐怕惊扰庄中妇孺，没敢造次。刚将庄门关闭，他们就咒骂起来。刘老师上墙开导他们，又差一点被打伤。不是二位老大哥有此义举，兄弟向来服软不服硬，更不受人挟制，时候一久，也许闹出事来，这样再好没有。二位老大哥当了龙头，小弟当个龙尾巴，底下的都归小弟承当吧。”

汤永澄面色微沉，刚要开口。张涛知道永澄最不喜人口是心非，王明却最喜当人面前逞能卖好，博取善名，因此平日总谈不到一起。方才闻报还有好几起难民要向汤阴一带逃来，他既然亲自吐口，乐得顺水推舟，让他包揽全局，多花几个。恐永澄给他揭穿，好些不便，忙接口道：“我和永澄兄虽然也有田业，比老兄却差多了。方才我弟兄已命人分头去请本地绅富来此商议，当然是推你老兄为首，到的人也各承担一些。有老兄总其成，这场善举就好办多了。”

永澄会意，也随便敷衍了几句。王明因张、汤二人俱是当地有名望绅士，本身又有功名，一向看重。一听二人恭维，越发得意，满口承当，赈粮先认一半，余下如不敷用，都是他的。宾主三人，言笑甚欢。

汤、张二老见众难民业已开始喝粥，吃得十分香甜，一个个都向主人致敬，有的还流了泪，越发感动。

永澄笑道：“今天我才知道，好事真还该做。我们平日种点花木，添点陈设，随便请上几回客，过个年节生日，要花费多少银子？到时至多看上几眼，说上一半天闲话，一点用处都没有。如果拿来救灾，要救活多少人呢！”

王明忙接口笑道：“兄弟平日最喜行善，从来不肯做守财奴。天下事明里去，暗里来，就多花几个钱，为儿孙积福，求得神佛默佑，保个全家安宁，多点收成，并不吃亏。好些有钱人偏想不开，真是奇怪。”

岳飞闻言，先在后面暗笑，后一想，人若不好名，只要他做的事好，不管他的存心如何，也应该本着“与人为善”之意，对他加以鼓励，而不该深刻追求，心存歧视。假使张、汤二老给王明一个难堪，说上些讽刺话，这事情就许弄僵，或是不肯再以全力相助，岂不要多费事么？可见无论何事，真要四面八方仔细想上一想，万万偏激不得。

心正寻思，岳和忽然来报，说："后面那几批难民，离此只有二十里，人数不算很多，何妨派人迎上前去，先把他们的心安住，免得有的走往别的村庄，求食不得，激出变故。反正是本乡本土的事，那些绅富少时都要前来，事情一样。这样做，可使难民们有了指望，少受点罪，少跑些冤枉路。他们事前得信，来时也可照着我们的意思，分别就食，不致混乱。诸位庄主以为如何？"

永澄首先把大拇指一伸，连说："好，好，老弟真行！怪不得你有那样好儿子。可惜我和张贤弟当年随军平过几次民变，多杀了几个人。周老师生前心有成见，不常往来，你又不肯到我家。本乡有这样的好人，我弟兄竟不知道。今天才看出你父子的才干！我们只是有钱，什么事也办不来。今天全靠你父子和众位乡亲办成这场善举。你说怎么办都行，只管做主好了。"

岳和谦谢了几句，便命岳飞、汤怀骑马前往迎接难民。张涛见馍已蒸好不少，便命张显带了八个庄丁，拿些蒸馍一同跟去，先散给那些老弱妇孺。岳飞知他一片好心，不便劝阻，只得暗告张显："到时要防难民争食，以免发生伤亡。"三人马快，二十来里路转眼就到。岳飞忙命张显和抬馍的庄丁在相隔二里路外择一高坡停下，自和汤怀迎上前去。

这两起难民，都因童贯、蔡攸兵败，由燕云一带逃来，所受苦难更多，走得又十分凌乱，一个个衣不蔽体，周身泥污，伤病狼藉，多半是一步捱一步，拖着沉重疲乏的身子，勉强挣扎在道路之上，呻吟悲号之声不绝于耳。因刚脱出敌人罗网，没有王家门前那些难民悲愤激烈的情景，看去越发使人心酸难过。

岳、汤二人骑着马一路喊将过去，一会儿便自传遍，纷纷称谢，欢呼起来。二人忙赶回，帮助庄丁散馍与妇女幼童和伤病年老、饿不能行的难民；余者另由庄丁引送同行。岳飞等回到汤家，绅富均已来齐。汤永澄早就备好酒筵，连岳和也被强请了去。岳飞等四小弟兄，也命陪坐。

王明是当地首富，张、汤二老又是告老还乡的武将，有这三人一承头，来的人全照三人分派的数目答应下来。有两个喜欢锦上添花的，又提议搜集一些破旧衣服，分与难民中的妇孺。

岳和先照着汤、张二老的意思和难民说好，只留他们住上三日，稍息疲乏，本地如其不能谋生，便请上路，以免地小粮缺，后来的难民无法供应。众难民知道这是地方上的善举，并非官家放赈，除伤病不能行路之人已另有安排而外，俱都谢诺。

岳和见春雪还未化完，夜寒犹重，这许多的难民如今野宿在泥水地里，多半非生病不可，便乘众人热火头上，说了出来，众人因难民共有两千多，盖房万来不及，都觉是件难事。岳飞想了一想，便和王贵耳语了几句。

王贵少年好胜，巴不得人前显耀，忙起立道："只要有草和竹竿木头，再派上几十名庄丁，我们今夜便可搭出几百间席棚来了。"

王明捻髯笑道："贵儿你好大口气，半天工夫盖几百间席棚？纸糊也来不及。还是你和三位师兄商量商量吧。只要你真有这样能干，休说草和木头，用什么东西都是我的。这不过暂时搭盖，难民走后，还不是一样有用么？"

王贵暗中直拉岳飞，急切间答不出话来，脸涨通红。岳飞只得从容起立，躬身说道："王师弟说得不差。他早和我谈过，自来人多好办事，去掉难民中的老弱妇孺，至少有一小半人力可用。人力不愁，要紧的是布置和领头的人。除数十个能干的庄丁外，最好把每位府上的木工泥匠都请来帮忙，二三百间席棚，今晚定可搭好。”随将办法说了出来。

众人只听出岳飞父子盖过两次草房，能计算出人力时间，别的还不知道。张、汤二位老将却早听出岳飞所说，都按兵法部署，暗中大是惊奇，见众人还在纷纷讨论，恐房盖不多，难民抢着往里住，惹出事来，忙说：“我二人敢保他四弟兄说到做到，真要是赶不上，把我们二人的房子让出一半给难民住好了。”

王明一听有这二位撑腰，巴不得儿子露脸，首先赞妙，众人自无话说。当时议定，就命王贵等四小弟兄领头监工，依言行事。

到了外面，汤怀说：“我家木料草垛甚多，何不就近先用，再命人套车到麒麟村去拉，岂不又快一些？”

岳飞闻言点头，暗令汤怀、张显、王贵三人出面，召集庄丁工匠，即时下手，自己往见众难民，先把搭棚之事说了，再问众人：“这类前人栽树，后人乘凉的事，是否愿意通力合作？”

众难民均说：“与人方便，自己方便，休说后来的都是难友，同病相怜，便是我们逃了这多日，好容易养息两天，吃几顿饱饭，这满地水泥，也是受罪。只要主人吩咐，我们决无话说。”

岳飞又对众人说：“老弱妇孺无须再动手，其余也须经过挑选和彼此愿意。”随将年轻力壮一点的难民挑出八百多人，再分成八十多起，配上庄丁和工匠等，帮助先运草料，然后施工。王贵暗中禀告王明，又回到麒麟村，宰杀了些猪羊，来做夜里犒劳。众人全都踊跃争先，抢着下手。

好在这类席棚容易搭盖，材料又都现成，天才二更左右，便盖起了三百多间。每间均有一丈五六见方，八尺来高，各住十人，男女分居；那带有家眷同逃、衰老伤病、妇孺较多的，也可同住一间，并不强令分开。等众人都搬进去，岳和再把预先蒸好的食物和一些肉菜分散众人。因备得多，连未做工的人也有一份，只是每人均有定量，不令吃得太饱。

岳和父子出力最多，专做那烦劳之事，是出头露面的，都让给王贵、张显、汤怀三人。汤家宾客早散，只有王明想看儿子的能干，直等到席棚盖成，才和汤、张二老同出观看。汤永澄早就暗中派人不断查看，知道搭棚的事都是岳飞一人主持，其余三小弟兄都是照着岳飞意思去做，比对家中尊长还要听话。

见那三百多间席棚盖在两个山坡之上，大小形式整齐如一，相隔水源甚近，方才煮粥的锅灶，业已分设在这些席棚的前面。又由麒麟村运来二十多口大锅，日夜不停专烧开水，是年轻力壮的难民都自愿出力，无一坐食。棚内是进门一条行人道，两边各睡五人，地上铺着尺许来厚的干草。每五间席棚后，还有一个茅坑，也各用席围住。一切均听难民自便，只不许在棚内抽旱烟，以防失火。另外还借了许多木盆瓦壶，换洗衣服，以备应用。是能照顾难民的，没有一样没想到。所有难民已全住了进去，极少外出。日里那么杂乱的两三千人，竟没有一个高声说话的，见了众人，俱都站起，礼谢不置。

永澄越发惊佩，便对王明道："休看岳飞此时穷苦，他年定非池中之物。令郎若能和他常在一起，且比那又酸又臭的老夫子强得多呢。"随说，"小儿和张贤侄都不是读书的材料，那老师也教不出什么来，请老兄代我二人辞谢，明日起，他二人就不再上学了。"

王明知他性情固执，便不多劝，只得答应，告辞回去。

王贵贪和岳飞叙阔，推说汤怀留他住两天，等老师病好再回去。王明业已答应，不曾同回。岳飞早被汤怀、张显强行留住，为防岳母担心，并派庄丁先往送信。汤永澄爱极了岳飞，送走张涛之后，又备下酒食糖果，与四小弟兄消夜，临时搭了三张铺。岳飞等四人聚在一起，边吃边谈，正在兴头上，庄丁忽报徐庆来见。汤怀连忙迎进，添了一个同门好友，自更高兴。

岳飞问："徐师兄怎么此时才来？"徐庆朝岳飞看了一眼，说："我这些日，随人到山中采药材，今夜才回，听说你们喊我，便赶了来。天已不早，我就和岳师弟同睡，不必再搭床了。"

汤怀知道徐庆爽直，师弟兄们本来没有客套，忙命人多添了两床被头，便请同饮。谈不多时，徐庆推说一路劳乏，想要早睡。岳飞料知有事，汤怀也觉明日还要早起，劝众人吃了些点心，便各上床。

第七回

抵足谈心，徐庆单骑传密信
防边御寇，岳飞初次入行间

岳飞和徐庆同榻而眠，见他闭着眼睛，仿佛睡得很香，略微盘算未来的事，便朦胧睡去。隔了一会儿，忽被徐庆摇醒，附耳说道："你先不要开口，我有要紧话和你说。休看都是同门师兄弟，情分也都不差，但富贵人家子弟到底和我们两样，有的话还不能让他们听见。"随把来意说了。

原来徐庆愤恨朝廷无道，民不聊生，到处流离死亡，朝不保夕。再见强敌压境，虎视眈眈，边境上的良民不时受到敌人的侵害，身受更惨，一班有志之士和许多受苦不过的人们，不是去往军前投效，打算为国杀敌，便是率领那些苦难的百姓起义造反，想把昏君和手下奸贼除去。听说汤阴聚集了许多难民，后面还有好几起也要陆续赶到，他认为这是一个极好机会，想把这三家财主说动，一同起义。有他们的财力相助，容易成事。如不肯听，便一面鼓动难民，一面把王贵等三人拉在一起，先把相州各县占据，然后招纳流亡，共图大事。那时木已成舟，这三家财主都只一个独子，断无不从之理。因和自己同门至交，特地赶来商计。

岳飞听完，呆了一呆，悄说："此事关系重大，明天我再回话如何？”

徐庆拉紧岳飞的手，急道：“你平日不是和我一样的心思么？怎么今天刚受到财主人家一点款待，心就活动了？”

岳飞笑说：“你太轻看我岳飞了。休说以前，就是现在，我也和你心思一样。我也知道，各处的民变都是官逼民反，并不老是百姓的错处。但是国有内忧，必来外患，内乱越多，越使敌人多出进攻的机会。我们国力本就凋敝，再若自相残杀，使那虎狼一般的强敌乘虚而入，万一造成国破家亡之祸，我们岂不成了千古的罪人么？休看朝廷无道，各路兵将不能全是粮饷。兵力虽有强弱之分，如能善用，也是力量；而这些起事的老百姓，多半都是年轻力壮之人，动起手来，非常勇猛。若能晓以大义，引着他们同御外侮，定必人人奋勇，个个争先，这力量比官军更大得多！我们不把这些力量用来对付敌人，却用来同室操戈，使敌人坐收渔人之利，岂不冤枉？”

徐庆苦笑道：“你话倒说得对。只是你我弟兄空有一身本领，眼望着贪官污吏、土豪恶霸倚势横行和百姓流离、救死不暇之惨，就不过问了么？”

岳飞道：“时日易丧，冰山易倒；社鼠城狐，转眼消亡。若是内乱纷起，敌人得志，国如不保，民将焉归？此时只应全力对外，先保全了国家才是要紧。轻举妄动，万来不得！”

徐庆又问：“如今奸臣当道，我们弟兄出身寒微，既没有人援引，又没有建功立业的机会。难道就永远受苦受难，老死田野不成？”

岳飞笑道：“自古以来，埋没的英雄豪杰虽然很多，那都是在国家无事的时候。今当国家多事之秋，正是我们出力之时。只遇到一点机会，便能为国尽忠，为民除害，外抗强敌，内去权奸；本身功业也必因此成就。你怎么只想自己这一面呢？周恩师在日曾说，到什么时候，说什么话，办什么事，我们只把事理认清，看准再做，不愁没有出头之日。忙些什么？”

徐庆道：“我越听你的话越有理。只是吉青、霍锐业已在太行山占了山头，专和官军对抗。我这次便是受他二人之托，想把这些难民鼓动起来。等到占了汤阴，再把相州十八里岗两个坐地分赃的恶霸除去，夺了他的粮马兵器，就此起事，算计得很好。照你这样说法，这封信怎么回呢？”

岳飞大惊问道：“就这分手不多天的工夫，吉青、霍锐就占山落草了么？”

徐庆答说：“你看，这是他们的来信。”

岳飞见对榻王贵业已朝里睡熟，便轻轻走向灯前，把信看了两遍，想了又想，回对徐庆说：“照他们来信所说，倒也不差。留这一支人力，可为后用。这封信等我日内和你一同回复吧。若能照我算计那才好呢。”

徐庆笑道：“你亲自回信，再好没有，我们先睡。”

第二日一早，众小弟兄往村外赈济难民。快到中午时分，忽见一员差官带了两名旗牌，骑了三匹快马，直往庄中驰去。

这时王明、张涛和众乡绅富户均在汤家，商议发放衣粮之事，和来人谈有半个多时辰，方始送走。跟着汤永澄便命人将岳飞等小弟兄请到里面，先朝岳飞笑说：“岳贤侄，你们快要出去建功立业了。”随即谈说经过。

原来真定宣抚使刘韬乃是老将宗泽的旧部。日前接到宗泽一封密函，说童贯等奸贼误国，甘受金人屈辱，又为辽兵所败，致启金人野心：“以为我国穷民困，兵力单薄，不久定要大举来犯，我军必须早为防备。我已奏请朝廷，招募武勇忠义之士，以做防边防敌之用。河北各州与敌接近，最关紧要。当朝命未下以前，速在当地招募忠义敢战之士，暗中训练起来。万一此时为奸臣所阻，便将原有老弱无用的州兵裁去，将新募勇士补上；内中若有才勇过人的，必须当时提拔，使为国用，千万大意不得。”过了些日，朝廷降诏，命照宗泽所请行事。刘韬本就日夜担心金人南犯，忙即密令所辖各州县招募敢战之士。因和汤永澄旧日同僚，知他平日无事，常和张涛带了许多庄丁练习弓马，儿子又是关中大侠周侗的门下，为此派了二名州将，拿了亲笔书信，来请永澄相助物色人才，代为招募。

永澄不愿先靠自己的情面来推荐众小弟兄，当时回了封信，说：“今当国家多事之秋，稍有血性的男儿，都愿从军杀敌。只要真心选拔真才，便不愁没有人才前来应募。若是事前荐举，老弟有了先入之见，既难免于偏爱，并使其他寒素之士，有无人援引容易埋没之感。我二人都是行伍出身，深知此中况味，既承重命，到时必有人来应募。如果我二人的老眼无花，决不辜负老弟所望。”

写完信，又对来人说：“你回复刘宣抚，说我一定照他所说行事，非但我所知道的人，他们都会自去应募，别的州县，定还有不少被埋没的人才。请他挑选时千万留心物色，对那真正有本领的不要放过。”

永澄送走来人之后，忙请岳飞众小弟兄商议，并说：“当地官府准备联合富家丁壮镇压难民之事，已被刘韬严令阻止。金人不久必要南侵，你们正当少年，又有一身本领，为国杀敌，义不容辞。我不愿你们做人情货，初去时全是当兵，凭自己真行真干来建功立业。只是开头难免受苦，连我的儿子也不勉强。谁愿意去，说话？”

岳飞闻言正合心意，先朝徐庆看了一眼，起立答道：

“小侄愿往。”徐庆跟着忙说：“我和岳师弟一同去。”汤怀、张显也说：“我们都去。”

王贵刚要开口，王明忙抢口说道：“既然四位贤侄都去，等这里放赈事办完，小儿也去便了。”王贵见父亲暗中示意，没敢再说。

永澄笑道：“这是关系个人一生事业和安危成败的事。此去应募，全出自愿。休说令郎，我和张贤弟想挑百把名庄丁前去应募，也都要问过本人才定呢。”王明微笑了笑，没有答话。

张涛接口笑说：“看刘韬来信甚急，这班人几时起身呢？”

永澄道：“好在救济难民的事，岳贤侄业已办得井井有条。再来难民时，照他所说去做，决可无事。何况他父亲又是一个能干热心的人，一样可以把事办好呢。这和我们当年从军一样，当兵的人不用多带行李，说走就走。先让他们歇息一半日，岳贤侄也回家去和他母亲妻室谈一谈。如无话说，明日来此，就准备起身的事吧。”

岳和在旁忙接口道：“内人早就想令小儿建立功名，断无不愿之理。”

张涛笑说：“弟妹贤德，我早听人说过。休看我和汤大哥每人都只有一个儿子，平日有些娇生惯养，但这是关系他一生前程的事，我弟兄决不姑息。天已不早，你父子全家明天就要分手，这里有一百两银子，是我和张大哥送给岳贤侄安家和做路费的，请拿了一同回去，明天再见吧。”

岳和父子再三辞谢，不肯收那银子。永澄故意把脸一沉，对岳飞道：“我是粗人，没读过什么书，但我也听读书人说过，好像孔夫子有这么两句话，老年人要给年轻人东西，年轻人不收，就是失礼呢。”

王贵接口道："那原文是'长者赐，不敢辞'。"

永澄笑说："好像是这么两句话，我记不清了。不管孔夫子怎么说吧，我要送人东西，人家不要，就是看不起我，我可要急了。"

岳飞还想婉言辞谢，岳和早看出永澄豪爽，没有什么虚假，若再推辞，恐其不快，略一寻思，便命岳飞收下。岳飞只得上前拜谢，告辞先回。

岳和因当地有事，还不想回去。张、汤二老再三劝说，方同岳飞回转。汤怀、张显知道徐庆家贫，又各禀知父亲，送了几十两银子，作为川资和购买衣甲马匹之费。徐庆因正等用，并未推辞。

岳和父子走到路上，岳飞笑问："周老恩师生前所赠衣甲兵器全都现成；张、汤二位世伯所赠银两，是否收得多了一些？"

岳和说："此银我本来不想收。一来张、汤二老盛情难却，二来这次救济难民，都因汤世伯和你谈得投机而起，否则决没有这样方便。人家一番好心，若再坚拒，他一不高兴，连原有的情分也伤了。此银你可带走一些，其余留在家中吧。"

岳飞到家见了母妻，说起要往真定应募投军之事。岳母早知金人残暴及遭难百姓身受之惨，心中愤恨。再想到周侗生前对岳飞所说的话，固然是巴不得爱子早日出去，为国杀敌，建立功名，以报答周侗、李正华二人的知遇之恩。便是岳妻李淑也觉丈夫文武全才，不应坐守家中，长此埋没。只管婆媳二人心中有也些惜别，表面上丝毫不曾露出，反恐岳飞恋母念家，儿女情长，再三鼓动。

岳飞见慈母爱妻，都是那么殷殷慰勉，喜笑颜开，才放了心。岳母因明早爱子就要起身，天黑不久便命早睡。岳飞觉着真定离家虽不算远，此去身入军籍，再想回家探母，恐非容易，再三推延，不舍就睡。

岳和却因年老多病，爱子一去，不知何年才回，口里不说，心中不舍，笑说："五郎天性素厚，明日一早就要分别，容他多谈一会儿也好。"

岳母原想两小夫妻少年恩爱，今当离别之际，难免有些话说，又恐明日早起，睡眠不足，才命早点安歇。后听岳飞说，明早只是在汤家聚齐，并非当日就走；又见丈夫望定爱子，依依不舍神气，由不得心里一酸，也就不再多说。老少四人谈到夜深才睡。

次早，岳飞起身，岳和业已先走。正准备收拾完了衣甲，再去买马，忽见王贵带了两名庄丁，疾驰而来，后面还带着一匹鞍辔鲜明的白马，见面笑说，奉了父亲之命，送一匹好马和一百两川资与岳师兄。因为昨日当着人不便多赠，今早特来补送等语。

岳飞知道王明心意，碍着王贵同门情面，只得禀告母亲，将银退还，把马收下。送走王贵之后，因马已无须再买，陪着岳母谈到傍午，方始拿了行李、兵器赶往汤家。见徐庆也是刚到，另外还有一百二十名庄丁，都是汤、张二老挑选出来的壮士。当日还要等做衣服，演习武艺，明日才走。

张涛因汤家连日赈济难民，来往人多，和永澄商量，特在自己家中备下十几桌酒筵，为这一百二十四人饯行。岳飞一到，便即同去入席。

那一百二十名壮士都曾受过张、汤二老的训练，拳棒弓马俱都来得。众人吃完饯行酒，便同去平日练习弓马的广场之下。

张涛先对众人道："我和汤大哥年都老迈，只盼你们能为国家出力，为乡里争光了。你们此去，都是当兵，前程大小，全靠自己的为人和本领。不过本领有大有小，蛇无头而不行。你们这一百多人，也得有人为首才好。如命汤怀、张显为首，你们以前都是我两家的庄丁，自然没有话说。我本来也有这个意思，后因汤老员外力说，此去投军，不比是在家里，谁的本领高，谁就当头，才合情理。昨天报名之后，你们的弓马刀枪也还不曾试过，我和汤老员外的意思，连你们和岳飞、徐庆、汤怀、张显四人，全在一起，考较一回拳棒弓马，选出两人带领，不管他是什么人，只本领最高，就是当头人。你们以为如何？”

众人同声应诺。汤、张二老又送给壮士们每人十两银子做盘费，命众人先比弓马，再考拳棒。于是一百多条好汉先后比试过弓马拳棒。这班年轻的壮士俱喜习武，平日常听汤怀、张显夸过岳飞的本领，这次赈济难民又由岳飞主持，都觉他有才干。等到一比弓马武艺，更是比谁都强，由不得个个赞服，同声喝采。汤永澄对众人说：“岳飞文武全才，理应选他为首。”众人全都喜诺。永澄随命岳飞先领众人演习步伐。

岳飞早看出汤、张二老对他的一番盛意，但知道两位老将家居纳福，壮心未已，平日专以兵法部勒手下丁壮。自己虽然学过兵法，到底不曾实地练习，先还恐教得不对，有些顾虑。后一想，天下事都从不会当中学来，这两位世伯都是身经百战的老将，难得对我这样热心，正好照着恩师所传，当面演习，以求得他们一些指教，如何临场气馁起来？念头一转，先谦谢了几句，便将这一百二十人分成三个小队，分交张显、汤怀、徐庆三人率领，照着周侗所传步伐进退、战阵攻守之法，连教带演习了半日。因为这些丁壮平日受过训练，岳飞所教虽有不同，几次过去，也全学会。

张、汤二老见岳飞指挥着这一小队人，纵横变化，无一处没有呼应。汤怀、张显、徐庆三人，也都能照着岳飞所说，做得一丝不乱。自己虽在军中数十年，像这样整齐严肃、动作神速的行军攻守之法，却是从所未见。问知全是周侗教授，而岳飞所得最多，也最精熟，不禁大为惊服，称赞不已。为求熟练，又在高兴头上，一面准备夜宴，为这班投军的少年人预祝成功；一面命人去请众绅富来看演武。一直演到日色偏西。

岳飞经汤怀、徐庆怂恿，又将师传跃马"注坡"之法传与众人。四小弟兄再同带头演习一回。汤、张二老固然连声夸好，众绅富也是赞不绝口。只有王贵一人，因乃父王明唯恐爱子受苦，另有打算，在旁观阵，十分技痒。

王明看出爱子心意，笑说："贵儿！你不是和我说，周老师教过你的兵法么？何不也到下面练上一回，请二位老世伯指教，长点见识？"

王贵受过周侗指教，知道军旅之事森严如山，就是随便演习，也丝毫轻忽不得；再见岳飞手持令旗，全神贯注于场上众人的动作，神态严肃，如临大敌之状，知他平日对人虽极谦和，遇到正事，却是丝毫不肯迁就。父亲所说，恐难答应，心正为难。

永澄已冷笑道："王员外！兵家之事非同儿戏。我知令郎是周老先生的高足，本领料不在他们四小兄弟之下。不过这班立志从军、为国杀敌的少年人，刚把队伍成立起来，最要紧的是军规！他们还没有经过战阵，若还当作后辈和庄丁看待，一开头就乱了他们的章法，就不好了。请恕我的口直，改日我们同去贵庄，再请令郎当众施展着玩如何？"

王明闹了一个无趣，知永澄性情刚直，只得老着一张脸，赔着笑说："汤老大哥说得对。改天我奉请诸位，再教小儿吧。"

永澄没有答话。王贵见父亲窘状，好生难过。岳飞操演完毕，永澄便命摆席，众人一同尽欢而散。

当晚，几个小弟兄都非常兴奋，哪里肯睡！王贵向众人说："我本想随诸位师兄弟前去投军，爹爹偏叫我后去，也不知什么意思。这一分手，不知将来能否和你们在一起呢……"

岳飞见王贵愁容惜别，正在劝慰，忽然想起一事，便将昨晚所写的信暗中交给徐庆，又嘱咐了几句。

徐庆说："昨日见你事情太忙，以为无暇及此，因此已照你的意思说与来人，打发走了。这封信比我所说详细得多，我再把信亲自送去。好在你已先往应募，我晚去数日无妨，上路时我自打主意便了。"

张显知岳、徐两人家贫，又见背人说话，笑问："两位师兄有什么为难的事吗？"

徐庆接口忙答："我与人合伙贩药材，还有一些未了之事，想请诸位先走，再赶去呢。"汤怀、张显都不愿徐庆单走，岳飞笑说："无妨，只匀出一匹快马给他，至多晚来几天而已。受人之托，忠人之事，让他后来，也是一样。"跟着又谈一阵，方始安歇。

次日一早，众人便辞别汤、张、岳和三老和王贵等，起身往真定赶去。徐庆先走。岳飞见一百二十名弟兄全是步行，便和汤、张二人说好，将三人的马都用来驮干粮，人全步行上路。由此无论打尖宿店，都是岳飞抢先安置，设想又极周到，众心更加悦服。岳飞看出众人都是互相关切，情同手足，又和汤、张二人商议，按照兵法行军。

众人全都喜诺，小小一队人马，行列非常整齐。刚到真定境内，便听路上人说，刘宣抚招募新军，已来了不少应募的壮士。跟着便见一名中军手持令旗，骑马跑来，到了众人面前，下马笑问："诸位壮士哪里来的？都是应募的么？带头的是哪一位？”汤怀忙指岳飞说了来路。

中军笑说：“诸位来得正巧，刘宣抚今日午后要在教场挑选新军，随我一同去吧。”岳飞请他上马，中军笑说：“诸位都是步行，我一人骑马，没有那个道理。”

众人再三劝说，见中军只是推辞，说话神情十分谦和。想起平日所见官府征兵征役那样强横霸道的情景，大出意料，均觉刘韬礼贤下士，长于治军，投在他的手下，为国立功，必有指望。

岳飞暗中留意，见大街之上，到处贴有招募壮士的告示，应募之人来往不断。有的说要往报名，有的说要歇息一天，明日再去。都是三、五、十、八一伙的多，并无人管。心方一动，又见一名旗牌飞驰而来，和中军见面略谈了几句，朝众人看了两眼，重又飞驰而去。

教场在南门外。大片广场，当中一座将台，旁边环绕着好些营房。众人被安置在新搭的十几间帐篷之内，每十人一间，午后便要校阅。众人连日行路，未免疲劳，等中军走后，刚想吃些干粮，歇息片时，忽见几名兵士抬了开水和馒头饭菜，来请饮食。只当是照例如此，也未在意。吃完，歇了一会儿，便听将台擂鼓。

岳飞正命众人准备听点，先前中军也赶了来，说宣抚一会儿就到，随领众人去至将台侧面等候。教场附近营房内的兵校，也都排成队伍，走了出来。

张显悄说：“怎么这些兵老弱全有，行列也不整齐？”岳飞低嘱众人且听选拔，不要多口。不多一会儿，刘韬带了一队比较整齐的人马走进。到了将台，随来人马自向两边分列。只刘韬带了几员将校、一伙从人走上台去，向众发话说：“今天专为选拔应募入伍的新兵，已在场中备下枪、刀、弓矢、战马之类，有何本领，只管施展。如有奇才异能之士，必定重用。”

军吏便照花名册传点，将人分成七八起演习，均有刘韬专派的将官分头指挥查看。一时枪刀并举，骑射飞驰，看去十分热闹。

岳飞等站在将台附近，见各县送来的丁壮和自愿应募的壮士，差不多都经军吏点到，同在场中演习。本领较高的都被挑向一旁，只自己这一队百余人，一个未点。眼看日色偏西，尚无动静，中军也未再来，方疑军吏遗漏，忽见一员偏将手持令旗挥了几下，场上比试的人便各归原处，纷纷退去。跟着便听将台上传呼岳飞、汤怀、张显、徐庆。岳、汤、张三人忙同赶到将台之下，行礼报到，并说徐庆家中有事，随后就来。刘韬便命岳飞等三人先练枪刀，再试弓马，三人领命，各把本领施展开来。

这三小弟兄都是周侗的嫡传，当然与众不同。岳飞更是弓强箭急，远射三百步外，接连九支全中红心。休说刘韬喜出望外，连声夸好，连旁观的军校和新招募的人们也都暗中惊佩，赞不绝口。

演习刚完，刘韬又命岳飞带领同来的一百二十名壮士演习阵法。岳飞仍和汤怀、张显把人分成三小队，将行军步伍分合攻守之法演习了两遍。刘韬看完大喜，传令所有新兵全准入伍，听候甄拔。只汤阴县来的这一起新兵，仍住原处待命。随传岳飞、汤怀、张显三人到府衙进见，仍是先前中军引路。

三人到了宣抚衙内，等了不多一会儿，刘韬便唤三人去到里面，见面笑说：“你们未来以前，便听人报，有百余名壮士由汤阴来此应募，个个精神抖擞，与众不同。不料你们本领既高，又通兵法。像这样英年有志之士，定能为国家出力，建立功名了。现在先命岳飞暂为小队长，汤怀、张显为副，莫要辜负我的期望。”岳飞等三人拜谢辞出。

第八回

播迁凭社鼠，相州开府起孱王
制胜是奇兵，贼寨攻坚擒巨盗

相州先有两名恶霸，一名陶和，一名贾进，一向勾结盗贼，坐地分赃，无恶不作。近年招纳一些散兵溃卒，声势越大，到处剽掠县镇，杀人放火。官军屡次向他所占山寨进攻，均被打败。刘韬恐他们与金人勾结，成为心腹之患，众人入伍第三天，便召岳飞商议，问他有无破敌之法。

岳飞一听，正是徐庆所说的两个恶霸，想了想答道："此贼声势虽然猖狂，但他们生性残暴，远近百姓俱都痛恨，此已必败。近因屡胜官军，越发心骄气浮，自命无敌。休看人多，破他容易。只是目前各地叛乱四起，好些善良百姓饥寒交迫，铤而走险，并非得已。今当国家用人之际，小校是否可以相机而行，对那些无知胁从的贼党加以招抚，对于那些结寨自保、杀敌有心、进身无路的忠义之士，引使来归，练成劲旅，以为防边御敌之用，还望宣抚示下。"

刘韬笑道："你真个有胆有识，无奈此事还有好些难处。听说朝廷听信奸臣之言，连这次招募边防敢战之士，恐怕都要变卦。再要招纳各地山寇，恐更艰难。你先把陶、贾二贼平了再说吧。二贼所据十八里岗，地方甚大，形势险峻，手下人马甚多。你用多少人呢？”

岳飞答道：“兵贵精而不贵多，只要事前想好破敌之策，就以小校所部百余轻骑突出不意，将为首二贼除去，众贼立可瓦解。倘若多派兵将，容易走漏风声，被贼党得知，一有防备，便难取胜了。”

刘韬见他词色既壮，所说也极有理，笑说：“你能以少胜多，再好没有！但你部下只有百多人，实在太少，把本府亲兵挑上一些去吧。”岳飞不便坚持，只得应诺。并请一月期限，准备停当再去，事前不可张扬。当下只挑了八十多名亲兵，先和本队的兵一同演习；一面命人探敌，查看地理形势。

正准备暗中分出一些弟兄往投陶、贾二贼，以为内应，等众弟兄演习熟练，再以轻骑进攻。徐庆忽然赶到，说岳飞前写的信，业已面交吉青、霍锐。那为首占山的名叫牛皋，人称公道大王。他和周恩师、黄机密相识，彼此谈得十分投机，允照岳飞所说行事。只恨奸贼当道，不到时机，不肯降顺官军，将来和敌人交战，却是百死不辞。岳飞听了，自然高兴，便令徐庆带了三十名弟兄，先扮作散兵溃卒，往投贼巢，以为内应。早晚还是操演人马、讲解兵法，声色不动。

这日接到徐庆密函，说陶、贾二贼因见他和去的人都有本领，业已全数收容，甚是信任。岳飞知道时机成熟，暗中禀明刘韬，带了那二百多名弟兄，往贼巢掩去。到时，天已夜半，先命汤怀、张显带了一半弟兄埋伏山下树林之中，自带七八十名轻骑，直扑陶、贾二贼的山寨。因是骤出不意，把守山口的贼党，都没有想到每次被打散的官兵，竟会突如其来。岳飞所领这一伙壮士，又似生龙活虎一般，所到之处，势如破竹，锐不可当。

陶、贾二贼正在寨中饮酒作乐，等接到信息，五层口子已被冲破了三层。始而又惊又怒，等率群贼蜂拥而出，发现来的官兵不满百人，越发胆大气粗，喊杀上前，声势十分猛恶。岳飞知道山路狭险，贼党虽众，有力难施。一味诱敌，且战且退，不时把师传连珠箭朝那些贼头射去，都是应弦而倒。群贼越被激怒，同声咒骂，紧迫不已。

岳飞等群贼追到山下，一声信号，汤怀、张显立时率领伏兵，两路杀来。这时正是月终，天色昏黑，陶、贾二贼见伏兵突起，不知官军来了多少，本就心疑中计，又见远近树林之中，隐隐有灯火闪动，越发气馁。正下令暂退回山，明天再和官军决一死战。话未说完，岳飞已单人独骑回马冲来。

贾进想起方才有两个亲信头目被他射死，自己不是前面有同党挡住，也几乎送命，不禁大怒。刚一晃手中刀，忽听“哎呀”一声，百忙中瞥见徐庆等由贼党中突然暴起，将大寨主陶和由马上擒去，另外好些同党，也在倒戈相向，以为敌人的内应不知还有多少！不由得心里一慌，待要回马逃走，已自无及，吃岳飞一枪杆打落马下，张显连忙上前绑起。

为首二贼一被擒，凶悍一点的头目又被众人枪挑箭射，生擒打倒，去了好些，吓得余贼四散奔逃，走投无路。岳飞等忙率众人飞马赶上，喝令投降，放下兵器免死。众人也照岳飞所说，骑着快马往来飞驰，连声喝喊。自来兵败如山倒，何况这些乌合之众，一听投降免死，全都放下兵器，照着众人所说，聚在一处，听候发落。

岳飞再把附近有家的贼党和一些散兵溃卒，分列开来，一点人数，除逃贼外，共有九百多名，便向那些被迫从贼和被陶、贾二贼掳去的贼党告诫了一阵，命其少时随到山寨，有亲属的带亲属，没有亲属的也各人取了自己的衣服财物自寻生理，下余数百名残兵溃卒等候少时遣散；然后直扑山寨。一些留守的贼党已然得信，打算抢了财物逃走，岳飞等正好赶到，除把内中几个极恶穷凶的头目绑上而外，均按方才所说办理。

陶、贾二贼本来就是当地恶霸，庄中粮食器械堆积如山，还有两座银库。岳飞略一巡视，命人将先前那些降贼押来，分别问明来历去向，给了些银米，令各还乡，另谋生业；只将数十名凶恶之徒，暂禁庄中。

忙到第二日夜里，见一切都有了头绪；因恐散贼又去为害民间，都是零散遣走，有的并还分人押送出境，庄中财物粮械也都记上了赃物簿，便向徐庆、张显、汤怀嘱咐了几句，然后骑上快马，连夜赶回。见了刘韬，说明平贼经过。再说所带人少，因见贼党势众，既恐照顾不过来，又知内中多是穷苦无告的老百姓，因此擅做主张，给资遣散，特来请罪。

刘韬事前虽和岳飞商量过，但对岳飞这样专断，先还是有些不快。后一想，陶、贾二贼乃是相州一个大害，官军屡次劳师动众，均为所败，岳飞只带二百名骑兵就将二贼生擒，又杀了那么多的贼党，还得了大量财物粮械。这样智勇双全的人才，实在难得！连忙笑说："你刚入伍不久，便立此奇功，事又非此不可，哪有怪罪之理！"跟着，便发动一千人马，随同岳飞相助善后，搬运赃物。

岳飞原因得胜之后，想起近年官军最喜贪功冒赏，刘韬虽还不是这样人，若将降贼全数押回，仍难免于多杀。还不如豁出自己一人受点处分，先把这些被胁从的老百姓放走，立功不立功放在其次，先落它一个心安理得。不料刘韬居然答应，好生欢喜。

同去的刘韬的将官，见岳飞只带二百人马，竟将这么厉害的一伙贼党除去，所获的财物都有记载，分人看守，丝毫不取，不由得心中佩服，一切都和岳飞商议行事。

事后，刘韬对这些剿贼有功的将士犒赏一番，并和知相州王靖联名向朝廷保奏，请补岳飞等四人为承信郎。余人也各有升赏。

众人初次出兵便获全胜，正在高兴头上，忽然接到岳和病故的信息。岳飞自是悲痛已极，正向刘韬禀告，要回籍奔丧。同时接到朝命，因恐金人多心，命速将各路招募的敢战之士遣散归田，不得迟延；对于岳飞等平贼立功之事一字不提。

刘韬读完诏旨，好生愤慨，无奈朝命难违，只得答应岳飞回家葬父，借奠仪为名，送了二百两银子；一面把徐庆、汤怀、张显和一百二十名壮士补作亲兵；一面把先招募的壮士招集了来，当众读完诏旨，给了一些川资，听其自去。

徐庆等觉朝廷无道，害怕敌人，使志士心灰，好生愤愤不平；又知岳飞这一回家，定要终丧守制，短时期内不会再来，故均不愿再待下去，全都要走。

岳飞见众心离散，只得强忍悲怀，再三劝勉，力言："此时六贼专权，奸臣当道，虽然倒行逆施，但是国势危急，已在朝夕。不管朝廷多么无道，国家人民总是我们的。自来多难兴邦，遭逢乱世，更显英才。这里相隔敌人最近，一旦用兵，还是要人，何愁英雄没有用武之地？就此一走，非但有背周恩师的遗命，也对不起刘宣抚一番盛意，你们还是忍耐一时，一旦边境有事，我必前来投效，大家千万分散不得。"

众人平日全都信服岳飞，见他说时声泪俱下，不由心中感动，慨然答应。跟着禀明刘韬，送出十里之外，方始挥泪而别。

岳飞因自己丝毫功业不曾建立，父亲便自去世；想起父亲平日慈爱和期望，真个抱恨终身，伤心已极。到家之后，又见篷门不掩，一棺在室，慈母爱妻各穿一身缟素，泪眼相迎！由不得哇的一声，扑倒灵前，几乎闭过气去。等到李淑把马抢拉到手，系向树上，赶回劝解，岳飞才把一口气缓过，号啕大哭起来。

岳母见儿子哭得力竭声嘶，劝他不止，只得强忍痛泪，颤声说道：“五郎！你就不顾你的母亲妻子了么？”

岳飞忽然想起父亲死后，母亲本就心情悲苦，我再这样，岂不使她老人家更加伤心？心中一惊，忙将悲痛心情强行抑制，拭泪道：“娘莫伤心，儿子不哭了。”

岳母见爱子两眼布满红丝，泪痕狼藉，口说着话，还在抽泣不止，不禁又是伤感，又是心痛，忙把他拉到房内，再三劝慰，说：“我儿读书明理，当知人死不能复生，应该节哀顺变，建功立业，以继承先人遗志为重，才能使你父亲含笑九泉之下。你若因此毁伤身体，非但对不起你爹和你的岳父、恩师，也对不起你娘和你媳妇，怎么会不明白呢？”

岳飞只得强忍痛泪，连声应“是”，等岳母坐定，然后和声询问：“父亲病了多少天？是什么病死的？”话未说完，两行痛泪又挂了下来。

岳母凄然答道：“你爹头天得病，第二天午后去世，始终神志如常。连着好几次对我说：五郎年轻，刚一从军就当了小队长，不是容易。他天性至厚，我若有个长短，最好暂时莫让他知道……”

岳飞听到末两句，实忍不住伤心，又哇的一声哭了起来。

岳母恐爱子憋出病来，便不再劝止。等岳飞又大哭了一场，才用温言开导，并谈安葬之事。岳飞这才渐渐止住悲哭。因为星夜急驰，悲恸过甚，当夜人便病倒。先恐母亲担心，再三嘱咐李淑，不令禀告。一面还要勉强挣扎，打起精神，安排丧葬之事。李淑劝他不听，空自愁急，无计可施。

英雄只怕病来磨，再加上病中的悲苦劳瘁，岳飞便是铁人，也禁不住。才两三天，人便不支。岳母看出他病势不轻，强令卧倒。这一病就病了一个多月，还好本来体质强健，又擅武功，暂时银米无缺，岳家人缘又好，延医购药，都有人来帮忙。汤、张二老得信均来慰唁，各送奠仪之外，还派来两名庄丁，每日去往岳家相助料理，免却许多烦劳。岳飞的病才渐渐好转。

岳飞病愈之后，岳母恐下葬时爱子又是哀恸过度，屡以温言劝告说："你病这一个多月，如今瘦成什么样儿了？你媳妇更是急得日夜不安，食难下咽。她自你投军的前一月，信水就没有来。万一惊动胎气怎好？我也是越来越老的人了，能耐得住几回的愁急呢？你就不为了你的母亲媳妇着想，也应想到目前国家多难，千万百姓正遭受那流离死亡的惨祸。你既是一个有血性的男儿，便应该为国尽忠，为民除害，才不负你岳父和周老恩师对你的栽培，也不负你父亲和我对你多少年来的盼望。你能够慎终追远，把人子之心尽到，也就是了。像你那样悲苦成病，只叫当娘的担心和你媳妇终日忧急，你自己还受了伤，有什么用呢？"

岳飞极少见到母亲这样正式说话，再想起母氏劬劳，每日心忧子病、夜不成眠的情景，忙即跪倒认错，连说："儿子糊涂，娘莫生气！"

岳母唤起说道："为人行事，应从远大处着想。我儿既然知错认错，就不用再说了。"

岳飞经岳母屡次劝告，虽不再过于哀恸，想起父亲早死，未得终养，仍是难过。安葬以后，本就打算庐墓三年。后见岳母逐渐衰老，再想起朝命遣散新军之事，觉着奸臣当道，有功不赏，只把万民血汗所积的金帛拿出献媚敌人，全不以国家安危为念，徐庆等小兄弟至今还在真定军中苦熬，有力难施，倒是王贵仗着父亲的财力人力，一到东京就当了军官，升迁反而容易。越想越不平！加上李淑第三月又生了一个孩子，取名岳霖，品貌端正，甚是可爱。岳母虽有弄孙之乐，李淑为了喂养婴儿，田里的事越发忙不过来，因此更不放心。壮志一灰，决计奉母力田，不再远出。

光阴易过，一晃两年多。汤永澄、张涛相继病故。王明看出形势紧急，早将家产变卖，带了全家迁往湖南。徐庆等小弟兄也随军移住河南，音信全无。

岳母眼见百姓所受灾难越来越重，又听说金人屡次侵扰边境，朝廷战既不敢，和又不能，只是一味屈辱，多献金帛，不许边境兵将还击，希图苟安，以致金人凶焰越高，欺压越甚。那受到金兵焚掠残杀的边境良民，身受之惨实不忍闻。由不得心情悲愤，早劝岳飞再去投军，不要株守家中，消沉志气。

岳飞想起敌人的凶横残暴，也是万分痛恨。但一想到奸臣当道，埋没人才，便去投军，也未必能够施展；何况慈母年高，难为游子，屡次都是设词推托，不愿远离。

岳母只当他要等满孝之后才肯出门，心想至多还有三四个月的光景，也就听之。谁知岳飞孝还未满，金人业已兵分两路，大举入寇，从此大好中原逐渐沦于敌人之手。

原来赵佶君臣自从派遣使臣赵良嗣和金人商议夹攻契丹，碰了钉子回来，本想把尽量搜刮民间得来的金钱大量献与金人，意图讨好，多少收复一点失地，借以挽回颜面。

不料金主阿骨打早看出他君臣昏淫腐朽，国力凋残，只管所献岁币五十万金，来者不拒，照样笑纳，对于夹攻契丹之约，竟连理也未理，径自出兵，先将辽的中京攻破。辽主延禧全军溃败，逃往云中（绥远吐墨特部）。辽臣萧干立燕王耶律淳为帝，打算暂保燕京，与金相抗，金兵仍是追逼无已。

赵佶听说辽兵大败，中京已失，忙命童贯、蔡攸发兵攻辽，意图收复燕云，不料上去便打了一次败仗。

不久，耶律淳死去。赵佶又命童贯、蔡攸进兵，刘延庆为都统制。兵至芦沟河，辽兵乘风纵火，宋军不战而溃，自相践踏，尸体满路，长百余里，把赵顼（神宗）以来所积储的军备损失了十之八九。

宋军第二次大败以后，阿骨打越把宋室君臣不放在眼里，紧跟着就把燕京夺去。

燕京四乡的老百姓都恨金兵残暴，纷纷揭竿而起，与金相抗，到处放火，焚烧金兵的粮草营寨。金兵残杀越厉害，老百姓的反抗也更激烈。赵佶自不量力，又遣赵良嗣、马政往见阿骨打，不仅想要索取燕云等州，并还妄想索取五代初刘仁恭送给契丹的营、平、滦三州。

阿骨打因所占地的老百姓反抗，不易统治，正在为难，已然答应给还燕京六州（冀、景、檀、顺、涿、易）二十四县。赵佶君臣还在力争不已，往返商量，不得解决。阿骨打竟被触怒，说："你们定要营、平、滦三州，我连燕京六州也不肯给了。"赵佶君臣见对方要翻脸，方始气馁答应。

阿骨打看透对方庸懦，乘机又说："我攻得燕京，每岁收租赋三百万。现在送给你们，该送我租赋一百万，补偿我的损失。"

赵佶自知理不能胜，力不能抗，只好定约：每岁输与金国银二十万两、绢二十万匹，又别输燕京代税钱一百万缗。燕京财物人口早被金人掳去，宋朝只获得空城一座。

金人看出宋朝统兵大将都是粮饷庸才，兵士极少训练，并有许多强征硬拉的老弱在内，认定不是他的对手，早就打下了掠夺中原的主意。领头的既然存有野心，下面的兵将挟着新胜之威，都看宋朝兵将不起。见宋朝官将那样豪富，中原土地那么肥沃，越发勾动贪心，屡向边境一带焚掠骚扰。

守土将官奉旨不许还击，乐得逃避，能够凭城暂守还是好的，有那最无耻的官将，连敌人还未见一个，稍微听到一点风声，竟先弃城而逃，等金兵掳抢一空，饱载而归，他再回来作威作福。还老着脸皮去向朝廷请功，算是收复了失地。当地百姓既要受到官将的威逼强征，在双重暴力迫害之下，哪里还能活下去？就这样还是不肯投敌，纷纷扶老携幼，往南逃窜。

临近边境的各州府县，到处布满了避难的良民。起初官府还想镇压驱逐，无奈难民太多，潮涌而至，既恐怕激成变乱，又见到那四野哀鸣、朝不保夕的流离之惨，稍微有点人心的官府，自不忍过分加以凌逼。便是那些贪官污吏，也是顾虑太多，不敢下那毒手。此外还有一些忠义之士，既不甘心受敌人的残杀，又不愿受官将们的欺凌，便逃往山中，打起义军旗帜，专与敌人为仇。

岳飞生当国家多难之际，虽然愤恨朝廷无道，一见百姓所受苦难，再听到敌人奸淫掳抢的残酷行为，不由激动了对敌人的仇恨。偏巧张、汤二老已死，王明全家早已迁走，另外一些富户，多一半逃往南方避难。剩下几家，禁不起官府常年征募，光景也是越来越差。再像以前那样办赈，简直难如登天。自己也曾找过他们，因为身后无人支持，人微言轻，有的连面都见不着；即便见着，不等开口，先就告穷诉苦，分文不舍，还要说上一些闲话。空自满腹悲愤，无计可施。

这日因是岳和祭日，岳母看出爱子恋母念家，不愿远出，早和李淑暗中打好主意，等岳飞哭奠完毕，要往周侗墓上祭奠时，故意问道：“五郎，你上哪里去？”

岳飞凄然答道：“周老恩师去世已四年了。昨天和娘说过，就近前往一祭，娘不是和媳妇也要同去吗？”岳母道：“方才我就想去的。后来一想，你周老恩师死而有知，你去上祭，恐怕他还有点不愿意吧。”

岳飞大惊问故。岳母道："五郎你想呀，周老恩师生前为什么对你那么看重？还不是看你还有一些力气才干，想你照他平日所说去做吗？像你这样……"话未说完，岳飞忙道："娘！不要说了。儿子近来看到百姓们遭到金人残害流离之惨，越想越气愤，本想投军杀敌去的；只是娘在家中，儿子还有一点放心不下，主意不曾打定。现在不等这里撤祭，想先赶往周老恩师墓上，便是为了禀告此事呢。"

岳母笑道："你媳妇人甚贤惠，我近来人已复原，有什么叫你不放心的？要是一些有用的少年人，都跟你一样志气消沉，谁都只顾眼前，不肯离开家乡，一旦受到国破家亡之祸，休说老母妻儿不能保全，便他本人也必同受敌人残杀。你怎么这样糊涂，想不开呢？国如不保，家岂能安？不乘敌人未到以前，和一些忠义之士合力同心将他挡住，等他把地方夺去，就来不及了。"

岳飞慨然答道："娘说得对，儿子这几天一想到周老恩师死后周二哥对儿子所说的话，就恨不能和敌人拼个死活。只是儿子真不放心，还想在家中再住一月，安排好了，准走就是。"

岳母正色道："为人行事要有果断，我母子迟早总要分别，何在此一月光景呢？你早投军一天，便可早为国家多出一分的力。你们少年夫妇自然恩爱，若是儿女情长，英雄志短，想拿当娘的做题目，那也难怪，我就不多说了。"

李淑连忙在旁插口道："娘疼我比亲生女儿还亲，当着丈夫也没有什么碍口的。爹爹在日，常对媳妇说，我好容易为你选上了一个英雄夫婿，你必须好好侍奉公婆，日常鼓励丈夫用功，使他早日出去建功立业，不要弱了他的志气。自从公公去世，他回家来，便借守孝为名守在家中，劝他又不肯听。媳妇老盼周二哥来此上坟，好劝他几句，偏连音信都没有。每一想起爹爹生前的话，心中常是不安。昨天他再三说，要往爹爹坟前一祭。媳妇极力推托，虽是为了供菜备办不及，多一半还是为了人死不能复生，最要紧是能照他先人遗志去做，为他增光。这比多烧几百支香，更能使先人含笑于九泉。媳妇既没有把他老人家所说的话做到，祷告的时候还说什么呢？我想官人是有志之士，决不至于儿女情长，英雄志短。真要是为了妻子消沉壮志，非但对不起周老恩师和公公、爹爹，也更对不起娘的一番苦心了。官人平日很孝顺，也许不会吧。”

岳飞闻言，平日壮志立被激动，忙道：“我此时心意已定，快把周老恩师的供菜分出一半。等我祭完恩师，便去岳父坟上拜别。三五日内，准定起身了。”

岳母道：“我知你不把家中事安排好决不放心，三五日起身无妨。我母子婆媳三人便去周、李二坟上祭奠了。”说完，三人同往周侗、李正华墓上，分别祭奠之后回到家中，便准备起来。

第四天，岳飞把家务事安排好后，便自起身。先想找徐庆、汤怀、张显三人去。刚一上路，便听平定军正在招募士卒。因当地相隔敌人最近，又觉这几个师弟兄早晚见到，何必忙在一时？便往平定赶去。仗着文武全才，一身本领，不久便被提升当了偏校。

第九回

不能战而贪，以迅败亡，遗羞千载
为求和致死，其存气节，终逊完人

宣和六年八月，金主阿骨打死，兄弟阿木班贝勒吴乞买继位，改名为晟（金太宗）。因为金使臣屡次往来中原，更探明了宋的虚实和山川形势。见宋朝虽然民不聊生，兵力衰弱，赵佶君臣却积累了大量的金玉宝物，汴京城内常是笙歌达旦，繁华无比，以致野心越旺，图谋吞并之念更切。

到了第二年的冬天，吴乞买以阿木班贝勒舍普为都元帅，在京遥领。宗翰（粘罕）为左副元帅，进取太原；宗望（斡离不）为南路都统，进取燕京。两路会师，同扑汴梁。一面派人向宋强要割让河东、河北之地，以黄河为界。

宋广阳郡王太监童贯，以两河燕山宣抚使名义镇守太原，得信大惊，不知如何是好，意欲逃回开封。

知府张孝纯再三劝说："金人背盟，应当召集各路将士与他对敌。大王一走，人心定必摇动。河东一失，河北也决不能保。请暂守些日，以报国恩。"

童贯大怒骂道："我是宣抚大臣，没有守土之责。留我在此，要你何用？"说罢，不等金兵到来，便命所部兵将押了辎重和所刮取的民脂民膏，连夜往汴京逃去。

张孝纯愤道：“童太师多少年来作威作福，一旦国家有事，便这样抱头鼠窜，连所部人马都用来护送赃物行李，将来拿什么脸去见人呢？”慨叹了几句，立刻召集手下兵将，坚守太原。宗翰以大兵围攻，再三劝降，孝纯不听。

宗望由平州进兵，攻破檀州、蓟州，兵到三河。宋军迎敌大败，守将郭药师胁迫他的部下一同投降。宗望便令郭药师做向导，长驱南下。宋朝的守土官将，不是闻风逃走，就是开城投降。金兵如入无人之境，极少有人对抗。只两个月工夫，便打到了黄河北岸。

赵佶害怕敌人，传位给儿子赵桓（钦宗），改元靖康。一听金兵这样厉害，吓得心慌胆寒，就在往年元夜张灯大举作乐的上元佳节里，带了蔡京、童贯、朱勔等奸贼逃往南京（宋南京属河南归德府）。所带三万人马，都是童贯在陕西召募来的身长力大汉子，号称“胜捷军”。平日环绕他的王府，耀武扬威，休说老百姓不敢近前，差一点的朝中亲贵也不敢由他府门前经过。这次由太原逃回，正赶上这位太上皇赵佶畏敌逃亡，便在里面挑了两万名精卒，随同逃走。

当赵佶等过浮桥时，禁军卫士平日受着赵佶的豢养，一见不能同行，纷纷攀望求告。童贯等奸贼恐怕禁军阻碍，下令放箭，当时射死了一二百，禁军们方始痛哭而退。道旁观众愤慨不已。赵佶逃后，当权文武官将为保身家，都劝赵桓逃走，只有东京留守（先任行营参谋官）李纲再三谏阻。赵桓迫不得已，勉强答应。先前主张逃走的贵官们，又变主张求和。见李纲忙着布置守城计划，全部袖手旁观，丝毫不加援助。

金兵攻城时，李纲亲率军民防守，已将金兵打败，赵桓偏是胆小害怕，派使臣到金营求和。宗望一开口便勒索黄金五百万两、银子五千万两、牛马一万头、绢帛一百万匹，并且还要赵桓尊称金主为伯父，把燕云一带逃往河南的老百姓全数押回，把中山（河北定县）、太原、河间（河北河间县）三镇土地献与金邦——在未交割以前，要宋朝的宰相做押头。当日金兵便攻打天津、景阳等门，示威要挟。

李纲亲自督战，并遣所募勇士缒城杀敌。这班由民间投效的勇士，人人奋勇，同仇敌忾。苦战了一日，把金兵杀了好几千。赵桓还是听了奸臣李邦彦的话，去向金人求和，只把黄金五百万两减成一百万两，下余全照宗望所说行事。跟着下令，用军法搜刮民间金银，共搜得金子二十万两、银子四百万两，而一些文武贵官却是分文不出。李纲再三谏阻，赵桓不听。

民间金银虽被官家抢夺一空，每天送往金营的金银绢帛牛马之类，仍是够不上数。宗望先是威逼不已，后见各路勤王兵马相继赶到，声势越来越盛，宗翰围困太原，又被张孝纯挡住，不能前来会师。刚在那里情虚，恰巧赵桓送来三镇地图，并命宇文虚中通知金人，割让三镇之地，宗望这才乘机下台，不等金银数足，退兵北去。老将种师道请乘金人半渡，伏兵袭击，赵桓不许。

李纲借发兵护送金人为由，暗告将士分路尾追，乘机猛袭。将士受命，踊跃争先，眼看追上，金人都害了怕。宰相李邦彦责李纲不该追敌，发下诏书，召还追兵。将士在路上接到退军命令，无不愤怒。李纲又向赵桓力争，再下令追击时，金兵早已走远了。吕好问告赵桓道："金人得志，更轻中国。一到秋冬，必要卷土重来，御敌设备，当速请求。"赵桓不听。

岳飞在平定军中，见金人猖狂，万分愤怒，正苦于没有杀敌机会。听说大将种师中由井陉进到平定州，意欲先取寿阳、榆次等县，以解太原之围，忙往请命，愿为国家效死。

种师中早听人说起岳飞的英勇，便命他带百余名骑兵，去往寿阳、榆次一带试探敌人虚实，名为硬探。刚到半路，便遇大队金兵，随行骑兵见敌人势盛，多半胆怯欲逃。

岳飞忙告众人：“敌人虽多，不知我军虚实，正好骤出不意，杀他两员贼将。诸位弟兄暂且给我助威，我去试上一下。”说罢，右手长枪，左手大刀，一声大喝，将坐下快马一夹，单骑往敌阵中冲去。手中兵器舞动如飞，近者刀斫，远者枪挑，所到之处，无人能敌，往来冲突了好几次，敌兵当时一阵大乱。岳飞连杀死了数名骑将，又生擒了一名挟在马上，方始回马断后，和同来骑兵从容而去。

金兵不知虚实，竟不敢追。到了夜间，岳飞又穿上敌人的衣服，掩到敌营里面，用当初所学的金邦语言应付巡夜金兵。穿行营栅，把敌人兵力虚实、粮草所在全数探明，方始回去复命。

种师中闻报大喜，忙照所说敌情，即日发兵，将寿阳、榆次等县一齐收复，并补岳飞为进义副尉。岳飞看出种师中知人善任，越发感奋，满拟多杀一些仇敌，为国雪耻，为民雪恨；不料种师中受了贵官掣肘，不到时机，强令出战，预先约好的两翼接应人马，又因误信奸人之言，按兵未动。

种师中虽为金将完颜活女所袭，依然五战三胜。最后退至杀熊岭，兵饥无食，金兵乘机大举来攻。种师中独以麾下死战，连受重伤，力竭而死。

岳飞先奉命穿过敌人阵地，去往河南公干。半夜渡河，所补副尉告身，被水淹湿成了一团糟。第二日又得到种师中阵亡的消息，心中愤慨，加上告身已失，想了想，便不再回平定，径自回转相州，到处结纳忠义之士，准备待机而动。

当年八月，宗翰、宗望又率金兵分道南侵。南道总管张叔夜、陕西制置使钱盖和各路兵将兴兵勤王，奸臣唐格、耿南仲专主和议。再三函檄阻止，并命给事中黄愕由海道赶往金邦求和。

这时，宗翰已将太原攻破，副都总管王禀率领残军巷战，力竭而死。真定府（河北正定县）知府李逸、守将刘翊上书告急，前后三十四次，朝廷均置之不理。金人口头答应和议，实则进攻并不停止。到了十一月，宗翰首先渡过黄河，长驱直入，到了郑州，宗望也正攻大名府。

赵桓惊惶无计，又遣兄弟康王赵构往见宗望，打算尽量丧权辱国，以保全个人的禄位。赵构一到长垣，众百姓顶盆焚香，喧呼拦路，坚请起兵抗敌，愿为国家效死，赵构不理。经滑州、相州，至磁州，沿路都有百姓拦阻，不让前进。磁州知州宗泽力劝赵构速停，否则，一落虎口，决回不来。

赵构拿不定主意，去往嘉应神祠求签。当地百姓纷纷拦住马头，劝赵构千万不可以北去。随伴赵构的使臣王云稍微分说了两句，便被众百姓抓去，乱刀斫死，吓得赵构逃回城内，再也不敢出来。这时宗望的兵也渡了河，不时派遣骑兵到磁州左近，查探赵构踪迹。

赵构正在胆寒，知相州汪伯彦知道这是一个极好的机会，暗率所部兵，将赵构迎往相州。赵桓得信之后，又募了四个死士，拿了蜡丸诏书，赶到相州，拜赵构为天下兵马大元帅，陈遘为元帅，汪伯彦、宗泽为副元帅，令其收集河北兵马，前往勤王。

岳飞在相州结交了二三百名壮士，本就准备待时而动。一听赵构开府河朔，便往上书求见。大将刘浩早听刘韬谈起过岳飞的本领，便和赵构说了。

恰巧吉青、霍锐同另一大头目邱章奉了牛皋之命，下山拦劫金人的辎车粮草和逃兵溃将的器械马匹。邱章是个飞贼出身，表面上看去面白如玉，像个纨绔子弟，实则机警狡诈，往来打探虚实，谁也识他不透。三人所带山兵又都受过训练，行踪飘忽，出没无常。既和金人为仇，又和溃逃的官兵作对。金人官军俱都无奈他何。

赵构因所召集的河北兵将才得万人，又听宗泽再三力劝，说："目前到处都有百姓揭竿而起，官军称他们为盗贼，实则多是年年荒乱，又受到贪官污吏的压榨，铤而走险的善良百姓。还有一些是眼见敌人侵入，身家不保，逃往山中，专与敌人作对的忠义之士。今当国家用兵之时，这班人如能善用，只比官军力量更强。现在十室九空，无兵可募，把他们招收过来，使其为国抗敌，实是一举两得。"

赵构知宗泽老臣宿将，久在军中，忠义正直，智勇双全，本就有了允意，一听岳飞所说，正与相合，便命先往招收吉青等这一伙山寇。岳飞受命大喜，由大元帅府出来，天已黄昏，更不怠慢，只带新结交的施全、傅庆、董先、张宪等四名壮士，连夜飞驰，往吉、霍二人营寨赶去。

吉、霍二人先前两次派人到汤阴打听岳飞的下落，岳母均推不知，只说已和徐庆、张显、汤怀随军他往。二人平日谈起，甚是想念。这日天已半夜，忽听人报，外有五人五骑飞驰而来。心中惊疑，正要赶出，岳飞等五人业已冲了进来。

吉、霍骤出意外，不禁惊喜交集，各把岳飞的手拉住，连问："你在哪里，怎么寻找不见，想煞我弟兄了。"跟着又问："徐庆、汤怀、张显可在一起？"岳飞从容笑说："话长着呢！我五人远来，还没有吃饭，少停再说。"吉青忙命快备酒饭。

岳飞随代施全等四人引见。吉青问知张宪今年才十四岁，长得比大人还高，手使一支八十斤重的点钢枪，力大非常。已拜岳飞为师，将六合枪法学会，越发高兴。跟着摆上酒食，众人边吃边谈。

岳飞先将两次投军的经过说了。吉青不等说完，便大怒道："昏君奸贼只知向仇敌去摇尾巴，全不管我们百姓的死活，谁耐烦为他出力！我们太行山里不愁穿，不愁吃，专和贪官污吏、土豪恶霸作对；遇见大队的金兵，便在暗中和他捣乱；稍微有机可乘，当时杀他一个痛快，比干什么都强。你们和我们做一起，不要走了。"

岳飞笑问："三年前我有一封给公道大王牛皋的信，你和霍师弟看到了没有？"

吉青冲口答道："见到了，见到了。牛大哥很佩服你有本事，有见识。便是今天山里头连种地带练兵，也都照你来信所说行事呢。"

岳飞笑道："你们既以我的话为然，就好说了。"随将来意说出。

吉青道："你要我们归顺朝廷么？我才不干呢！他们用人为他卖命的时候，什么好诸都说得出来；不用人的时候，什么坏事都行得出来。我们在山中过得好好的，干的尽是痛快事，我才不肯上当，受他们的鸟气呢！"

岳飞慨然道："你说的话并非无理，不过金人正在强夺我们的大好河山，一旦国破家亡，你们单占据两个山头，早晚还不是被敌人消灭？你再看看北方逃来的那些难民所受流离死亡之惨，多么使人痛心！敌人占我土地，杀我良民，夺我资财，淫我妇女，所过之处，白骨蔽野，草木皆空，这样血海深仇如若不报，非但枉为男子，自己将来也同样要被敌人残杀。你是个有血性的汉子，怎么会不明白？今天的祸害，当然是由朝廷无道而来。如其政治修明，国富兵强，也决不会有这样的外患了。朝廷虽然无道，到底是一国之主，各地兵将也还不乏忠义之士，就是那些受苦的老百姓，也决不愿把国家亡于外敌。只要朝中流贼伏诛，换上一个明白点的皇帝，率领大军与敌对抗，立时成了众望所归。举国一心，共御外侮，打退敌人，并非难事。我们势孤力单，并无人望，现与金人官军两面为敌，已难保其不败。再等敌人占了中原，以大兵围攻，众寡悬殊，日用之物与军中器械又不能全数自给，更非灭亡不可！我看康王（赵构）虽然胆志不足，人尚聪明。如今金兵业已围困汴京，康王虽然拜了大元帅，奉旨勤王，兵还未发。我料朝中奸贼未去，汴京城必被敌人攻破无疑。自来时势造英雄，当此国破家亡之际，稍微有点血性的男儿，当无坐视不问之理。不把我们的力量合在一起去和仇敌拼命，却只占据一两个山头，杀上几个零星敌人出气，并使抗敌官军还有后顾之忧，坐等敌人长大，被他灭亡，便为自身打算，也太蠢了！”

吉青越听越觉有理，先坐在那里一言不发，忽然站起，一拍桌子，大声说道：“好！岳大哥！你说得对。从此我全听你的。”

霍锐平日最佩服岳飞，自从看完上次那封信，早就记在心里，再听这等说法，越以为然，忙说：“能和岳大哥在一起，再好没有……”话未说完，猛瞥见一条人影带着一片刀光，突由外面飞扑进来，照准岳飞举刀就斫！后面还有一伙头目山兵，随同喊杀赶进。吉青一见同党要杀岳飞，首先情急，一抬腿，整个桌面先朝众头目山兵迎面打去，叮叮当当撒了一地的杯盘碗碟。霍锐相隔岳飞最近，正慌不迭要抢那为首头目的刀时，只听“俺邱章”三字，紧跟着“啊”的一声惊叫，凶手业已翻身倒地。

原来岳飞目光敏锐，先前又听霍锐谈起牛皋虽是总头领，另外还有两个首先占山落草的寨主，一名戚方，一名邱章，都是惯贼出身，阴险狡诈，贪财好色。牛皋为人忠厚，觉着这两人先来，却让自己做了头领，又见所抢妇女，多为贪官土豪的妻女，也就听之。这次下山，便有邱章在内。并说此贼三十多岁，身长面白，此时正抱着一个抢来的妇女在他帐中饮酒，以后见面，必须留意等语。是故岳飞一见来贼相貌身材均与霍锐所说邱章相似，再听自报姓名，更不怠慢。身子微偏，让开来势，右手往上一托，抓紧邱章右手，往外一拧。邱章脉门被岳飞扣紧，膀臂业已酸麻，再加上这一拧，当时骨痛欲裂。“哎呀”一声未喊出口，岳飞反手一掌又打向脸上，张宪在旁再加一拳。师徒二人都是力猛手快，邱章连声也未出，只鼻孔里哼了一下，便倒地不起。

吉青正取狼牙棒要打，不是霍锐回身拦住，业已杀上前去。这一来，邱章的党羽全被镇住。

吉青随即走出，将众头目山兵都喊来，大喝道：“我弟兄决计跟随岳飞为国杀敌、建功立业去了！我不勉强你们，谁不愿意，只管走。你们只杀金兵，杀恶人，我们不管，再像邱章、戚方那样，连老百姓一起抢劫时，被我们知道，休想活命！”众人一听从军杀敌，纷纷喜诺。岳飞又鼓励了众人一阵，约定明日起身，各回营帐赶造名册，准备上路。

次日临行前一点人数，七百多人，只少了大小三个头目、四十多名山兵，都是戚方、邱章的死党。岳飞因昨晚吉青业已当众发语，不便追赶，但恐回山生事，离间牛皋，忙告吉青，令其寻一亲信可靠的小头目，拿了自己和吉、霍二人的亲笔书信，赶回山寨，交与牛皋，请其照书行事。然后带了这一队人马回转相州。

赵构见这七百多人都是身强力健，马、步、弓、刀俱都来得，对于岳飞自然看重，当时补了承信郎，分出三百人马交与岳飞带领，吉青、霍锐、施全、张宪、董先、傅庆等本来均补有官职，因众人坚持，不愿离开岳飞，只得把这六人暂补为偏校，归到岳飞部下，命往李园渡试探金兵强弱。岳飞一出马就大败金兵于侍御林，并将敌人一员猛将杀死，不几天升为成忠郎，跟着又寄理保义郎。部下兵校也各有升赏。

这时，赵构尽量收集河北残兵，才得万人。因汴京形势危急，不能再等，便听宗泽之计，把这一万人分为五军，准备渡河南下。到了大名府附近，又有好几路勤王兵马赶来会合，军容渐盛。

宗泽以二千人与敌交战，连破金人三十多个大寨，连夜往见赵构。正催进兵，忽接朝廷蜡丸密诏，说现在正与金人讲和，命赵构暂缓前进。汪伯彦等信以为真。

宗泽力言："金人凶狡，此乃缓兵之计。最好还是直往澶渊，次第扎营而进，以解京城之围。和议若成，我便整军经武，待机而动，为国家雪耻报仇；如果敌人言而无信，我一进兵便到城下。这样比较稳妥。"

汪伯彦本是朝中主和派的粮饷，说："这样做法容易激怒金人，破坏和议。金兵强盛，此时应避其锋，能不与战最好。"后因宗泽力争不已，便和赵构商量，让宗泽领兵先行。其实此是奸贼阴谋，让这位忠心耿耿的元戎老将走开，以便大权独揽，并未照着宗泽所言行事。

这时，金兵业已围困汴京，赵佶恰由南京逃回。赵桓臣君惊惧无策，不久京城便被金兵攻破，宋军纷纷溃逃。金人火烧南薰门。赵桓闻报，只是痛哭，无计可施。内城军民数万，先将金使刘晏杀死，斧劈左掖门，求见赵桓，要和敌人拼命。

宗翰、宗望以倾国之兵劳师袭远，见宋朝民心未死，未免顾虑。对来使说："我并不要亡你国家，只要割地之外，给我一千万锭金子、两千万锭银子、一千万匹绢帛。在未交割以前，叫你们的太上皇来做押头，便可无事。"赵桓迫于无奈，只得推说赵佶病重，亲往金营奉表投降，被宗翰、宗望侮辱了一个够。

赵桓回来忙照金人所说，下急诏命两河军民投降金人。前后两次派去的使臣，均被各地的军民骂了回来，说什么也不肯降。另一面金人勒索金银绢帛更急，并强逼赵桓再往金营议和。赵桓万分害怕，但又不能不去，只得命太子监国，一面命人飞马传旨，强令刘韬为河东割地使，往金营商计割地之事。

金人知道刘韬名望，劝令投降，并说将要立他为皇帝。刘韬先把劝降的人斥说了一阵，跟着便命亲信拿了他的遗嘱家书逃回送信；然后沐浴更衣，自缢而死。

第十回

百官被掳，二帝蒙尘，旧日繁华成梦逝
逐北追奔，冰河夜战，漫天风雪建奇功

赵桓一到金营，便被拘留起来。宗翰、宗望随令宋臣吴并、莫涛回城，立异姓为君，并催赵佶速往金营投降。京城巡检范琼想保身家，贪图富贵，竟强迫这位号称太上皇的赵佶和皇太后同坐一辆破牛车，许多皇亲、妃嫔、公主、驸马步行在后，同往金营投降。三宫六院中稍微有点位号的，全被范琼领了金人掳去。

这是靖康二年的二月间。一场大雨之后，忽然狂风大作，黄尘蔽空，天昏地暗，日月无光。贵为天子太上皇的赵佶和那些平日穷奢极恣、享受尽了皇室富贵的家属亲族，几时受过这样苦痛颠连？一个个高一脚，低一脚，一路跌倒爬起在泥泞之中，挣扎前行。那迎面吹来的黄沙，更逼得人气都难透。因有金兵和平日豢养的叛贼范琼耀武扬威，呼来喝去，在旁押解，只管吓得面无人色，空自惨痛伤心，眼泪只往肚子里咽，还不敢哭。

一到金营，宗翰、宗望便命赵佶父子脱去皇帝衣冠，换上金国的青衣小帽，种种侮辱，一言难尽！金人还嫌掳来的皇子、皇孙、妃嫔、公主不够数，又命开封府尹徐秉哲再去

搜索。徐秉哲更比范琼还要凶恶，严命民间五家连保，只要隐匿一名皇族，五家全受刑戮。前后又搜出三千多人与金人解去。因恐中途逃脱和押送的兵丁卖放，都用绳索一个连一个绑了手臂，牵牲口一样押送前往。嘤嘤悲泣之声，连成了一条线。百姓有见到的，多忍不住涕泪交流，掩面而回。这些外敌内奸的残暴行为，更激动了宋民的痛恨。

金人跟着命这些降臣大举搜刮城中金帛，并杀了几个大官示威。刑逼强抢，无所不为，汴京繁华，一时都尽。金人又把米粮扣住，下令只有金银才能换米。老百姓饿死的很多，金人还在搜索不已。

全城居民眼看饿死，金人忽得急报，赵构业已到了济州，勤王的兵马都往会合，兵力越来越大。各地起义的百姓又在专寻金兵的晦气，往往骤出不意，乘机偷袭金兵营寨，焚烧粮草，防不胜防。唯恐夜长梦多，日久生变，连所抢掠的大量赃物也不能保，忙立奸贼宋丞相张邦昌为“楚皇帝”；又将孙傅、张叔夜等许多朝臣和御史中丞秦桧，连同赵佶、赵桓父子和好几千名皇族妃嫔，一齐掳走，退兵而去。

这一次金人除掠夺了大量金银珍宝绢帛而外，还掠夺了皇帝仪仗、书籍、印版、浑天仪、铜人、刻漏、古器、各州府地图以及各种工匠、美貌妇女、和尚、妓女、伶人、后妃、亲王、公主、驸马等人物。所有赵氏宗亲，不问男女老少，是在京的全被掳走。亲王只剩被百姓留在河北的赵构一人，不附和议或未降金的官员，也全成了俘虏。

这些帝子王孙、宦门仕族的全家人口被俘之后，男的为奴，女的当婢，每人一月只给稗子五斗，令自舂吃，实际才得到一斗八升的口粮；每年每人另给五把麻，令自织麻为衣，此外更无分毫收入。男的多半都是皇室亲贵和朝中官吏，平日养尊处优，五谷尚且不分，哪里会织麻为衣？好些人都是终年裸体度日。偶然遇到主人高兴时，才许到灶下烧点火取暖。

此时北方天气极冷，俘虏们有时冒着奇寒，出外取柴禾，再回到灶前，被火一烘，耳鼻和手指脚趾往往自行脱落。加上原有冻疮，所受苦痛已非人所能堪。交春化冻以后，伤处毒发，皮肉溃烂，苦痛更甚。常是宛转哀号，伏地而死。大夫工匠之类待遇稍好，其余都用席草芦苇铺地而坐。主人宴客，便将能够歌舞奏乐的女子换了衣服，出来歌舞劝酒。客散之后，再将衣服脱还主人，各回原地围坐。这些奴婢的死活，只凭主人一句话，稍微看不顺眼，斫杀几百是常事，比他们在内地时对待老百姓的行为更加残忍。

赵佶、赵桓父子先被金主吴乞买废为庶人，被俘到燕京，才封赵佶为“昏德公”，赵桓为“重昏侯”。单这封号已是一个极大的侮辱，常年更受着非人的待遇。这还是金人想拿两个昏君当肉票来和南宋讲价钱，否则赵佶父子即便多么无耻，也早送了性命。

这便是历史上称为“二帝蒙尘”的北宋亡国事件。

金人立宋宰相张邦昌为“大楚国”皇帝后，便指定建都江陵。其用意是自知兵力有限，暂时还不能把整个中国强吞下去；打算用一个汉奸当傀儡，使他带领大批投降官吏到南方去，代他镇压中国百姓的反抗。

不料张邦昌手下粮饷的财产都在开封一带，又见赵构兵力渐盛。军民们都知道张邦昌卖国求荣，罪大恶极，人人痛恨，忠义军到处发动。张邦昌虽仗金人势力，得到一个皇帝称号，其实是个光杆独夫，并没有什么兵力，如其改拥赵构为君，非但可以保全禄位，免受万民唾骂，名义上也比较说得过去。便乘着金兵退去，张邦昌已无法维持帝位时，顺风张帆，去向赵构劝进，表示效忠旧主。

张邦昌知道不妙，连忙退出皇宫，准备让位。粮饷王时雍、徐秉哲因自己作恶多端，冰山一倒，同受其害，在旁再三劝阻。张邦昌看出大势已去，自己安危尚且难料，如何再管同党死活？忙遣谢克家送皇帝玉玺到济州去见赵构，让皇帝位子给他坐，表文里有“孔子从佛肸之召，意在尊周；纪信乘汉王之车，誓将诳楚”的词句。意思是说，他降金志在保宋，卖国志在救国。劝赵构说：“南京乃太祖兴王之地，取四方中。”赵构因汴京业已残破不堪，又恐金人再来，打算避到江南，躲远一些。当时答应奸贼的请求，改元建炎，继立为帝。张邦昌只做了三十三天的假皇帝。

当金兵未退以前，刘浩奉命为前锋，随同宗泽赶往东京解围。因知岳飞武勇，便将他这一队人马调去。行至滑州，遇见金兵，双方隔河相持。岳飞每日带领部下四五百人，操演甚勤。这日又往河上练兵，就便窥探敌人动静，所乘白马忽然伤了一足。刘浩原看重他，便将自己所乘黄马借与他骑。

岳飞到了河旁，见天色阴沉，快要下雪神气，便向众人道：“岁暮寒冷，河水冰冻；敌人生长北方，习于耐寒，现正屯兵北岸，断无不来之理。像今日这样天色，最是可虑。诸位弟兄，可照近日所演品字阵法，连演习带防备起来。金兵不来，暂时不去睬他。万一来攻，他不知我军虚实，乘他脚未站定之时，包杀他一个落花流水。”

众健儿常受岳飞激励，早恨不能杀过河去，和敌人决一死战，同声喜诺，忙把人马分成三队，冒着寒风演习起来。忽然寒日隐去，空中已有雪花飘下。岳飞命众稍息，自己立马向前观望。

张宪在旁笑说：“老师你看，这场雪下起来，恐怕不小呢。”

岳飞随口笑答：“你怕冻，想回去么？”忽又接口惊喜道，“果不出我们所料！你快看，那是什么？”张宪定睛往前一看，前面暗雾沉沉中，什么也看不见。

岳飞又道：“你目力还未练好，再伏到冰上听他一下。”张宪连忙下马，伏向冰上一听。

当下张宪听到有大量马蹄之声隐隐传来。料知敌人踏冰渡河，乘雪来攻。刚刚纵身下马，岳飞便道：“敌人一向轻视我军，决不防会遭袭击。难得有这样好的天气，休看敌兵人多，我军必胜无疑。你快往两翼传令，命吉青、董先等急速分头绕往敌人中间，拦腰截断。你再赶来一同杀敌，我先去了！”说罢，右手长枪一挥，左手拔出背上斫刀，一马当先，往前冲去。

后面百多个骑着快马的健儿，一听杀敌，精神大振，一个个抢先上马，紧随在后，往前飞驰。众人所骑战马都有岳飞命制的蹄套，跑起冰来十分轻快。岳飞老远便望见对面雪花稀疏中现出一片黑影，来势虽众，并不很快。看他们行军这样散漫，分明心骄气浮，把事看易，决想不到会当头挨这一棒。再侧耳留神一听，又听出敌人马蹄上好似并未绑有草布等物，心中越喜。回顾身后百多名健儿已照平日所教阵法，催马赶来。忙把坐下战马一夹，那马越发翻蹄亮掌，飞也似往前驰去。

转眼隔近，望见当头两员敌将，正在耀武扬威。岳飞忙催坐下马朝前猛冲，大喝一声，挺枪就刺。内一敌将身材高大，手使一口大刀，骑着一匹高头大马，正是金邦勇将乌里哈。闻声惊颤，回手一刀，打算倚仗蛮力将枪磕飞。不料岳飞枪法如神，可实可虚，来势虽猛，说收就收。一见就知敌人力猛刀沉，右手虚摆枪杆往回一带，手中枪便抽回了半截。紧跟着右腿一偏，坐下马便和敌人的马对面错开，同时左手举刀便斫。

乌里哈一刀撩空，用力太猛，忙把马一偏，打算让开来势，回马再斫。就这心念微动之间，岳飞来势绝快，一个“回头望月”的身法，已一刀斫下。这一刀用法太猛，竟将敌人连肩带背深斫入骨，几乎拔它不出。同时瞥见另一手舞铜锤的敌将，由左侧怒吼驰来，忙把前半截长枪照准乌里哈背后刺去，就势用足全身之力往前一甩。刀被拔出，整个贼尸随枪挑起，恰朝另一来敌迎面打去。那敌将也非弱者，一锤刚将尸首打落，张宪正好赶到，手起一枪，正中敌将前胸。也是用力一甩，连尸首带马鞍都被挑起，甩出一丈多远，落向人丛之中。

这两员有名的猛将，才一照面，便被岳、张二人杀死。手下百名健儿又由后面飞驰赶来，都是手持长枪大刀，背挂弓箭，同声喊杀，勇猛非常。风雪交加、天色昏暗中，金兵不知宋军来了多少，加以渡河前走了半日，人马又都疲劳，骤出意外，越发胆寒心慌，不知如何是好。岳飞手下都有暗号，随时更换，不要说是下雪，黑夜里也一样打仗。这百多位爱国健儿，纵横在敌人丛中，刀斫枪挑，手无虚出，不消片刻，便杀死了好几百个金兵。内有几个凶悍一点的敌将，也被岳、张诸人枪挑马下。前面金兵正在亡魂丧胆，狼狈逃窜，后面金兵不知底细，还往上拥，误认敌兵迎头截住，又动起手来。

岳飞看出敌人军心已乱，一声暗号把人马分开，再一往来冲突，金兵越发慌了手脚，也分辨不出哪是自己人了。为首一名金将刚听出前军遇敌，中了宋军埋伏之计，董先等已由两侧抄到，将敌人兵马当腰切断。后队金兵不知虚实，听见前面喊杀，往上一冲，越发自相残杀，成了混战。等到明白过来，四散溃逃，业已大量伤亡了。这一战，从午前战到夜里，只杀得金兵尸横遍野，血染冰河。岳飞因未奉有过河之命，又恐部下兵校太劳，并未穷追。雪住一查点，共杀死金兵数千，得到战马六百余匹。

刘浩见岳飞等一去不归，好生忧急，又恐金兵雪里偷袭，正命将士严防，一面命人打探消息，忽报岳飞得了金邦数百匹战马，在外求见。唤进一问，才知岳飞等以所部五百骑兵将过万的金兵打退，大胜而归，不由惊喜交集。问知苦战了一夜还未吃饭，不等天明，便为岳飞等设宴庆功。即日奏补岳飞为秉义郎，吉青等偏校均补为承信郎，同归岳飞部下。

自来功高见嫉，何况这班英雄又都年轻气盛，疾恶如仇。岳飞虽然沉稳一些，到底还是不免心直口快，和自己弟兄谈得极好，对于那些奸恶的小人，就难免要发生争执，招出怨恨。军中有一统制，乃是汪伯彦的内弟，名叫黄哲，秉性乖张，兵无纪律，众人都看他不起。黄哲偏不知趣，时常还要摆出一副官架子，以上凌下。气得吉青、施全提起就骂，不是岳飞强行劝阻，早就惹出事来。

这日正遇元旦大雪，主帅宗泽先觉着国家多难之时，不应举行什么过年礼节。后来一想，目前各路将领都是崇尚奢华，逢年过节犒赏三军，歌声纵酒，成了一时风气。自己人马不多，一半都是新收集的残兵败将，只管杀敌有心，看法未必一样。另外还有一些新招募来的新军，更都是远隔父母妻子，慷慨从军，转战到了岁首佳节，就此寂寞度过，也难免要勾动他们去国怀乡之念。难得有一些少年新军，年前立了一次奇功，正好借着慰劳来鼓舞全军士气。经过仔细斟酌，发下牛酒鱼肉，犒劳全军。除分班防敌的将士不许饮酒而外，余者由除夕到元旦，全军将士均许饮酒度岁，并还亲自登坛，在大雪中向众发话。

大意说，年前一些忠义之士，不顾生死，冒着风雪奇寒，以少胜多，建此奇勋，使敌人第一次遭到这样大败，真乃可喜可佩之事。在朝命未下以前，特意借着元旦，举行一次全军的庆功宴，就便慰劳诸位将士争战劳苦。这不能算是过年，因此也不铺张。只是想从今年元旦起，全军将士更要戮力同心，为国忘身，奋勇杀敌。拿年前立功将士做榜样，不把金人消灭不止不已。说完，举杯三献，然后吩咐各营将士自行开宴。

众将士见这位白发苍苍的元戎老将，独立将台风雪之中，慷慨陈词，慰勉周至，全部感动非常。岳飞等少年英雄回到营中，说笑畅饮了一阵。吉青多吃了几杯酒，身上发热，想到外面看看雪景。施全、董先也要跟去。

岳飞笑道："这样大雪寒天，我们在帐中饮酒谈心，不去也罢。"吉青笑道："我素来就爱看雪景，前十天在风雪中杀得金人鬼哭神号，真是从来没有的快活。不料刚打完仗，雪就停住。好容易前天晚上这场大雪，一下就是两天多。我最恨人把雪踩个稀糟，这时候雪刚停住，一个脚印都没有，才好看呢。"

张宪笑说："吉大叔真想得好。你不愿看雪中脚印，我们走过之后，别人就愿意看么？"

吉青笑骂："娃儿家晓得什么？这样大雪天，难得遇上两天假，你师父不管闲事，正好看看雪景。你先答应我同去，不去不行！"说罢，拖了张宪就走。

岳飞看出他有几分酒意，命去的人都将兵器放下。施全、董先等也说要到外面散散风，都跟了去。只岳飞、霍锐、傅庆三人留在帐中，商计招请牛皋之事。谈了一阵，见天色不早，吉青等未回来，岳飞不放心，便命霍锐、傅庆留守，自往寻找。寻到镇上，见家家关门闭户，灶冷无烟，哪像过年光景！心正慨叹，忽听转角上哗吵之声，似有吉青在内。忙赶过去，一眼望见东首一家门前系着十几匹战马，心便着起慌来。快要到达，忽由门内窜出一名宋军。张宪正追出来，夹背心一把抓住。连忙大声喝止时，吉青拿着一条方桌腿，已紧跟纵抢将出来，当头一下，打死在地，见岳飞到，抢先大喊："岳大哥，我们代军中除了一个大害！你快来看，省得老百姓老说我们有坏种，时常叫人生气。"

岳飞知道闯了大祸，忙把气平了一平，随同走进。施全、董先等也由内赶出，争说经过。岳飞见那人家好像是个富户庄院，现只几间上房和东厢房比较整齐，灯火通明，余均残破不堪。院子里倒着十几具死尸，屋里还倒着一人，膀臂已被打断，快要断气，正是统制黄哲，便把众人止住。

一问张宪，才知黄哲素好酒色，因宗泽军纪甚严，军中不许携带一名妇女，每到一处，必命军校先寻一处民房，作为藏娇之所，然后再命心腹，到处搜寻有姿色的妇女，藏在里面，供他淫乐。刘浩早有耳闻，但因宗泽正直无私，治军又严，若知此事，必将黄哲斩首。黄哲死不足惜，汪伯彦定必记仇报复，宗泽领兵在外，难免就要吃他的亏。因此隐忍在心，不敢说出。

吉青等五人踏雪回来，经过当地，发现门外那十多匹战马，又听里面笑语喧哗和妇女哭喊之声。心中奇怪，掩将进去一看，天还不曾黑透，正房和东厢房已点上了好些纱灯，十几个军校都聚在厢房内，围坐饮酒，正房地上跪着两名妇女，正向黄哲苦苦哀求，放她们回去。黄哲厉声喊骂，若不从他，便要活活打死。

吉青一见，首先忍不住怒火，大骂："无耻狗贼！竟敢强抢民女。"冲进屋去，一脚先将桌子踢翻。黄哲一声怒吼，拔刀便砍，身后二亲兵，也随同动手。张宪恰巧赶进，抄起地上桌子一挡，刀砍桌上。吉青就势拉着一条桌腿，和张宪两下一分，一人劈了一条桌腿。只一照面，便将黄哲臂膀打断，倒在地上，痛晕过去。

那两名亲兵都知吉青、张宪的厉害，连忙逃出报信。黄哲手下军校也都警觉，由厢房内赶将出来。先欺吉青等五人未带兵器，妄想以多为胜。哪知上来便被打倒了好几个，这才看出不妙，想往外逃。

施全忙喊："这几个家伙，一个也不能放他逃走！"一句话把吉青提醒，忙和张宪抢向前面，迎头截住，结果全数打死，只黄哲气还未断。

岳飞听完，方想说"你们干的好事"，忽见外面人影一闪，立时改口说道："黄哲欺人太甚，且喜今日亲手把他杀死，才出了这口恶气。"说罢，手起一刀，将黄哲人头斫下。众人俱都不知何意，正要询问，张宪忽然明白过来，往外就追。岳飞见他快要追过院子，连忙厉声喊回。对众人道："乱子不在小处，转眼就有人来，捉拿我们回营治罪了。我是你们领头的人，罪过最大。反正难逃干系，最好由我一人承担，也许还有救星，否则只有同归于尽了。"

吉青、张宪首先不肯，董先也说："一人做事一人当，没有让你顶凶的道理。"

施全笑说："事已至此，为什么平白送命？要是岳大哥自行投到，还不如我们一起，反上太行山去呢。"

岳飞闻言，还未开口。吉青已先笑道："我已明白过来，现在正和敌人拼命的时候，军规最关紧要。今天我吉青临死决不皱眉！黄哲是我打死的，我去抵命，决无话说。要连累岳大哥，我却不干！"张宪、施全也在一旁力争不已。

岳飞先将黄哲的人头割下，再向众人正色说道："你们都是我的部下。平日也曾讲过，无事时，我们亲如兄弟；一旦有事，必须听我号令，谁敢不遵，便按军法施行！此事由我一人承担，也许可以免死，即使受了军法，也只死我一人，免得连累大家。你们速速回营，不许妄动，我自有主意。”

众人都知岳飞说出话来，决无更改。吉青、张宪、施全三人虽极难过，后来又听岳飞说到个人死活事小，国家存亡关系重大。如今能与金人相抗的，只有宗元帅这一支人马，我等如若不守军规，叫他这个仗怎么打呢？此事若归你们承担，我也难免，只我一人受刑，你们全可留为国用。你们闯了大祸，再不听话，却是不行等语。知道强他不过，只得勉强应诺，心中却各打着主意。

岳飞随命众人分作两起，若无其事，溜回营去。在此五日之内，不奉将令不许离营一步。跟着一同走向门外，吩咐众人自走，然后骑了黄哲的马，往营中飞驰而去。一到便击云板，去见刘浩自首。初意刘浩多半得信，哪知方才所见人影，乃是黄哲心腹，听说宗元帅要往各营查看，忙寻主人送信，到时发现满地死尸，岳飞在里面大嚷，说黄哲已被杀死，跟着又见张宪追出，吓得回头就跑，因是雪深路滑，还没赶到，被岳飞赶在头里。

第十一回

一将最难求，有意怜才全国士
深仇须谨记，含悲刺字勉佳儿

刘浩一听岳飞手持人头，连击云板求见，忙即走出。听完前事，不禁吓了一大跳，暗忖："前日接到汪伯彦的私信，还托我照顾黄哲，代他保奏军功，不料会被岳飞杀死。"当时急怒交加，命将岳飞锁禁起来，听候发落，忙见宗泽禀知此事。宗泽只说元旦不宜杀人，至少要等过了破五，再按军法从事。随向身后家将张保、王横耳语了几句，二人领命自去。

刘浩本心还想宗泽能够做主，免却岳飞一死。后一想事闹太大，不杀岳飞，汪伯彦等权臣必与宗泽作对，影响大局安危，更是不妥，心虽惋惜，无计可施。宗泽却和没事人一般，谈了一阵军情，便往各营巡视而去。

岳飞虽在军牢之中，因年前一战，更受到了全军将士的爱重。刘浩喜他智勇，本心不愿意他死，问供时，岳飞又是一口承当，毫无异言，因此丝毫不曾受罪。向他慰问的人，却是川流不息，只部下几百个弟兄，却是一个不见，连吉青、霍锐、张宪也未照面。岳飞深知这班弟兄都和自己同共患难死生，决无如此薄情，唯恐众人也受牵连，先甚忧疑。

后来实忍不住，便向军吏打听，才知众人就在元旦夜里，奉命去往汜水左近防敌，别的不知。

岳飞以为宗泽、刘浩恐将吉青等激发，特意先将人调走，以便过了初五，好将自己正法。防患未然，应该如此。到了初六早上，想起家中老母妻儿，心正悬念，忽传元帅升帐，命带岳飞。到后一看，宗泽、刘浩均在堂上。刘浩又把口供问了一遍，吩咐推出斩首！岳飞忙将日前写好的家信和对吉青等的遗嘱取出，请刘浩代为转交。双手往后一背，将身站起，便要往外受刑。

宗泽忽然唤住，对刘浩说："黄哲先犯军规，掳抢民女，便本帅查出，也必将他斩首正法，其死咎由自取。岳飞想是见他朝中有人，恐告发不成，反受其害，加上少年气盛，见不得这样败类，故此将他杀死，虽犯军规，情有可原。他年前曾建奇功，今当国家用人之际，本帅意欲暂免他一死，命其戴罪立功。不知你和诸位将军以为然否？"

刘浩刚把手一拱，还未及开口，忽见张保、王横上堂回话，说各营将士均觉岳飞勇冠三军，今当国家用人之际，似应将功折罪，不宜轻杀。现在各具保状请元帅酌情宽免等语，手捧保状有一大叠，都是各营将校亲自递呈。又听出宗泽有意保全的口气，自然顺水推舟，连声应诺。

宗泽随即发令，说："金兵将攻汜水，即日起兵，前往迎敌。吉青等已先起身，命岳飞急速赶去，仍带所部五百骑相机行事。本帅率领大军，随后就到。"岳飞闻言，自是非常感奋，领命就走。出来选了一匹战马，便往汜水驰去。

岳飞还未赶到汜水，吉青、霍锐已率众迎来。见面一谈，才知宗泽宁肯得罪权臣，也决不杀岳飞，不过得给他一个教训。因其平日素得军心，所部健儿又都是他新招来的壮士，若知岳飞将受军法，万一生出变故，反而不好。

宗泽因此先命张保、王横暗传密令，命众人往汜水附近探敌，岳飞不到，不许出战，稍微轻举妄动，连岳飞带众人均按军法处治。众人听出岳飞还要出战，自是喜出望外。连吉青那样性暴的人，也都不敢妄动，每日只分人扮作难民前往探敌。已探明金兵共有百十万之众，日内便要杀来等情。

众人谈完前事，越发感奋。正说之间，又有健儿来报，说金兵明日就要杀到。因滑州一战，越知宗泽不是好惹，所部都是精锐之士，戒备甚严。跟着又听宗泽大军已到，忙往迎见，说敌我众寡悬殊，必须先挫他的锐气。宗泽笑诺，命其便宜行事。

次日交阵，岳飞看出宋军人少，多半怯敌。遥望对阵山坡上立着一面大纛旗，下面站着两个身披铠甲的金将。忙告霍锐说："此旗一挥，金兵便要杀来。我先把这两个掌主旗的射死，我一出马，你们赶快跟来。"说罢，取下背后三百石铁胎弓，接连射了两箭，二金将应弦而毙，大旗立时倒向一旁，金兵纷纷骇顾。岳飞望见对阵西北角上，金兵阵势忽又大乱，并有喊杀之声，却不见有自己这面的人马。知道敌军发生变故，更不怠慢，忙将长枪腰刀放下，换了一对重兵器四棱铁锏，纵马朝前冲去。

吉青忙把手中狼牙棒一挥，率领那五百多名健儿，同催战马，一路奔腾，旋风也似紧随在后。岳飞本意自己人少，上来先将敌人指挥全军的主旗射倒，再以部下轻骑精锐猛攻敌军弱点。敌人这一不战自乱，更合心意。上来便往西北角上猛攻，双手铁锏舞动如风，金兵挨着一点，便是筋断骨折，头破血流。后面五百健儿再跟踪抢上，所到之处，宛如虎入羊群，锐不可当。

岳飞正杀得有劲头时，瞥见前面有几百名敌人兵将乱成一团，时进时退，有的已然受伤逃走，正是方才所见哗乱之处。心中奇怪，忙催战马，待要赶上前去。就这微一疏神之际，忽听脑后风声，知有强敌暗算，忙把头一低，紧跟着回手一锏，只听“夺、答”两声，头上一震，敌人一把大刀已由头上削过，虽然闪避得快，头盔已被带落，飞出老远，头发当时披散开来，差一点没有送命。

那名敌将用力太猛，马由侧面擦过，吃岳飞这一锏打中马股，连人带马一齐翻倒。吉青由后赶到，手起一狼牙棒，打了个脑浆迸裂。前面那一圈敌人也自惊觉，见岳飞等来势太猛，都害了怕，一声呐喊，纷纷逃窜。

众人正在追杀之间，忽见金兵散处，一个衣不蔽体、又瘦又干的小孩，单手拿着一柄大铁锥独斗群敌，苦战之余，业已累得上气不接下气，还在奋力纵跳，追杀敌人。

岳飞看出他状类疯狂，力将用尽，再打下去，非累死不可，连喝“住手”。小孩竟如未闻，仍朝逃敌猛追，眼里似要冒出火来。

岳飞由不得越看越爱，催马赶上，左手锏照准椎柄微微一拨。这是一个巧劲，椎便落地。小孩本就声嘶力竭，再猛力往前一抢，椎没有抢住，眼前一暗，就此晕倒，趴伏地上。

岳飞恐被后面人马践踏，忙将右手锏夹向左胁，身子往下一探，就势一把抓起。回顾张宪追来，忙喝：“快将他横在马上，由南面空处护送回营。醒来只给水喝，等我回来，再给吃的。”

张宪连声应诺，忙将小孩接过。伸手将椎拿起一试，似比自己的枪还重，好生惊奇。见南面敌人死伤狼藉，金军骚动，宗泽已当先催马，冲入敌阵。宋军将士见岳飞等共只五百人马，在敌人阵中往来冲突，如入无人之境，本就激发了勇气，再见主帅亲自出马，忙即争先杀上。金兵已被杀得大败，正在四下溃逃，南面就有几个未逃净的敌军，也决不敢阻拦。便抱小孩同坐马上，赶回营内。隔了一会儿，救醒过来。先用温言慰问，小孩还不大肯说，后听张宪说救他的人是岳飞，当时惊喜交集，才将来历说出。

原来小孩名叫岳云，父母本是中原人氏，先随使臣赴辽，流落燕京，正遇金兵攻辽，将他父母全家杀死。此时年才六岁，侥幸逃亡，随同一些难民日夜逃窜。到了陕西，幸遇周义，见他孤苦零丁，聪明力大，甚是怜爱，便教他读书，传授武艺。一晃数年，岳云年已十二，身材却像十三四岁的少年，只是生得太瘦，手使一柄八十斤重的大铁椎，舞动如飞。

周义奉父遗命，官不许做，却要以全力暗助岳飞等世弟兄成就功业，并将关中产业全数变卖，结交有志之士，鼓励他们为国杀敌。见岳云渐渐长大，自己以后不常在家，恐误他的学业，早想把岳云送往岳飞那里，未得其便。

这日忽接黄机密来信，约往江汉相见，共商未来之事，并说岳飞现在宗泽军中，已立战功等话，打算命岳云拿了自己亲笔书信往投岳飞，正好有人要往河北探亲，便命随了同去。

岳云对于父母之仇刻不去怀，久慕岳飞为人本领，一听周义要命他拜岳飞为义父，当时喜诺。一路绕行到了开德附近，听说滑州一战，宗泽部将岳飞只用五百骑兵杀死金兵好几千。因见沿途田野荒芜，到处都有难民逃窜，常听哭声震野，惨不忍闻。想起敌人的凶残，便切齿愤恨，闻言滑州大捷，越发兴奋。因为前有金兵阻路，没法过去，天又黑了下来，恰巧遇到三五户家有老弱、无法逃走的荒村，准备投宿一宵，明日探明道路再走，不料当夜便有一小队金兵前来打抢。这几户人家都穷得在咽隔年陈糠，并无可抢之物。金兵偏是威逼勒索不已，一言不合，举刀就斫。同伴稍微分辩了两句，竟被杀死。

岳云抢救不及，举椎便打，将来的五十多金兵全数杀光，一个不留。将绑吊的村人救了下来，把同伴尸首埋入山洞之内；再把敌尸推上干柴连草房一火而焚。先护送村人觅地隐藏，然后孤身上路。岳云因同伴已死，不知岳飞人在何处，心中恨毒金人，拿定主意，遇上便杀。

偏偏别时，众村人看出他要拼命，所指途径，都是绕往南方的偏僻小道。只头一天遇见七八个哨探的金兵，全被打死，由身边搜出了一些银两和随带的干粮水袋。由此并未遇见大队敌兵，偶然遇见几个走单的，也被打死。

这日，岳云刚把由敌人身上搜出的干粮吃光，在山坡上歇了一会儿，忽听大片人马走动之声。登高遥望，黑压压的一大片，尽是金兵，漫山遍野而来。对面还有一队人马也往前走，看去比金兵要少好几倍。岳云想起杀死父母全家之仇，当时气往上撞，紧握铁椎，一路连蹿带跳赶将过去。两下相隔还有三四里地，等赶到时，金兵已将人马列开，摆出阵势。因跑太急，周身是汗，一赌气将棉衣脱了下来，随手一扔，一声怒吼，往前便冲。

金兵气势汹汹，正要喝问，岳云手起铁椎一挥，先打倒了好几个，由此所向无敌，晃眼冲入阵地。金兵见是一个小孩，还想以多为胜，不料岳云椎沉力猛，本领高强，又是仇深恨重，拼命而来，铁椎挥动，纵跃如飞，转眼伤亡遍地。敌将纷纷上前，又被连伤了好几个，才知厉害。岳云也陷入了重围，先还能够抵敌，渐渐力被用尽，一味拼命，神志已昏。眼看危急，岳飞、张宪正好赶到，人也仆地不起。

张宪听完前事，先取衣服与他披上。见他精力恢复了些，问知腹饥，刚把食物取来，岳飞业已得胜回营。岳云才一见面，便照周义所说，口称“爹爹”，拜伏在地。

岳飞看完周义的信，听张宪说了前事，好生伤感。拉起岳云，先夸奖了一阵，再对他说："你这样拼命，能够杀得几人？留得自己，随时都可杀敌，不更多么？上阵必须身先士卒，还要全师而还，才能算是好的。我儿以后不可如此。"说过，便命人来，与岳云赶制衣服，饭后一同歇息。

次日，宗泽得信，将岳云唤去慰勉了一阵，当时补了一名进义尉，并升岳飞为武翼郎。跟着和金兵在曹州一场大战，又是岳飞这队人马当先，大破金兵，追杀了数十里。

宗泽最是爱才，见岳飞这样勇猛，恐其犯险受伤，这日单独召见，对岳飞说："尔勇智才艺，虽古良将不能过，然好野战，非古法。今为偏裨尚可，他日为大将，此非万全计也。"随将自己所画阵图送与岳飞，令其熟读，以便将来应用。过了些日，又把岳飞喊去，问所赠阵图是否合用。

岳飞答说："留守所赠阵图，飞熟观之，乃定局耳。古今异宜，夷险异地，岂可按一定之图？兵家之要，在于出奇不可测识，始能取胜。若平原旷野猝与敌遇，何暇整阵哉？况飞今日以裨将听命麾下，掌兵不多，使阵一定，虏人得窥虚实，铁骑四蹂，无噍类矣。"

宗泽笑问："照你所说，阵法不该用了？"

岳飞答道："阵而后战，兵之常法。但是运用之妙，最重灵巧，千万拘泥不得。"

宗泽想了又想，忽然笑道："你说得非常有理，老夫领兵数十年，还不如你，真将才也。"岳飞谦谢辞出，不久便奉赵构之命，调往南京。宗泽也调为东京留守。

这时，赵构刚做皇帝，虽想收拢人心，任李纲为丞相，心中仍是畏惧金人。乃重用汪伯彦、黄潜善等奸臣，希图与金人讲和。无论何事，都怕触怒金人，更恐金兵又作南侵，特下诏书，命长江上下流和江南各州，一齐准备行宫以备逃亡之用。宗泽几次上疏力谏，并请赵构速回汴京以慰人心，赵构只是下诏敷衍。

宗泽探知金人把兵力集中在真定、卫辉一带，正在密修战具，想要大举南侵，心中忧虑，屡约诸将议事，想要收复失地，按照各地形势，设立坚壁二十四所，并在东京城外，沿着河边，设下连珠寨垒。一面结纳河东、河北、三水寨的忠义民兵。于是陕西、京东、京西的各路人马望风归附，都愿听受节制。

岳飞到了南京，见赵构刚当皇帝不几天，便听奸臣之言，打算逃往东南避敌。心中愤慨，便上了数千言的奏疏。大意说："陛下已登大宝，黎元有归，社稷有主，已足以伐虏人之谋。而勤王御营之师日集，兵已渐盛，彼方谓吾素弱，未必能敌，正宜乘其怠而击之！而李纲、黄潜善、汪伯彦辈，不能承陛下之意，恢复故疆，迎还二圣。奉车驾日益南，又令长安、淮扬、襄阳准备巡幸。有苟安之渐，无远大之略，恐不足以系中原之望。虽使将帅之臣戮力于外，终亡成功。为今日之计，莫若请车驾还京（指汴京），罢三州巡幸之诏，乘二圣蒙尘未久、虏穴未固之际，亲率六军，逶迤北渡。则天威所临，将帅一心，士卒作气，中原之地，指日可复。"

赵构看了还不怎样，汪伯彦、黄潜善看了却是大怒，说岳飞不该越职言事，立把官职贬去，令其归田。岳飞接到诏书，便带岳云上路。

吉青等见还是奸臣当道，好生不平，都想告退。经岳飞再三劝阻，并说："宗留守现在东京。万一南京当道不能相容，你们可寻宗留守。千万散移不得。"

众人全都答应，只张宪一人，说什么也要跟随同回。岳飞以前答应过他，曾有"从此同建功业，决不分离"之言，只得应了。

岳飞见君暗臣奸，壮志难酬，由不得心灰意懒，一怒往汤阴赶去。到家见了岳母，谈起这次从军经过，意欲奉母避往江汉。

岳母正抱着孙女岳霙，听岳飞说连立战功和贬官回来经过，都是神色自若。后听岳飞公然说出灰心的话，立把面色一沉道："五郎，你真有志气！上次从军，受了点小挫折回来，你便在家守了两三年。那次说是要终父丧，情有可原。这次回家，居然说出从此归田奉母的话，还要叫我避往江汉。我来问你，金兵如此凶恶，中原一失，江汉岂能长保？我母子全家无论逃避到哪里，早晚也必落于敌手。要往江汉逃避，你自己去。休说我当娘的不会那样畏敌贪生，便是我那有志气的儿媳，也不会跟你走。"

岳飞从没见过母亲这样生气，暗忖："我日前还请皇帝不要作南迁打算，平日也常以'忠义'二字激励众兄弟，如何今日也作此想？"忙即跪下，说道，"儿子原是一时之愤，蒙娘教训，如梦初醒。娘莫生气，儿子改过，决不再说这样话了。"

岳母见张宪、岳云也跪在后面，忙唤起，再向岳飞正色道："这不是说不说的事，你老有这类想法，就靠不住。周老恩师也当对你说过，古来的英雄豪杰，哪一个不受多少险阻艰难，困苦折磨？你今年才得二十五岁，稍受挫折便这样壮志消沉，非但对不起你那些共患难的弟兄，又有何面目对周老恩师于地下呢？"

岳飞忙赔笑道："儿子错了！等儿子在家小住几天，把娘和全家迁往开封，就寻宗留守，还去杀敌便了。"

岳母笑道："你真能为我打算，可知我这老娘，决不肯走呢！"

岳飞心中忧急，赔笑问道："这里相隔敌人甚近，许多可虑。儿子这次往投宗留守，决不再有后退之念。娘若同去，可以稍尽子职，放心得多。为什么不肯走呢？”

岳母道：“我如不走，你保卫邦家之念更切，决不肯听任家乡故土沦于敌手，必以全力去和敌人死斗。我若随你同去，再带上你的媳妇儿女，行军之际，你必多出顾虑。那许多受苦受难的百姓，谁无父母？谁无妻子？你怎么单朝自己的身家打算呢？我决不怕敌，也决不会坐听敌人残杀！万一你们这班少年人都不能为国抗敌时，国家更难免于灭亡了。你媳妇自从近年你教她武功，体力越强，已非寻常妇女可比。保我老小到时逃避，定办得到。在敌人未到以前，要我弃家逃亡，我婆媳决不会走！”

岳飞知道母亲性情，哪里还敢再说？岳母跟着又问：“五郎几时起身，我婆媳好为你饯行？”

岳飞忙答：“只要母亲吩咐，几时走都可以。”

岳母笑道：“万一你再受上一点闲气，又跑回来，岂不使我痛心！我想给你留点记号，在背上刺几个字，使你到了军中，时常想起，以免再有退缩之念而使功败垂成，半途而废。到了时候，我婆媳也必会去寻你。五郎，你愿意么？”

岳飞知道母亲虽然管教颇严，但极钟爱自己，从小到大，连重话都轻易不说一句，忽然要在背上刺上几十百针，定必不舍。恐其激于一时义愤，下手时又伤起心来，忙答：“儿子决不敢违背娘的教训，不必再刺字吧。”

岳母笑问：“五郎，你怕痛么？”

岳飞笑答：“儿子常以单骑冲锋陷阵，为国捐躯，死而不惧，怎会怕痛？只是‘身体发肤，受之父母，不敢毁伤’。觉着无须此举而已。”

岳母慨然道：“倘若国亡家破，被敌人掳去凌辱残杀，你的身体发肤保得住么？我实在恨毒了敌人！想在你背上刺上‘精忠报国’四个字，使你永远记着这个不共戴天的仇恨！每一针流出来的血，都要拿敌人的血来做偿还。你能为国尽忠，才不负你爹娘，你的岳父和周老恩师多少年来对你的期望。你要是不愿意，我也决不勉强。”

岳飞想了又想，慨然答道：“儿子遵命！请娘刺吧。”

岳母由不得两眼泪花一转，又忙忍住，苦笑道：“五郎真是我的好儿子。你刚回来，又在外面受了许多辛苦挫折。你夫妻久别重逢，也应该高高兴兴全家团聚两天。你那两个乖儿女，也应该和他们亲热亲热。云孙和你徒儿张宪刚到我家，就是后辈自己人，多少也要安排一下。你爹和恩师岳父的坟，还要前去祭扫；我也还要仔细想过，准备好了应用之物才能下手。此别不知何年才得相见。我儿只要心志坚定，就无须忙这三两日了。”

岳飞连声应“是”，因这次屡立战功，得了宗泽好些犒赏，在南京买了许多土产回来。李淑早将酒饭备好，一家团聚，又添了新收的佳儿和爱徒，老少五人俱都面有喜容。次子岳雷年才六岁（岳飞以岳云为长子），三子岳霖才四岁，抢拉着岳飞的手，喜笑颜开，直喊“爹爹”。那未满周岁的幼女岳霙，更是玉雪可爱，一笑两个酒窝，伸着一双粉团般的小手，扑向岳飞怀里，连李淑也接不过去，逗得大家直笑。

岳母也是又说又笑，更不再提前事。吃完夜饭，又谈了一会儿，便命安歇。岳飞恋母，还想再坐一会儿，因岳母说“你们长路劳乏，明早再谈”，只得罢了。

第二日起，岳飞见岳母常是背人寻思，仿佛有什么心事神气。以为老母恐自己又和上次一样，不舍远出，因而愁虑。不敢明问，只得借和岳云、张宪谈论敌情，把平日的壮志说了又说，表明自己已下决心，此行只有前进，决无后退，想讨母亲的喜欢。不料岳母听这三人说到慷慨激昂之时，虽在一旁含笑鼓励，过不一会儿，笑脸上的愁容又隐隐现了出来。岳飞越想越愁急，几次忍不住要问，均被李淑暗中拦住，说：“这是娘怕你心志不坚，有些发愁，这两天又不曾睡好的缘故。你若明问，反招她老人家生气，过一两天就没有事了。”

第四日清早，岳飞因昨晚岳母睡得十分香甜，心方略安。忽听屋里有了响动，忙和李淑赶了进去。见岳母坐在床上，笑呼：“五郎！我今天为你饯行，再过几天，你们便该走了。”随对李淑说，“你都准备好了么？”

李淑笑答：“昨日已将东西买来，少停就要去做菜了。”说罢，端来洗漱水，便自走去。

岳母又说：“夏日天热，我前天同你们连祭了三处坟，回来几乎受暑。清早凉快，你可带张宪、岳云到外面练武去。雷、霖二孙你也带去，让他们从小看个榜样，也省得跟在厨房里碍手。”

岳飞随带张宪、岳云、岳雷、岳霖同去周侗墓上练武。快到中午，方始回转，进门见桌上菜已摆了好几样，水缸内还浸着瓜果，方想：“母亲素来勤俭，何况又是荒乱年间，自己所带三百多两银子，还说要拿去买些粮食送与穷苦乡邻，怎么今天会设下这样丰盛的酒食？”

李淑正端了热菜走来，一见岳飞，便回头笑喊：“娘！我说他快回来了不是？”话未说完，岳母也端了一大钵鸡肉走出。

岳飞连忙上前接过，随同入座。岳云忙把酒斟上。岳飞酒量甚好，当日岳母又许尽量，所备菜蔬，都是岳飞爱吃之物。一家人吃得十分高兴。吃完，岳母又命取来瓜果与众人解酒，同坐门外槐荫之下纳凉，只李淑一人在屋里收拾东西。

眼看日色偏西，岳飞正抱幼女岳霙逗笑，讨岳母高兴，忽见岳霖奔出，笑呼：“爹爹！娘把香烛点上了。”

岳飞觉着还有几天才走，父亲已然祭过，怎么今天就命别家辞神？好生不解。岳母说了句“你们都来”，便起身入内。岳飞等忙跟进去，供桌上香烛业已点好，神案前放着一盆凉开水，一包药粉，另外一块小红布垫，插着十几根针。

宋朝原有涅面刺字的风俗，军中也常有面上刺字的配军。岳飞一看，知母亲还是要在背上刺字，便朝上叩了几个头。

岳母庄容问道：“五郎，你不是勉强么？”

岳飞忙答：“母亲对儿子这样看重，哪有不愿之理？”

岳母道：“本来我想在院子里给你刺的，因恐受风，难得天不很热，就这里刺也好。”说罢，拿起长针。李淑已将岳飞上衣解开，现出背脊，又在背上写了“精忠报国”四字。

岳母取针走过，意本坚决。哪知针到背上，还未刺进，手便抖个不停，眼泪也流将下来。李淑早知婆婆心疼儿子，前两天夜不安眠，便为此事。看今天神气，分明是不忍下手，正想婉言劝告。岳飞觉着母亲的手搭向背上直抖，停针不下，回顾岳母业已泪流满面。心中一急，喊了一声：“娘！”

岳母不等二人开口，已颤声说道：“不这样不行，非此不可！”说罢，把牙一咬，针便刺了下去，连问，“五郎痛么？”岳飞忙答：“儿子素不怕痛，这和蚊子叮可差不多，请娘快刺吧。”岳母头几针手还在抖，后见岳飞谈笑自若，再一想到所见难民流离之惨和自己的心愿，二次把心一狠，这才一针接一针，照着笔画刺了下去，将近一个时辰，才把四字刺完。

李淑忙把刺处染上了色，敷好伤药，以防溃烂。岳母已是面如纸白，几乎站立不稳，岳云、张宪连忙抢前扶住。岳母两行热泪也忍不住挂将下来。岳飞见状大惊，忙问：“娘怎么了？”

岳母凄然苦笑道：“五郎，你受苦了！”

岳飞赔笑道：“实在是一点不痛，娘太心痛儿子了。”

岳母随对李淑说：“我不愿孙儿们看他父亲受苦，业已关在房内，快放出来，留神受热。”李淑刚一答应，房门开处，岳雷已拉着岳霖小手，缓缓走出。岳母忙将衣服与岳飞披上，不让小孩看见。两小兄弟同喊：“爹爹！”扑将过来。岳飞连忙一手一个抱起，虽觉背上又痛又痒，表面却装着没事人一样。

岳母见爱子又说又笑，若无其事，才放了心，随命岳飞结疤之后再走。从此每日都要看那伤处好几次。岳飞体格健强，又有慈母爱妻照护和特备的药，不消三日，伤疤脱去，字迹越发鲜明。又在家中住了两天，才和岳云、张宪辞别母妻，再去从军。

第十二回

虎帐谈兵，对敌当知尺土重
偏师陷阵，重来还使一军惊

岳飞本来要去投宗泽留守，但在路上，忽然想起前在宗泽部下时，和河北招抚使张所有一面之缘。反正都是从军杀敌，河北是岳飞的家乡，幽燕一带他曾到过，深知那里山川形势，加以河北更近敌人，又与家乡隔近，便决意前往一试，不到东京去投宗泽，先去寻找张所。张所早喜岳飞英武，见他来投，非常高兴。立谈之间，当时派岳飞为中军统领，借补修武郎。

这日二人谈论军机，张所笑问岳飞说："闻汝从宗留守，勇冠三军，汝自料能敌人几何？"

岳飞答说："勇不足恃也。用兵在先定谋，谋者胜负之机也。故为将之道，不患其无勇，而患其无谋。今之用兵者皆曰'吾力足以冠三军'，然未战无一定之画，已战无可成之功。是以上兵伐谋，次兵伐交。栾枝曳柴以败荆，莫敖采樵以致绞，皆用此也。"

张所本是儒将，闻言越发惊奇，随命备酒，密谈时事，并问招抚河北之计。岳飞慷慨说道："国家用兵争境土，有其尺寸之地，则得其尺寸之用。因粮以养其兵，因民以实其地，因其练习之人以为向导，然后择其要害而守之，则胜算可操，事功可成矣。国家都汴，恃河北以为固。苟凭据要冲，峙列重镇，一城受围，则诸城或扰或救。金人不能窥河南，而京师根本之地固矣。招抚诚能提兵压境，飞唯命是从，不敢惜死。”张所大喜，赞勉不置。

过不多日，吉青、霍锐、董先、施全、傅庆带了五百多名健儿忽然来投。见面说起岳飞走后，汪伯彦把众人调到统制钟信部下。众人知道岳飞之去，便是汪伯彦、黄潜善两个奸臣所为，钟信又是他的死党，最喜作威作福，越想越气愤，先打算乘机逃散。

吉青、霍锐想起岳飞平日的话，知这班少年忠义之士，结纳不易，劝令慎重。恰巧汪、黄二奸想命钟信前往卫州，先养好了兵，然后相机向赵构进谗，将张所贬官，把钟信升为河北招抚使，以免妨碍和议。众人知道钟信昏庸，部下只有两千人马，都是汪、黄二奸招募来的残兵溃卒。卫州离河北较近，先还打算到了新乡，暗寻岳飞，商计好了主意，再定去留。后听岳飞已在张所那里当了统领，吉青首借克扣军粮为由，去向钟信质问。

钟信刚一发威，先安排好的五百健儿，立时哗噪起来。钟信知道这班少年英雄惹翻不得，吓得乱抖。恰巧戚方日前来投，正在钟信部下，在旁边做好人，劝钟信遣散众人归田，听其自便，这才无事，原先五百健儿一个不短。

岳飞恐众人此来有犯军规，难于安置，先和张所密商。张所笑说：“你不必多虑，朝廷给我空白告身千余道，一切均以便宜行事。即使得罪权臣，为国家收集人才，我也说不得了。”随命众人仍任原职，全归岳飞带领。

到了八月底边，张所闻报金兵又在发难，兵多势盛，便命大将王彦和岳飞同往迎敌，驻军石门山下。岳飞和王彦略一商议，便率领部下五百骑兵，连张所新拨的不过千人，当先出战。不等金兵扎住阵脚，先带张宪、岳云冲入敌阵，夺了敌人的大纛旗，连杀了几名敌将。部下军校纷纷赶上，喊杀争先，将金兵杀得大败，生擒金兵千户阿里孛。第二阵又将金营勇将万户王索杀得大败。

第二天进攻侯兆川。未交锋以前，岳飞对众人说："前面是敌人大军所在，我军连胜两次，已将敌人激怒，必以全力来攻。我军人少，必须奋勇当先为必胜之计，后退者斩！"随把人马分成三队，先命左右两路抄出敌军之后，自和岳云、张宪由小路突然冲出，直扑敌阵。

金兵有好几万，知道宋军人少，主帅黑风大王曾下严命，不许一人后退，非将岳飞全军覆没不可！岳飞等开头冲锋，虽然得胜，无奈金兵有了准备，越杀越多。金将也都勇悍，众寡悬殊。岳飞这面只管人人拼命，以一当百，仍是不免伤亡。张宪也受了伤，正在死斗。吉青、董先两队人马，忽由后面杀到。二人原是乘虚先攻敌人后军，一到便连杀了几员金将。黑风大王只当中了诱敌之计，稍微举棋不定，军心立乱。

岳飞部下都能各自为战，有进无退。三面会合以后，健儿们更增加了勇气。结果又把敌人杀得大败，狼狈逃去。宋军除得了大量的马匹器械以外，又俘虏了许多敌兵。有一些先随主将投降金人的宋军，常受凌侮歧视，俱都愤恨，思念故土。金兵败时，故意落后，宋军一喊，立时投降。岳飞分别盘问了敌军的虚实和敌将的为人，听出众口一词，无甚出入，便告众俘，归田从军全听自便，一面晓以大义。这班降卒全都感激，除有限几人想回家而外，余下均愿追随岳飞杀敌报仇。

当夜屯兵石门山下，王彦因觉自己众寡悬殊，不肯轻易出战，岳飞竟以少胜众，连败金兵。正自内愧，忽听探报，金兵又要大举来攻，声势比前更甚。王彦自知所带粮草又不甚多，心里一慌，连夜拔营，后退二十里。岳飞见王彦常以忠义自命的人尚且如此，余将可知，暗中慨叹了一阵，召集部下，嘱咐了几句，便自安眠，声色不动。结果金兵也没有来。过几天，军粮用尽，只得把俘获来的战马杀了充饥，索性往北杀敌。先在太行山前打一仗，生擒金邦勇将拓跋那乌居，得了许多军粮马匹。

岳飞刚命霍锐往太行山里去请牛皋共同杀敌，忽听黑风大王又带大队金兵前来报仇，忙率全军迎上前去。战时，黑风大王因连败数阵，急怒交加，仗恃蛮力，带了十多名番将，亲自出马。岳飞早知金兵虚实，又经降军指认，不等敌人发令进攻，手持丈八长枪，匹马冲锋，张宪、岳云紧随在后。

黑风大王见宋军未动，只有三人一前两后飞驰而来，心中奇怪，把手中双锤一举，刚要喝问，岳飞连人带马业已冲到，一抖手中枪，黑风大王的双锤先被荡开。岳飞就势把枪一举，立将黑风大王枪挑马下。岳云、张宪和后面的健儿相继赶到，所用兵器都重，无人能敌，只一照面，便连伤了好几名金将。

金兵见主帅已死，兵将纷纷伤亡，军心大乱。霍锐恰将牛皋引下山来，一见两军交战，立由中腰冲进。那牛皋手使一对铁锏，身高力大，所带人马虽不过千，都是山中挑选来的精锐。金兵哪里还敢恋战，一个个亡魂丧胆，四下逃窜。好几万人马，又被岳飞等杀了个落花流水。所得军械粮草马匹，不计其数。

岳飞准备歇息数日，乘胜北追。忽然闻报张所因受奸臣陷害，业已贬去官职，流放岭南。跟着王彦命人传话，说朝廷有旨，现与金人议和，严令前方将士，不许妄动一兵一卒！众人听了更加愤慨。岳飞恐王彦以后难以相容，又见牛皋性情耿直，本领高强，是个英雄人物，好不容易将他请下山来，必须妥为安置。各路将帅多半惧敌如虎，朝廷信任奸臣，和战不定，北进已不可能，便和众人商议，自成一军，赶往东京去投宗泽。

宗泽先听岳飞贬官归田，正想命人前去寻他，忽见率众来投，喜出望外。因牛皋太行山还有上万的山兵，一呼即来，便命岳飞、牛皋都当了统制。牛皋嫌岳飞兵少，要将太行山众分一半与他带领。

岳飞笑说："我弟兄有职无官，位卑望浅，带兵一多，容易招忌。一旦军资缺乏，生出变故，反而不妥。若能与士卒同甘共苦，到处结纳民心，尽量扶持穷苦百姓，地理敌情均易明了，以少胜多并非难事。自来从善政之后为善政难，从暴政之后为善政易。以前官将酒色荒淫，倚势横行，多招民怨。只要我军兵不扰民，能养民力以为国用，所到之处，军民自然成了一体。到了用时，振臂一呼，立时群起争先。民间自有无穷兵力，要在能得民心而已。当朝权奸正在力倡和议，粮草器械常时拖延停发。以后我军往往要由敌人那里夺取军粮，并非一举可得之事。兵少而精，还可相机而动，一战而得数月之粮。兵多势必难顾，血战所得，仅供旬日之需。若有缺乏，其势不能使三军将士枵腹从军，空手杀敌。万一士气因此消沉，以致溃散，就不可收拾了。我们先扎根基要紧，以后不添兵便罢，只一添兵，便要能与推心置腹，同共死生，栽培爱护，决不可少。使和植树一样，逐渐本固枝荣，长大起来。我看你暂时也不宜带兵太多呢。"

牛皋闻言，立时醒悟，连说："岳大哥说得真对。"大家全都尊重岳飞，私下相见，除岳云、张宪外，连年长一点的都称他为岳大哥，无事极少有人离开。又当晚饭之后，众人全都在座，另外还有一些最爱听岳飞说话的军校。

内中一个叫王万的，对于岳飞更是敬爱，在旁笑问道：“岳大哥，近日宗留守到处招收义军，连好些抢掠州县的盗贼也都收抚过来。如今人数有好几十万，内中许多乌合之众，他怎么就不怕难于统带和权奸作梗呢？”

岳飞答道：“到什么时候，说什么话，做什么事，不能一概而论。宗留守元戎老将，众望所归，便当今天子也常时加以礼遇，岂是区区一二权奸所能陷害？目前各地变乱纷起，寇盗纵横，内中虽有许多忠义之士，也有一些凶恶之徒。宗留守明知良莠难分，枭鸾并集，但他还是一体全收，并无选择。只要率众来归，便予好好安排，许以报国之任。其用意是忠义之士，既不应使其散在草泽，受敌人迫害；而凶恶之徒，也不应纵其焚掠州县，为害于民间。何况这班恶徒，并非生来就为盗贼，也是饥寒无告，迫而出此，境遇所逼，情有可原。当今宗邦多难，二帝蒙尘，除却非人，谁不愤恨！与其留为民患，一个不巧，还要资兵于敌，何如晓以忠义，使执干戈以卫社稷。暂时对他们虽难免还有一些优容，等经过逐渐整军经武之后，定必严订规条，明申赏罚，勤加训练，使成劲旅。目前既可用来抵御金兵，多杀强敌，将来更可用以收复中原，迎还二圣。真乃老成谋国，明智非常。他那招抚安置，均有成算，转运粮械，也有专人。我们在他麾下，虽不敢说言听计从，样样都有方便，前驱杀敌，必胜可期。倘在时机未到以前，先大吾军，虚张声势，他日孤军出战，始基不固，阻碍必多，就难行我等之志了。日前宗留守还和我商议如何裁汰老弱、耕种荒田之计。以他那样威望，对军食尚且为难，要作预防，何况我等！这和我方才所说是两件事，如何混为一谈呢？”王万连忙谢过，众人也都佩服不已。

过了些日，徐庆、汤怀、张显因听刘韬在金营中自杀殉国，设祭痛哭了一场，便带着原来三百健儿，一路突围转战，来投宗泽。众弟兄久别重逢，喜慰之余，谈起各人经过，俱都愤慨不置。太行山两万山兵也恰赶到。宗泽因牛皋也只要选带一千人马，把岳飞招去密谈了一阵。知道太行山众都是训练过的忠义健儿，便听岳飞之劝，分交部下大将刘衍、曲端等带领，并照牛皋所请行事。

建炎二年二月，金人又大举南侵，先将郑州攻破。然后分兵连破襄阳、均、房、唐、汝、陈、蔡、郑州、颍昌等地，并把所有的百姓全数俘虏，押往河北。金主吴乞买的第四子完颜兀术（后改名宗弼）率领数十万金兵，也由郑州进军，已快到达中牟县。赵构害怕金兵渡淮来攻，先期避往扬州。

宗泽手下幕僚见敌势强盛，眼看就要杀到东京，城外又驻扎着许多忠义民兵，教练的日子尚浅。另外还有许多新招抚来的盗军，其心难测，不敢轻用，开封城内人心惶惶，便问宗泽作何打算。宗泽正和曲端在下棋，笑说："我已派大将刘衍、宣赞、巩成前往迎敌，以逸待劳，必胜无疑，何必多虑！"等棋下完，才命曲端、吴玠带领牛皋招来的数千名太行山兵绕向敌后，断其归路。

兀术刚到中牟县西的白沙镇，人马未定，刘衍、牛皋突然杀到。兀术颇善用兵，手下又有好些勇将，虽是远来匆匆迎敌，军心并未摇动。双方正恶斗间，曲端、吴玠突由敌后杀来，前后夹攻，竟将金兵杀得大败。

另一支金兵往攻胙城县，又被党成一军截住。岳飞带了原有五百轻骑，和徐庆等带来的三百名精锐，当先破敌，将金兵杀得大败。跟着连战黑龙潭、龙女庙侧官桥，都是大获全胜。除杀死好些敌人兵将之外，还生擒了金兵的李千户、渤海汉儿军等，送往留守司献俘，军威大震。

河东巨寇金刀王善，有盗兵七十万、一万车辆，因金兵势盛，河东、北一带野无人烟，无处求食，意欲进犯东京，声势浩大。宗泽闻报，一面盛整军容，严加戒备，将身后之事托付几个共心腹的部将，意欲亲往说降。曲端和众幕僚力劝不可犯险。

宗泽慷慨说道："此时最要紧的是保存人力，同击外侮。若与交战，虽可必胜，双方必多伤亡。都是国人，心也难安。本帅年过七旬，拿一条老命去保全许多人的性命，即便盗心难测，为国捐躯，虽死九泉也无遗憾。我已安排后事和破贼之计，王善不听良言，便是自取灭亡，何虑之有？"说完，命将箭书射往贼营，说宗留守要与王头领当面一谈，然后往王善营中驰去。

王善等群贼久知宗泽威名，正准备一场大战，不料竟会单骑来见。这等胆量，已自惊佩。略一商议，便率众迎接进去。宗泽刚一坐定，便当众发话，说："国家多难，二帝蒙尘，敌人正图吞并中原，非亡我国家不止。稍有血性的人，都和仇敌势不两立。诸位既是英雄，又有这许多的兵力，当此国势日急之秋，正好建功立业，名标青史。如何不向敌人报仇雪耻，却和抗敌的官军作对，使敌人坐收渔人之利，两败俱伤，为亲者所痛，为仇者所快！这岂不和你们河东聚义的本心违背了么？"宗泽辞色慷慨，说到国破家亡之痛，声泪俱下。

盗军头目首被感动，王善也被问住，作声不得，因见手下党羽全都愿降，忙说："老元戎既然要用我等去杀仇敌，敢不遵命！"宗泽只一席话就将七十万盗军收服过来。忙又准备军粮，以忠义号召全军将士，准备渡河，收复中原。全军将士人人感动，争先请命，好些感奋得流下泪来。

宗泽又上奏疏，大意说："祖宗基业可惜，陛下父母兄弟蒙尘沙漠，日望救兵。西京陵寝为贼所占，今年寒食节，未有祭享之地，而两河、二京、陕石、淮甸百万生灵陷于涂炭，乃欲甫幸湖外，盖奸邪之臣，一为贼虏方便之计，二为奸邪亲属皆已津置在南故也。今京城已增固，兵械已足备，士气已勇锐。望陛下毋阻万民敌忾之气，而循东晋既覆之辙。”

这类请赵构回京抗敌的奏疏，已连上了二十余次，均被奸相黄潜善、汪伯彦进谗作梗，未加理睬。后因宗泽统兵太多，恐其进取中原，坏了和议，又防压抑太甚，生出变故，便和赵构商议：以粮饷郭仲荀为副留守，暗中监视。

宗泽既忧国事，又恨奸臣，气愤成疾，卧床不起。诸将前往探病，宗泽慨然说道：“我因河山破碎，百姓流离，心中悲愤，旧病复发。只要你们能够消灭强敌，收回故土，死而无恨。”诸将慷慨应命，流泪而出。

宗泽长叹道：“出师未捷身先死，长使英雄泪满襟！”跟着连呼三次“过河”而死，从生病到临终，所说都是鼓励将士，布置军机，没有一句话谈到家事。

全城军民得信，俱都号哭不已。赵构见宗泽已死，乐得作点人情，封赠了一个观文殿学士，并未照他遗表所说去做，随命粮饷杜充继任为东京留守。杜充残酷无谋，治军为人均与宗泽相反，不消多日，闹得志士灰心，英雄气短。宗泽所招抚来的忠义民兵和投降的盗军，纷纷离叛而去。江淮一带又被敌人蹂躏，戎马纵横，人命财产的损失简直不可数计了。

宗泽死后，岳飞哀悼非常。又见杜充不是将才，眼看国难日亟，好生愁虑。杜充平日妒贤嫉能，不能容物，先忌岳飞的威名，后见他的部下才只八百骑兵，又觉金兵人多势盛，这样少的人马，怎会屡建奇功？心疑岳飞是宗泽的亲信，有意为他贪功冒赏，便命往保宋室诸帝陵墓。

这类帝王陵墓，照例不许常人窥探。乡民稍微走近，砍点柴枝，便有杀身之祸。墓地方圆又在百里以上，以前无事之时还可照看，这刻兵荒马乱，民不聊生，墓地林木甚多，常遭砍伐，加上叛军往来剽掠，金人不时南犯，相隔城镇又远，许多不便，是个最难办的差使。杜充本意是和岳飞为难，只要稍微看出他不听调度，随时都可借个题目将他去掉，不料此举倒造成了岳飞立功的机会。

岳飞等到了陵墓不几天，便探得金人要来掘墓。忙和众人商计，一面飞马去向杜充告急，一面自以轻骑迎敌。八月初二和金人大战于汜水关。刚刚对阵，望见金兵阵前一员大将骑着一匹快马，飞驰示威。忙将身后所佩弓箭取下，左手一箭，当时射死。右手铁锏一挥，一马当先，往前冲去。兵将跟踪赶上，大破金兵，杀伤甚众。

杜充闻报，才知这一支人马名不虚传，便调岳飞往竹芦渡防御敌人，在和议成败未定以前，除非金兵大举进攻，不许妄动。岳飞无法，只得和金兵相持。过了几天，粮草将要用尽，知道杜充不会发粮草来，除了杀敌夺粮，更无别计。先命吉青、霍锐带三百名骑兵埋伏山下树林之中，每人一手举着两个火把，到时点燃，往来走动，以为疑兵；再命岳云、张宪、施全、傅庆、汤怀、张显六人，分带四百轻骑，左右埋伏；自和徐庆带了百骑前往挑战。先用长弓硬弩连射伤了好几名敌将，等金兵激怒大举追来，略一交锋，就回转马头，诈败而逃。

金兵不知岳飞有意诱他深入，等其过了宋军防地再行下手，好使杜充无话可说。连追了三四十里，望见前面林野里，火光密布，灿若繁星，误以为敌人援兵大至。正在惊疑，岳飞、徐庆忽然回马杀来。不消三个回合，便将金兵两员主将杀死。同时岳云、张宪等六人又由左右杀到。吉青、霍锐等三百轻骑又将火把踏灭，一拥而来。四方八面都在喊杀，黑夜之间，金兵不知宋军来了多少！前军一溃，后军自然慌乱，互相践踏，四散奔逃。岳飞带了众人跟踪追击，杀伤金兵好几千，所得粮械马匹不计其数。

杜充见自己到任不久，宗泽所招抚的义军纷纷离散，吴玠、曲端、刘衍等几员勇将早已调走，金兵虎视眈眈，转眼就要大举来攻。在和议未成以前，寸功未立，反将防地失去，未免难堪。岳飞竟能以少胜多，立此奇功，当时一高兴，便奏补岳飞为武功郎，徐庆等也各有升赏。岳飞回军不久，王贵忽然寻来。

原来王贵在金兵攻破汴京以前，往江汉奉亲避难。近年又因父母双亡，听说宗泽留守东京，招纳豪俊。正要来投，不料宗泽死在任上，欲行又止。新交好友岳亨恰巧来访，说岳飞现在东京屡次杀敌，建立奇功，于是约了同来。岳飞见王贵比以前老练得多，最高兴是岳亨是周侗的师侄、黄机密的至交，文武俱都来得。当下忙引二人去见杜充。杜充便命王贵、岳亨为偏将，均归岳飞带领。

岳飞见杜充一味摆那留守大臣的官架，每日专以声色自奉，全不操演人马。宗泽原有许多兵将，又招疑忌，陆续调走。汴京根本重地，留守部下兵才两三万，还有许多老弱在内。下余都是他冒领肥己的空名额。连劝两次不听，便率领部下八百多人，每日操演；一面轮流派出兵将，将方圆数百里内的地理形势查探明白，画成详图，连一座小土堆、一株小树都不放过。自己再亲往查看几回，然后招集部下将士，将地图仔细查对，重画详图。稍微空闲，便照地图和部下将士商计战阵攻守之法。

第十三回

慑以前锋，八百精骑平丑虏
计然后战，沿江灯火震兀术

建炎三年正月，叛将王善、曹成、张用、董彦政、孔彦舟等，率众五十万攻打开封。杜充先不知贼兵虚实，人数多少，派了两员心腹大将，带了几千人马，冒失出战，大败而归，所带人马丧失大半。贼兵业已直扑南薰门外，鼓声震地。

杜充见情势危急，不能再存私心，才听都统制陈淬的劝，忙把岳飞唤来，拊着他的背说："京师存亡，在此一举！如今好些兵将都被朝廷调走，我军兵力单薄，勇将不多，全靠你了。"岳飞慨然领命，准备仍率部下八百健儿出战。

王贵、岳亨见敌我相差好几十倍，都劝岳飞慎重。岳飞笑说："用兵之妙，运用无常。王善前攻开封，我曾见过，所部大半是些乌合之众。诸位不必多虑，且看我先挫他的锐气。"随说，"敌众我寡，本不应将人马分开。但是全部冲杀，易陷重围，必须审机分合，各自为战，才能成功。现命吉青、岳云各领一队人马，由通津、宣化两门绕往敌人阵前。一经交锋，便同时攻他前阵两翼。施全、董先分领两队人马，左右往来策应，专攻敌人空隙。次日天明前开城出战。"

王善远来劳乏，胜后心骄，打算歇息一宵，明日一举将城攻破，抢上一个好的。忽然闻报岳飞带了四员部将，要见诸位大王，后面只有一小队人马还未过来。王善早知杜充人心已失，兵无斗志，以为岳飞有了投降之意。和众贼头略一商计，同了为首十几个首领，带了一队人马出见，自恃人多，连阵势也未等摆好，便赶上前，见面刚问："岳将军有何见教？"岳飞大喝："反贼受死！"迎面就是一枪。

王善连忙用刀招架时，岳飞手中枪就势往下一压。王善觉得手中一震，刀头往下一坠，岳飞的枪已当胸刺到。慌不迭把马往侧一偏，想将枪避过，举刀再战，不料岳飞动作神速，右手枪刚刺出去，左手已拔出四棱铁锏打将过来。二马交驰，枪由王善右胁擦过，虽然不曾刺中要害，衣甲已被挑破了一大片。这一铁锏正中马股，王善连人带马一起翻倒，不是曹成、董彦政抢救得快，已被岳飞一枪刺死，吓得就此逃了回去。

曹成、董彦政还想把地上金刀抢起时，吃岳飞左手一锏，挡开曹成的大刀，右手回马一枪，又将董彦政刺了个透穿。汤怀、张显、徐庆、张宪同时动手。孔彦舟才一照面，便被张宪八十斤点钢枪把刀打飞，吓得心惊胆寒，催马逃回。张宪跟着冲入贼阵，杀将起来，张显、汤怀、徐庆也连伤了几个贼头。曹成被岳飞一枪震得两膀酸麻，哪里还敢对敌，慌不迭虚掩一刀，拨马逃走。剩下张用一人，知不能敌，也忙回马逃去。

岳飞后面百多名轻骑跟踪赶到，一声喊杀，随同冲入阵内。王善等做梦也没想到敌人这样厉害，加上心骄气浮，行列不整，为首之人一逃，贼兵不战自乱。岳飞等为首五人，直似生龙活虎一般，一路刀斫枪挑，无人能敌。吉青、岳云、施全、岳亨所领四小队精骑又同时杀到，只杀得这班贼兵，亡魂丧胆，亡命一般四下奔逃，互相挤撞，乱成一片。

都统制陈淬听岳飞半夜出兵，以八百人敌五十万之众，越想越不放心，准备先把城守住，再做计较。上城遥望，见岳飞等业已杀入敌阵，贼兵已被杀得大败，自相挤撞践踏，如潮水一般退去，不禁狂喜，忙率守城兵马开城追敌。

陈淬手下三千人马，加上杜充的全军也还有两万多人。休看这班官军先前怯敌，打仗不行，一占上风，全都耀武扬威起来。这一战，竟将王善数十万贼兵追出百里以外，岳飞等方始收兵回转。跟着王善围攻陈州，到处焚掠，杜充又命岳飞、陈淬合力破贼。

岳飞先命岳亨、王贵等以轻骑断其后路，将王善的牛驴粮草先夺了来。王善缺粮，又知岳飞厉害，兵心摇动。二月二十一日，岳飞又大败王善于清河，收降盗党甚多，连升为武德大夫、英州刺史。

赵构先因张邦昌乃金人所立，非但不敢治他叛逆之罪，并且封为大保同安郡王，非常尊重。后因李纲等再三参奏，不杀张邦昌无以服众，金人又不许议和，迫于无奈，才将张邦昌和粮饷王时雍等同时杀死。一面却听黄潜善、汪伯彦之言，将李纲贬往琼州。

不久，金兵将河北诸州郡攻破。赵构害怕，逃往扬州躲避。济南府刘豫将守城勇将关胜杀死，强迫百姓叛宋降金。百姓不肯，刘豫偷偷缒城投降。赵构所派使臣王伦，也被金人拘留起来。大将韩世忠准备会合山东的兵同往淮扬抗敌，不料刘豫叛宋降金，势孤力弱，援兵不至。金帅宗翰分兵三千往袭扬州，世忠自率大军迎战，寡不敌众，连夜退走。

宗翰连取淮扬、彭城，大将刘光世奉命防御金人，敌兵未至，全军先溃。赵构正在扬州和一宠妃白昼宣淫，听内侍邝询急报金兵杀来，吓得周身乱抖。当时骑马逃到瓜州，只寻到一只小船，匆匆渡江。随行只有王渊、张浚、内侍康履、邝询和几名兵士。逃到镇江，天已入夜。因为惊悸太甚，由此得了阳痿之症。

奸臣汪伯彦、黄潜善正和一些贵客在庙里听和尚克勤讲经说法，希图佛菩萨保佑他们升官发财，富贵无穷。刚把经听完，正受众人的奉承，满心得意，气焰甚高，忽听堂吏大呼："金兵杀来，圣驾已先走了！"汪、黄二人相顾仓皇，面无人色，匆匆上马，往南逃窜。城中百姓得信，纷纷夺门外出。人多践踏，死伤甚众。个个痛恨奸贼，咒骂不绝。司马卿黄愕逃到江边，军士们误当作是黄潜善，大骂："你这个误国害民的奸贼！"黄愕连忙分辩，人头已被斩落。

赵构君臣匆匆逃亡，新置办的行宫陈设和朝廷仪仗全被敌兵掠去，百姓遭殃，更不必说。太常少卿李陵抢了九庙神主逃走，出城被金兵一追，连赵氏祖宗牌位也被抛弃。其实金兵前锋只五百人，赵构真要率领三军固守一战，并无败理。都是赵构畏敌如虎，才至于此。

宗翰看准宋室君臣庸懦无能，只用三千人马，便将扬州行在（皇帝逃亡的所在地称为行在，是舞文弄墨、避讳逃亡的门面话）不战而得，一面却以全军之力将韩世忠战败，以致江淮一带全成了敌骑蹂躏之地，被祸害的人命财物不可数计。

金人因扬州百姓和一些无人统率的残军纷纷起来抗敌，自知立脚不住，便纵兵掳抢，把扬州城烧了个干净，方始退兵而去。

赵构一路逃窜到了临安（杭州），方始停住。汪、黄二奸知道坚持和议，闯下这场大祸，依然恬不知耻，联名上疏，说："当此国家多难之时，不敢求退。"妄想保持他的禄位。无奈公论不容，中丞张澂奏论二奸贼有二十行大罪，主要是祸国殃民，陷害忠良，贬窜李纲，又对宗泽百般作梗，使他费尽心力招抚来抗敌的几十万忠义之士，全数瓦解而去。赵构虽想留着汪、黄二奸为未来求和之用，无奈群情愤激，迫不得已，才将汪、黄二奸贬去。

金人不久便命汉奸刘豫知东平府，节制河南州郡，刘豫的儿子刘麟知济南府，并命大将达赉屯兵险要之处，暗中监视。后来见刘豫贪图富贵，死心塌地做汉奸，想拿中国的兵攻打中国，又立他当了齐国皇帝，与宋为敌。刘豫对金主自称“儿臣”，历史上的“儿皇帝”，刘豫也是一个。

当年六月底，金兀术大举南侵，连破磁、单、密州，声势比以前更盛。杜充先听兀术带领数十万金兵就要杀来，越想越胆寒，打算丢掉东京，逃往建康。岳飞力劝，大意说：“中原之地，尺寸不可弃……留守……且不守此，他人奈何？今留守一举足，此地皆非我有矣。他日欲复取之，非捐数十万之众不可得也。”

杜充不听，以军令强迫岳飞随往建康。岳飞部下连新收抚的兵将不过三千，杜充一走，军粮先无着落，暂时只有保全实力，别无良策。恰值牛皋也由磁州败阵退回，说起这次兀术以倾国之兵来犯，自己虽然上来连胜两次，士卒伤亡甚多。主将又因粮缺势孤，弃城而逃。这才带了孤军，一路突围转战而来。河北诸郡沦陷于敌，都是兵少缺粮、朝廷不管之故。互相愤慨了一阵，只得随军南去。岳飞奉命当前锋，中途连破李成等叛贼于铁路步（镇）、盘城（县）、滁州等地。

到了十月，赵构又由临安逃往越州（绍兴）。杜充听岳飞之劝，一路收集残兵，居然也有十几万人。岳飞部下连同牛皋带来的人马，也有一万左右。江浙一带的居民，因杜充部下有岳飞等勇将，都想靠他保卫长江，不使敌骑南渡。杜充只是残杀军民立威，毫无御敌之策。

这日，金兀术与叛贼李成合攻乌江。杜充闻报，吓得闭门不出。诸将屡次请他出兵抗战，概不答复。岳飞又急又怒，一直冲进他的卧室，再三力劝，说："劲虏大敌，近在淮南，睥睨长江，包藏不浅。卧薪之势，莫甚于此时。而相公乃终日晏居，不省兵事。万一敌人窥吾之怠而举兵乘之，相公既不躬其事，能保诸将之用命乎？诸将既不用命，金陵失守，相公能复高枕于此乎？"说时，声泪俱下。

杜充早已准备降敌，因岳飞兵力最强，不敢得罪，表面敷衍，却不出来。等金兵由马家渡渡过长江，才派岳飞等和都统制陈淬一同出战。杜充的心腹大将王曼，听说杜充有降敌之意，带了所部数万人马，当先逃退。凡是杜充部下的将官，全部溃散，只有岳飞这一支人马与敌人死战，非但没有援兵辎重，粮草也被逃将带走。敌人虽被暂时打退，部下将士全都没有吃的，只得把全军夜屯钟山，歇息了多半夜。天还未明，突然往攻敌营，把金兵杀了好几千。陈淬部将听说杜充把建康府库搬光，带领全家渡江降敌的消息，人心浮动，多想叛逃。戚方正在陈淬部下，首先带了一支人马去当强盗。

岳飞得信，立时召请两军将士发话，大意说："我辈荷国厚恩，当以忠义报国，立功名，书竹帛，死且不朽……江左形胜之地，使胡虏盗据，何以立国？今日之事，有死无二，辄出此门者斩！"说到慷慨激昂之处，众皆感动，不敢再有异志。

岳飞又将刘经等将校和一些散兵溃卒招集过来，前后夺了金兵和叛将的粮草很多。后来闻报，兀术将往临安进兵，便领所部人马前往截击，在广德境内连打了六次胜仗，杀伤敌人甚众。生擒女真汉儿军王权等二十四人，俘虏诸剃头签军首领四十八人和好些敌兵。经过分别审问查看，挑出一些可用的汉儿军，先以恩信结纳，放将回去，令其夜斫金兵营寨，烧毁炮车和随军辎重器械，再乘敌人混乱之际，连夜进攻，又把金兵杀得大败。

军中缺粮，全仗夺取敌人的粮草度日，有时将士都吃不饱，但是上下一心，军纪最严。屯兵之处，肩背挑负，商贩如常，一时威名远震。好些被胁从的敌军走近当地，都说："这是岳爷爷的军队！"纷纷赶来投降，又收了万余人。

不久金兵往攻溧阳。岳飞派刘经带兵半夜偷袭，杀了五百多金兵，生擒女真汉儿军、伪同知溧阳县事渤海太师李撒八等十二人和千户留哥。

建炎四年正月，宜兴吏民共同来信，说叛将郭吉在当地抢劫民财，请岳飞为民除害，并说宜兴粮米能供给一万人马十年之用。

岳飞连忙领兵赶去。还未到达，郭吉已将全城抢光，用一百多条大船载了赃物，逃入太湖。岳飞闻报，立命王贵、傅庆带兵紧追。宗泽的家将张保、王横正驾小舟来投，俱通水性，熟习湖中形势。岳飞又命牛皋带了张保、王横和一千精锐，分驾小舟赶往接应。两下夹攻，将郭吉所有人船辎重全数夺回。凡是抢自民间的，部分还给了百姓。所部兵士，秋毫无犯。纵使兵多，地方不够住，又缺少帐篷，多半轮流露宿，决不妄入民家，也不妄动民间一草一木。远近州县的百姓，弃家迁往宜兴的有一万多户。当地百姓更为岳飞建下生祠。

当年四月，金兵再犯常州。岳飞命众将中途截杀，连胜四阵，金兵单是互相践踏拥挤、坠河淹死的就不计其数。又生擒了女真万户少主孛堇、汉儿军李渭等十一人。

当岳飞在广德大败金人之时，兀术留下十万人马和岳飞对敌，自领大军将临安攻破。闻赵构由越州逃亡明州，忙遣勇将阿里蒲卢浑渡江穷追。吓得赵构又由海道逃往定海，只将宰相赵鼎和主和派的首脑范宗尹留在明州，商计投降之事。对另一大将张俊说："你能把敌人挡住，我便封你王爵。"赵构和战两难，全都害怕，不知如何是好。

另一路金兵攻破江西诸郡，直扑湖南，又将潭州攻破。守将王暕、刘价、赵聿之战死殉国。金兵因潭州百姓始终反抗，更肆凶威，纵兵掳抢一空，屠城而去。兀术见到处都有百姓反抗，与金兵为仇，不敢在江南久停，回到临安，大抢一空，然后火烧全城而去。因为所抢掠的金珠细软辎重太多，若走陆地，恐被岳飞和各地义军所夺，自己改由秀州水路，往北退走。下余大部人马，分成好几队，一路焚掠，退兵北回。

兀术前锋到达平江，知府汤东野弃城逃走，城内外军民自起抗敌。兀术将城攻破，满城杀人放火，奸淫掳抢，城内外被烧杀的百姓达五十万之多。兀术随往镇江进发。

大将韩世忠早将前军驻扎在青浦镇（青浦县北，青龙江边），中军驻江湾（吴淞江口），后军驻海口，想等兀术退兵，埋伏猛击。忽接探报，兀术由秀州改走水路北回。世忠便星夜领军赶往镇江，先以八千水师屯兵焦山脚下。所乘都是海鳅舰，船大桅高，旗帜鲜明，一字列开，军容甚盛。另外还有百多条"浪里钻"，穿梭也似，游行江上，往来不断。

中军主帅大舰上，竖着一面大纛旗，金鼓时鸣，震撼江波，看去已是十分威武。世忠又将下余大小舰船，零散分扎北岸沿江一带，借着芦苇江岸掩蔽，多设疑兵，隐现无常。晚来灯火，数十里不断，一些小舟快艇再点上许多灯火，往来巡游。隔江遥望，宛如一条极长的火线，将天边遮断。另外还有许多条火蛇隐现，飞驶于万顷江波之上。焦山水师大营，更似江面上涌起了一座火山。皓月疏星之下，顿成奇观。

兀术最头痛的是，各地宋民群起反抗，镇压不住，此仆彼起。以为宋将无能，只各地义军和岳飞一军可虑，余者均是望风溃逃，决不敢中道截击。因此只带了六七万人马，亲自押了所掠夺的大量赃物，坐船回去。

北人多半不习水战，所乘又多是由浙西抢夺来的民船渔舟，战船甚少，几时见到过这样的水军威势，不由情虚胆怯起来。忙和军师哈密蚩商计，派人往焦山下书，先向韩世忠问候，再以富贵相诱，劝令叛宋降金，不失王侯之位。世忠答道："两国交锋，胜者为强。我只知有宋，不知有金。我韩世忠在此，休想过江一步！告诉你家兀术，速来交战，别无话说。"

来人走后，世忠立召众将议事，说："这次兀术一时大意，唯恐从我国抢掠去的金珠子女太多，交与别人还不放心；又料我是败军之将，不敢迎击，特意亲由水路押回。所部七万人，生长北方，不习水战。休说各路金兵正往后撤，不能呼应，即使能来，急切间没有舟船，也决难以接应。如能乘机生擒此贼，非但保得江淮无事，还可把兀术做押头，便收复中原、迎还二圣都非无望。我看来使神色不定，分明敌人情虚胆怯，我军必胜无疑了。"

世忠之妻梁红玉，聪明英勇，颇通兵法，常与世忠一同上阵，正在旁座，对世忠道："元帅莫要轻看敌人！兀术这次撤兵，实因劳师远侵，不服南方水土。又见民心未死，我国地大人多，难以吞并。金兵人少，一旦分散开来，到处都是他的对头；所带人马，能聚而不能分，又各有思乡之念。和强盗一样，抢上一大票，便想满载而归。北人不习水战，看了我军水师阵容这样整齐，胆怯情虚也是有的。不过兀术凶狡多谋，就不知我军比他人少，也必命人窥探虚实。北岸的灯火疑兵虽然用得不差，时久还是未必瞒他得过。依我之见，兀术见这里不能渡江，定必沿着南岸逆流西上。拟请元帅下令，吩咐北岸水师，今夜灯火全撤，暗中开往黄天荡附近，悄悄埋伏。以便到时前后夹攻，将他困入荡内，一举成擒或者有望。我军到底人少势单，不宜旷日持久。迟到今宵，若不早定破敌之计，只以军容恐吓敌人，我军是否能操胜算就难说……”

世忠立被提醒，想了一想，忙命部将董旻、长子韩彦直、次子韩彦古，同驾小舟赶往北岸传令，会合北岸水军将领解元、呼延通等，将沿江灯火疑兵撤去。等月色偏西，将大小战船暗中开往黄天荡旁港汊之中，埋伏待命。到时只要听到号炮和火花信号，立即杀出，以便将金兵逼往黄天荡去。

二更刚过，红玉又对世忠道：“黄昏以前，听说敌人还有援军要来，先时兀术来人又是那样说法，我料兀术日内必有举动。难得今夜月明风静，何不同到山顶高处查看一下？”世忠笑诺。旁立女兵忙取纱灯要点，另一女兵又将一件大红披风取来。

红玉笑说：“无须。四五月的天气，还要披风么？”女兵笑答：“山顶风大，怕受夜寒呢。”世忠也在一旁相劝，红玉含笑披上。登高遥望，星明月朗，天水相涵，上下一片空明，浩浩荡荡的江波被月光一照，闪动起亿万片银鳞往前飞渡。端的江川雄丽，夜景清绝。

红玉朝南北两岸看了又看，首先忍不住喊了声：“好！”世忠见爱妻戎装佩剑，外披一件大红斗篷，站在山顶月光之下，江风吹动，衣袂飘飘，越显得长身玉立，容光照人，英姿飒爽，美到极点，也不禁脱口说了声：“好！”

红玉回头笑问：“你说好在哪里？”世忠笑答：“你看此时此地，此景此人，哪一样不是好到极点呢？”红玉立改庄容答道：“这是什么时候！亏你还有心肠流连光景，夸耀风月！你当我喊好，是在赏玩‘树影中流，钟声两岸’，当前的江山人物之美么？你朝南北两岸仔细看看！”

世忠面上一热，先往江北一看。大江上下流，都是上下天光，沧波无际；只有靠近北岸一带水面上，水烟蒙蒙，开锅也似，浮起一片浓雾，沿江灯火全灭，竟看不见半点舟船影子，知道开往黄天荡的战船，对岸敌人绝不会看出来。单这一带起雾，真个再好没有！再往南岸一看，金兵舟船灯火甚多，有疏有密，不甚整齐，一条小船正由北固山那面往中军大船驶去。跟着便见敌军左侧，灯火散乱一阵，仿佛船在移动，却未开走。

方料敌军有事，红玉已在旁笑道："你看出来了么？"世忠答道："我看敌军必有事故。一二日内不逃必战，你看如何？"

红玉道："兀术刚愎自用，不轻信人。那小船由北固山来，分明前往探路无疑。北固山紧靠南岸，相隔敌营只十来里，陆行可登，又和焦山正对，可以窥探我军虚实。兀术以为我们只有水上交锋，决不会到南岸去，加上素来胆大好胜，又恐被我看破，不会带得人多。若能派一精明胆勇之将，带上百十名敢死之士，前往北固山，暗中埋伏在龙王庙内外，兀术一来，骤出不意，当时便可生擒回来，我军不战而胜了。"

世忠大喜道："夫人说得极是。"随将部将苏德召来，面授机宜，命带二百名死士，分驾"浪里钻"，乘黑夜绕往北固山龙王庙内外埋伏，等兀术自投罗网。那"浪里钻"两头都尖，又轻又快，带去的人全部两面划桨，行驶江上，其疾如飞。天还未亮，苏德便自赶到。刚刚把人埋伏停当，兀术果然带了四名部将，骑马往庙前走来。

苏德贪功恨敌，一时心慌，不等进庙，一听鼓响，便往上拥。不料只将两骑截住，下余三骑竟被冲下山去。苏德连忙追赶，敌人马快，业已逃远。忙问所擒二敌姓名，均不肯说，内中一个却穿着一身主帅的装束，以为兀术业已被擒，恐金兵得信赶来抢救，忙驾小舟赶回交令。世忠曾和兀术对过阵，一看便知是假，细一审问，果是金将黄柄奴冒充。兀术扮作中国百姓，刚一登山，便看出破绽，已先逃走，并不在这五骑之内。

红玉道："兀术粮草无多，今日虽未将他擒住，但敌胆已寒，逃归之念更切了。金人多诈，他恐我军截他辎重，定是一面派战船与我对敌，一面抢渡长江，使我不能兼顾。见势不佳，才会沿江西逃。敌将的话未必全真，我军必须早做随时应敌的准备。元帅可同诸将四面截杀，我在中军大营，只守不攻。金兵若来，专用火炮弩箭猛射，并在帅舰大桅上立起楼橹，我在上面击鼓，大设灯旗。这一战，能叫兀术片甲不回才好！"红玉又请各立军令状，由元帅起，均按军法施行。

第十四回

桴鼓战金山，女将威风歼敌寇
分兵屯牛首，岳飞勇略定江淮

兀术由北固山逃回，对哈密蚩说：“我只说北固山离此只有十里，可以远望焦山，特地轻骑简从，前往窥探。哪知虚实未得，反被宋军擒去两员大将。我军地理不熟，粮草又缺，情势可虑。军师有何高见？”哈密蚩说：“照此情势，实难久持。好在后日便是双方交战的约期，我军细软金银，昨夜均已移往大小民船，今晚可以出其不意，照殿下昨日所说，兵分两路，连夜抢渡长江，免得坐以待毙。”

兀术立命大将粘没喝率领百多条战船、二百多条民船、三万金兵，往攻宋兵焦山大营，自己在后督队。哈密蚩带了众将和三万多金兵、七百多条大小民船，由侧面抢渡长江，再改走龙潭、仪征的旱路，命在五更以前出动，好使宋军首尾不能兼顾。金兵全都急于北归，一个个磨刀弄箭，互相谈话，五更前把饭吃饱。兀术一声令下，金兵便分头往焦山大营进发。

韩世忠早在半夜里就把水军战船分列开来，梁红玉也早有三层炮架，后面再设强弓硬弩，外用芦席遮盖，静悄悄准备迎敌。兀术在船上，眼看相隔已近，见宋军方面全无动静。正在猜疑，忽听一声炮响，数十道五色火花，冲空直上。跟着宋兵的箭暴雨一般迎面射来，同时又有大炮打到，金将粘没喝所带兵船竟被打了一个七零八落，料知不妙，连忙下令将船拨转，往西方逃走。

红玉站在战船桅楼之上，一目了然，先将桅杆上号灯升起，指点方向，一面领头击动战鼓。各船上的兵士也一起擂鼓相应，轰如雷鸣。韩世忠带领轻舟战船，照着号灯所指，分头截杀。打到天明，帅舰上红旗高起，擂鼓更急。

阮良、董旻、苏德、刘宝等各领水军，分驾着百十条大“浪里钻”，都是八桨齐飞，两边分列着十名精通水性、背插钢钻腰刀的水军，远者箭射，近者跳上敌船，举刀就斫。再不，便跳下水去，用钢钻将船穿透，使其沉水。这一阵，只杀得金兵人倒船翻，江水皆赤。金兵连淹死带被杀伤的两万多，哈密蚩所带金银细软，被宋军截去了一大半，并还伤了几员大将。兀术率领残军往西败逃，韩彦直、韩彦古、解元、陈桷、呼延通等伏兵突起，两下夹攻，竟将兀术残兵逼进黄天荡内。

世忠知道敌人成了瓮中之鳖，忙命众将将荡口封住，轮流把守，准备弩箭炮石，以防突围，下余将士苦战了一日夜，俱都分班歇息。然后回转大营，与梁红玉商讨犒赏三军，奏报朝廷之事。这便是宋史所载“韩世忠大败兀术于金山，妻梁氏自击桴鼓”的故事。

梁红玉见丈夫得胜回来，苏德生擒兀术女婿龙虎大王，霍武斩得番将何黑闼首级。便连先前所擒二金将，一齐斩首，号令于桅杆之上。擒获的金兵金将、战船民船，也都处置。由焦山起到黄天荡，宋军战船排成了一条长蛇阵，夜里灯火通明，照漾江波，全军将士欢声雷动。世忠更是兴高采烈，断定生擒兀术，不过数日之事。

红玉劝道：“自来骄兵必败，何况兀术那样劲敌。元帅大功未成，切不可因一时小胜，便自疏忽。我想兀术有谋有勇，万一被他漏网，他日定要卷土重来。我们一时纵敌，后患无穷，悔无及了。”世忠虽觉红玉所说有理，因兀术业已投入死地，宋军水陆两面均有防备，不会被他逃走。只传令将士多加小心，又将大营水师调了两千精锐，往黄天荡相助困敌，并未想到别的。

红玉两次劝世忠亲率水军冲入黄天荡，消灭残敌，生擒兀术，世忠均说：“兀术虽然大败，还有两万多精锐在他部下，困兽犹斗。何况我军人少，虽获大胜，也有一些伤亡。水军非步兵可比，教练不易，金兵粮将用尽，又无逃路。我军只将黄天荡困住，饿也把他饿死。此时进攻，金兵定必群起拼命，我军难免又有伤亡。就能保其必胜，也是不值。”红玉便未再劝。

兀术败进黄天荡，见宋军没有追来，却将港口遮断，心中惊疑，后才探知黄天荡湖面虽宽，却是一条死路，另有三面危崖绝壁，有进无出。

兀术忙和众王子、元帅、大将、平章等商计，去向世忠求和，并将所掠来的金珠细软和三百匹名马送与世忠，想买条路回去。跟着查点全军，只非金族，连生长北方、早已从军，并还立过功劳的汉人军校全部搜去兵器，拘留起来，以防万一突围时，倒戈降宋，一面命人带了金银出去探路。

下书人回来说道：“韩世忠大骂：兀术狗贼把我当成什么人？除却交还中原，送回二圣，可以保得一命，别的全是做梦！”兀术因世忠坚不许和，粮草将尽，情急无奈，决计拼死突围而逃。哪知宋军防备甚严，刚到荡口，火炮弩箭便如雨点一般打来。兀术白死伤好些兵将，看出实在无法冲破，只得下令退回，部下又伤亡了好几千。

兀术正在万分忧急之际，忽然探出荡内有一条老鹳河，本与金陵秦淮河相通，只是年久淤塞，已不通行。万分绝望中，得此一线生机，自然不肯放过。一面命人驾上小舟，去向荡口外宋兵苦苦求和，将韩世忠稳住；一面命全军下手，挖掘老鹳河故道。只一晚上，便掘通了三十来里，兀术立率残军逃去。等到宋军看出虚实，兀术已快到达新城（江苏句容县北）了。韩世忠得信，又急又怒，后悔无及。

岳飞这时已将手下八百健儿，连同太行山的忠义山兵共有六千久经训练的精锐将士，分为马步两队，骑兵称为“游奕军”，步兵称为“背嵬军”，分交牛皋、汤怀、岳云、张宪、岳亨、徐庆等带领。都是一正两副，每日率领全军，操演正勤。

黄机密忽然拿了周义的信来见，大意是说：“近由外回，才看到岳飞父子的信，得知经过。因见河北州郡相继失陷，山陕各地也不能保。父亲遗命虽未办完，但是形势日非，不得不从权行事。便往汤阴扫墓，看望岳母，不料相州一带已快被金兵侵占，岳母婆媳避难他往，不曾见到。事完，又往庐山去寻黄机密，得知岳母婆媳就在附近种了几亩山田，结茅而居，便同往访。留了几十两银子与岳母婆媳度用，并照父亲遗嘱，将前由奸细身上搜出来的金牌信符和一包地图文件，连同自己这些年所画山川形势的详图，托机密转交岳飞，请其为国家杀敌，建立功业。”

岳飞自到东京不久，先后曾请霍锐、施全和亲信可靠的军校，往汤阴河北一带寻访老母妻儿，已有二十多次，均未寻到下落。后来相州失陷，心中万分忧急。因岳母平日喜食豆腐，便专以豆腐下饭，并说：“豆腐豆腐，犹如见母。”常时忧念不已。闻信后，悲喜交集，大出意外。忙告张保、王横，“明日一早，带上二十名勇士，水陆并进，绕走小道，赶往庐山迎亲。如打听出周义的下落，连他也请了来。”二将去后，岳飞常和机密谈论军情，双方甚是投机。忽接朝廷诏旨，令其就近收复建康。岳飞听机密的话，本就有此打算，立率全军往攻建康。

当年四月二十五日，岳飞大败金兵于清水亭，杀伤甚多，伏尸十五六里不绝。杀了耳戴金银环的金将和万户、千户一百七十五名，生擒女真渤海汉儿军四十五名，所得盔甲、器械、粮草、马匹不计其数。建康还未攻下，忽听兀术兵败黄天荡，已快成擒。后将老鹤河故道掘通了三十里，觅地登岸，准备与建康金兵会合。

岳飞忙和机密商计，命岳云、张宪带领所部“游奕军”，外加一些步兵，共三千三百多人，迎头猛击。岳云、张宪少年英勇，兀术新败之余，兵无斗志，宋军这两员小将所带人马又是岳军精锐，如何能敌？还未赶到建康城下，便被杀得大败，兀术几被张宪枪挑马下，知道岳飞厉害，越发胆寒。又听说岳飞正以全力收复建康，不敢再去，慌不迭逃到龙湾（上元县西北），又改长江水路，逃往淮西。

金兵另一主帅达赉在潍州得信，忙派贝勒塔叶带领大兵来援。兀术把黄天荡一败引为奇耻大辱，见塔叶带有新造战船甚多，意图报仇，重又赶回镇江，和韩世忠在黄天荡前相持。

世忠上来连胜好几阵，兀术、塔叶伤亡甚多，力竭势穷，几次想和世忠当面求和。世忠只说“还我两宫（赵佶父子），复我疆土，则可相全”。兀术无话可答，见世忠海舟乘风使篷，往来如飞，好生忧急。对部将说：“南宋使船如马，如何是好？”正在无计可施，忽有奸人贪财献计，教兀术用火攻，世忠竟被打败。

兀术虽然先败后胜，兵力损伤甚多，事出侥幸，暂时不敢再往南犯。本想在六合歇息些日，引众北归，又接建康金兵告急之信。前在临安分道撤退的金兵，听说兀术连被韩世忠、岳飞杀败，也相继赶来应援，兵力又盛。以为建康江左形胜之地，若能保有，既可进攻东南，又可控制西北（指江西襄汉和江北诸州郡），已然到手，不可失去。

岳飞闻报，便领大军往建康进发。

岳飞建立战功，业已升为江淮都统制、武功大夫、昌州防御使。正带手下三万多人马攻打建康，闻报韩世忠镇江兵败，兀术进屯六合，知其要解建康之围，想命牛皋、王贵带上一部分精锐往攻六合，截杀金兵。

黄机密说："我军人少，朝命各路接迎人马都在途中观望，一个未来。我以孤军奋战，再若分兵，其势更孤。'游奕''背嵬'二军，此时更是不宜轻动。兀术收集各路金兵，已有二三十万之众，与上次北溃不同。此贼前在镇江连败两阵，近虽得胜，怀有戒心。我若分兵往击，胜固可喜，败则容易减退我军锐气。莫若将我全军集在一处，养足士气，以逸待劳。表面看去，我军似受敌人内外夹攻，实则敌散我聚，敌虚我实。只要将军详审敌情，运用得当，兀术决非我军之敌，不知将军以为如何？"

岳飞喜道："先生之言极是，这都是我以前身居偏裨，带兵不多，惯以轻敌陷阵，又常小胜，每次攻袭敌人，最喜执锐攻坚，以少敌众，以致虑不及此。今日带兵已多，若再积习不改，遇事不知熟计，派出去的兵将为敌所陷，因而牵动全军，减弱士气，负咎无穷了。我想照先生所说在建康城外多设旌旗营垒，灶烟不断，以为疑兵。暗将全军精锐埋伏在牛头山上，等他过时，突然拦腰猛击。建康城内的敌军以为援兵将至，屡败之余，决不敢轻易出战。我却以全军之力，乘兀术喘息未定，专攻他的虚处。另派牛皋、岳亨以所部'游奕军'，由龙湾那面袭击回援之兵。此计若成，至少可挫敌人的锐气，甚至大获全胜都在意中呢。”

机密拊掌笑道：“将军智勇双全，料敌若神，为古名将所不及。”

岳飞谦谢了几句，又和机密众将仔细商量，命吉青、霍锐守在建康城外，虚张声势，多设疑兵；命牛皋、岳亨带领两千“游奕军”和一千步兵，埋伏龙湾附近；然后把剩余不到三万人马移往牛头山，自带汤怀、张显居中，隐伏高坡之上，指挥前军，相机而动。王贵、傅庆和新选拔的步将陈经为左翼，徐庆、董先、施全为右翼，岳云、张宪为前锋，到时看清敌人来势，突然加以猛击。后面三路人马同时暴起，冲入敌阵。不许一人后退，违令者斩！一面派人迎着敌军来路，仔细打探虚实动静。

头一天刚刚布置停当，埋伏牛头山山腰树林之中，将营扎好。第二日早起，便听探敌的健儿回报说，兀术行军机密，极少人知，本难探出他的动静，后来遇到两个被金兵虏去、又逃出来的乡民，说起兀术昨夜传令全军，收拾辎重粮草，还要多杀牛羊犒赏三军。照着金兵平日行军以前的举动，只恐当日便要杀来等情。

岳飞知道兀术并非易与，六合离建康才六十里，照此情势，分明是恐白天赶到，金兵难免疲劳，打算稳扎稳打，一队接一队，轻悄悄从容上路。以为下弦时期，梅雨季节，大多阴沉，宋军攻城正急，决想不到金兵会大举而来。等到发觉，他已将营扎住。即使事前被宋军知道，照他那样行军，双方只一交战，后面的接应便和后浪催前浪一样，越来越多。免得和以前那样，将人马全往横里展开，表示兵多势盛，结果宋军不曾吓倒，却被宋军精锐冲破他的弱点，以致杀得大败。又欺岳飞孤军奋战，难于兼顾。若还像上次新城一样，再命勇将领兵迎击，却正中了他的圈套，非败不可。

岳飞洞烛敌奸，不由笑骂："兀术狗贼！任你多么胆大狡猾，也难逃我掌握。"又和机密众将商计，将傅庆、施全由左右两翼抽出，再调两千人马，偷袭金兵后路，夺取他的粮草辎重。算计兀术兵到，最快也在黄昏以后。传令全军将士，白日枕戈而眠，吃完早饭，各自安歇，到了申酉之交，才许起身。然后饱餐战饭，准备杀敌。众将士全部摩拳擦掌，踊跃应命。到了午后，又连接两次探报，兀术果以全军赶来，相隔只有三四十里。

岳飞料出兀术恐宋军以逸待劳，上来缓缓前进，到了黄昏左近，忽改急行，准备一到便可将营扎住，明早再与城内金兵里应外合。其当头兵将，必是全军精锐无疑。宋军若不先动手，兀术尚还不致轻易出战。万一敌军先动，吉、霍二将死战不退，难免伤亡。

岳飞一念至此，忙传急令，命人飞骑往告吉青、霍锐，说金兵多半夜间才到，正好多张灯火，添设疑兵。万一金兵来攻，上来不许迎敌，先分成数小队，急速退走，一个不留。金兵知道我军攻城正急，不料扑了个空。在未知虚实以前，虽看出我军灯火旌旗全是虚设，也必心惊，误认中了诱敌之计，有些观望。等到三更左右，遥望牛头山顶发出第二次号炮火花，那连营而来的金兵已被我军切断，前队金兵必然回救。二将再将这四小队人马突然发动，由后追击。除不许先和金人交阵而外，特许便宜行事。

岳飞发令之后，天已将近黄昏，探报兀术前锋离此只有十多里，便和黄机密等幕僚部将赶往山顶。朝前一看，兀术二三十万金兵穿行于山野树林之间，暮色苍茫中，宛如一条黑龙，正朝自己这面缓缓游来。估计金兵到时，天刚黑透，主将中军扎营所在，必就在山脚不远。因恐还有遗漏，又赶往山坡埋伏之处，分别仔细查看了一回。刚回中军坐定，金兵前锋已由山前经过，连人带马都是静悄悄的，行列十分整齐。内中只有数十名轻骑往来飞驰，似在传送消息。那样多的人，竟听不到一句呼喝之声。

岳飞不禁眉头一皱，对汤怀、张显说："兀术不去，真乃中国未来大患！看他这样来势和行军之法，连我军乘他未定之时拦腰猛击似都防到。此时攻他中部虽可得胜，但是敌人尚有一股锐气未消，我军就拿一个拼他十个，也觉不值。反不如乘他把营扎定，准备安歇，气势衰退之时，选出一千名'背嵬军'，穿着以前夺来金兵的衣服，带上新近赶制的腰牌，乘黑夜混到金营之内。一听号炮，便在里面放火呐喊，使敌人不战自乱。再以大军三路夹击，首尾都有呼应，减少伤亡，才能期于必胜呢。这些健儿，就烦二位将军挑选去吧。"二将传令去了。

黄机密在旁笑说："不战而胜，善用谋也；战则必胜，善用兵也。机密不才，也曾熟读兵书，周览天下形势，平居自命，并不后人，比起将军，相去远矣。"

岳飞答道："用兵之道最重审机应变，知己知彼，丝毫疏忽不得。这次虽蒙先生提醒，先有戒备，毕竟功还未成，兀术又非弱者。是否尽如人意，还不可知呢！"

说罢，便同去歇息了个把时辰。起来闻报，金兵安营初定，前锋离城不远，相隔吉、霍二将设伏之处才得数里。跟着又有两个奉命探敌的偏校，归途遇到两个取水的金兵，当时杀了一个，生擒了一个，由山路小径绕了回来。

岳飞问知二校被金兵看破才动的手，又问："死敌的尸首何在？"二校答说："业已藏起。"方始点头命退。一面传令，到了三更，全军人马开往坡下，再发号炮火花，分三路冲杀。隔上顿饭光景，再将第二次号炮火花升起。随往高处观望，见金兵业已连营二三十里，远望过去，一路灯火不断。暗忖：“兀术真是将才。若非事前先有准备，照他这样声势，胜败尚难料呢。”

一晃已是三更。先是几道火花信号，流星赶月也似直上天空，隔了不多一会儿，山顶号炮一响，全军将士一齐出击。岳飞居中，手持长枪，一马当先。左有汤怀，右有张显，连同三千军校，直攻金兵中军大营。手起两枪，先将头两座帐篷挑起，甩出老远。汤怀、张显跟着施威，一路刀斫枪挑，锐不可当。部下三千军校又都养足锐气，均能各自为战，人人奋勇，个个当先。

金兵刚睡不久，没想到宋军突然来攻，这样厉害。彼时上阵，全仗兵强将勇，善于料敌，不在兵多。刘备为陆逊所败，苻坚为刘牢之所败，全坏在这个“多”上。因为兵数越多越难带领，能胜而不能败。遇到敌人偷袭，或是遇见劲敌勇将突来冲杀，一个抵挡不住，不管他是多少万人，决不能都涌上前。只被冲破一个紧要所在，便难免牵一发而动全身，减低了全军的斗志了。

岳飞这一支人马，金兵本就难于抵敌，岳云、张宪又由金兵空隙之处，先往中腰冲杀进来，金兵稍微挨着，不死必伤。二人先在山头遥望，看出内中一座大帐篷像是主帅所在。互相商计，意欲生擒兀术，一到便冲杀进去。不料兀术诡诈，并不在内，无意中却杀了两名最凶悍的敌将。

岳飞等也自杀到，那假扮金兵混入敌营的“背嵬军”，又在到处呐喊放火，见了金兵就杀。黑夜之间，好些地方的金兵，急切间分不出谁是敌我，互相残杀起来。宋军左右两翼同时出动，转眼便将敌人切成好几段。

前队金兵得信来援，刚往回抢，吉青、霍锐突然由后追击。后队金兵刚往前进，施全、傅庆又分左右来攻。牛皋、岳亨再一乘机偷袭，竟将大部粮草夺去。兀术得信大惊，连忙下令，一面撤退，一面迎敌。无奈连营二三十里，阵势拉得太长，全军业已混乱。四方八面都是宋军喊杀之声，震撼山野。军心大乱，连军令也无法传布了。

兀术知道不妙，只得带了哈密蚩和身边几员勇将残兵，在乱军中夺路往淮西逃去。这一战只杀得金兵尸横遍野，血流成河。宋军杀死秃发垂环的金兵将校三千余名，所得马匹器械旗鼓之类以数万计，牛驴辎重为数更多。

城内金兵先见兀术援兵赶来，正在兴高采烈，准备里应外合。忽听金兵竟被宋军杀得大败，前些日派将出战，又曾尝过岳飞的厉害，哪里还敢停留？想由静安逃经六合县南，再由宣化（镇）渡江时，岳飞早已料到，大败兀术之后，便自率轻骑，前往截杀。又将金兵杀了个落花流水，淹死江中的不计其数，城中搜抢来的财物也被夺回。等到回转建康，居民早就开城出迎。黄机密已照昨日所说，带了幕僚和少数人马先进城去。便将兵扎城外，单骑入城安民，所过之处，城中百姓各备香花水酒，夹道欢呼，争先恐后，都想见识见识这位所向无敌的常胜将军。建康城外已无敌踪。

第二日岳飞便将由金人手中夺回的江南财帛犒赏三军，分散穷苦，一面去向朝廷复命，献俘报捷。跟着上奏说：“建康为国家形势要害之地，宜选兵固守。比张俊欲使臣守鄱阳，备虏人之扰江东西者。臣以为贼若渡江，必先二浙，江东西地僻，亦恐重兵断其归路，非所向也。巨乞益兵守淮，拱护腹心。”

赵构虽然害怕敌人，到底平日受尽金人凌辱，到处逃亡，不是当皇帝的滋味。见各路大将都是徒拥重兵，毫无建立，岳飞官并不大，朝廷未拨一兵一卒，竟以孤军抗敌，得到这样空前的大胜，把数十万金兵全军覆没。只管权奸嫉妒，依然升他为通泰州镇抚使。岳飞又上疏辞谢，只请赵构给他一个能够杀敌的繁重艰难之任，以便由淮东进兵，先收复本路州郡，然后相机北进，收复中原。赵构只以诏书空言嘉勉，竟未答应。

这时达赉攻打楚州，守将赵立率领全城军民与敌死斗，已困守了三四个月，并将金将达赉派去说降的人斩首，以示决心，曾经多次派人去向朝廷告急。宰相赵鼎想派张俊往救，张俊一口推辞，说："金兵厉害，我军决非其敌！赵立困守孤城，危在旦夕。此时发兵往援，白伤人马，并无用处。"赵鼎再三劝说，并命岳飞归到他的部下，张俊仍是坚辞不去。

赵鼎对赵构说："如果张俊怯敌，臣愿和他同行。"张俊还是坚辞不去。赵构只得改派大将刘光世往解楚州之围，并把岳飞调在刘光世的部下。光世也是害怕敌人，不敢前去。赵构五次派人催促，光世无奈，正要渡江，听说金兵厉害，又停了下来。这一耽延，达赉探知赵立援兵已断，越发猛攻。赵立在城头上指挥军民防御，被金兵的飞炮打中头上。左右将士连忙抢救，赵立慨然说道："诸君好自杀敌，我无用了。"说罢气绝。

达赉连攻楚州几个月，死伤金兵无数。知道赵立虽未读书，智勇双全，还恐他是假死诱敌。又过了十来天，才将城攻破。进去一看，城内的军民已逃走了一半多。当朝廷下诏旨时，岳飞刚由行在起身，回到宜兴、镇江一带查看。八月二十三日，宋军到江阴，正在备船，忽接诏旨，忙率轻骑先行。二十六日赶到泰州，还未接事，便先招募敢死之士。九月初二日上任，初三便出城屯兵，请黄机密代管通泰州镇抚使的一切政令。初九日全军开到，即日引兵出发往援楚州时，赵立业已殉国，楚州也被金兵占去。

二十日到承州，遇见大队金兵。转战一个多月，连打了三次大胜仗。杀死金兵大将高大保，俘虏了阿里孛堇和有名酋长七十余人，献俘行在。岳飞走后，泰州又被大盗王昭、张荣围攻。朝命岳飞重又回守通泰，并命大将刘光世相助。岳飞只得赶回，由北炭村到柴墟，连战皆胜，并将张荣占据的茭城攻破。

岳飞忽然闻报，金兵二十万要侵犯通泰，刘光世始终未发一兵一卒相助，岳飞据实奏报。赵构传旨，说："泰州可战即战，可守即守。如其不可，可以退保近便沙州，相机而动。"岳飞知道这次来的都是敌军精锐，泰州无险可守，便将全军屯在柴墟，与金兵在南霸塘对阵，又是一场大胜。和金人相持了好些天，粮饷缺乏，后援不继，把好些战马都杀来吃掉。

十一月初五，岳飞见将士饥饿，迫于无奈，下令先把百姓护送到阴沙，自带岳云、张宪和二百名轻骑断后。金兵已被杀得胆寒，眼睁睁望着岳飞率领全军从容退去，竟不敢追。岳飞全军刚退到江阴，待不多日，大盗李成乘乱骚扰，接连占据了江淮十余州，连兵数十万，有席卷东南之意，并遣贼将马进往攻洪州。

绍兴元年正月，朝命张俊为江淮招讨使。张俊因李成兵多势盛，心中畏惧。知眼前诸将，只有岳飞智勇双全，所向无敌，便向赵构保奏岳飞为招讨副使。二月，岳飞到鄱阳与张俊合兵，三月初三打到洪州。贼兵连营西山，宋军不能渡江。张俊和手下诸将全都畏敌，无计可施。

张保、王横正由庐山回来，对岳飞说岳母婆媳都全见到。岳母知江淮一带敌寇纵横，随在军中，许多不便。李淑也说山居清静，宜于养病。近年岳母畏寒怕热，等兵灾稍平，才能起身。周义奉父遗命，只能暗中出力，决不做官，人已不知去向等语。

岳飞虽然念母心切，正当军情紧急之时，也是无可奈何。次日又对张俊说：“贼兵多贪，不知虑后。岳飞不才，愿当前锋。”张俊只得应诺。

岳飞早将木筏快船备好，自带骑兵三千，绕往上流生米渡，当先跃马，横渡大江。和宋军对峙的是李成的副头领马进，拥兵十余万，贼将甚多，不料岳飞会由上流渡江，骤出不意，攻打他的右侧。贼阵一乱，牛皋、王贵等又照岳飞所说，分兵十几路抢渡大江，全力猛攻，将贼兵杀得大败，收降了五万人。

马进带了残余的五千人马，逃出二十五里，岳飞因追得太紧，战马又快，身边只有张保、王横、岳云、张宪和四五十名轻骑。刚追过一条大桥，那桥忽然坍倒，河面又宽，后面赶来的人马立被隔断。马进回顾望见，忙带贼兵围攻。所用先锋名叫姜震，手使一柄大板刀，最是勇悍。正在怒吼飞驰而来，岳飞一箭射去，应弦而倒。跟着又和岳云、张宪用连珠弩箭连射中了十来个贼将头目，然后一声喊杀，迎上前去。后面牛皋等赶到，用树木搭了浮桥，杀将过去。贼军吓得狼狈逃往筠州。岳飞随后追到，马进已将城内十多万贼兵引出，摆下十五里长的阵势。

十一日，双方交战，岳飞早将诸将埋伏停当。再命张保拿着一面上绣白“岳”字的大红旗，随在一旁。自带二百轻骑向前挑战。贼兵欺他人少，往前围攻，宋军伏兵四起，又将贼兵杀得大败。

岳飞命张保挥动红旗，将士同声大呼：“只要坐地投降，不再从贼，一律免死！”群贼投降的又在八万以上。所得枪刀衣甲马匹之类，连收拾了三天才得完毕。马进准备逃到建昌去向李成求救，又被岳飞带了轻骑，昼夜不停，由小路赶到朱家山埋伏，马进一到，伏兵突起，将贼将赵万等杀死。连杀伤带投降的又是五千多，只有马进先逃，才得保命。

李成闻报大怒，引兵十余万来敌。岳飞在楼子庄和他对阵，将李成杀得大败。由当地到江州、蕲州，追到马家渡，先后杀伤了贼党两三万，收降了七八万，并将马进、孙建和几十名著名贼将头目杀死，得到战马五千多匹，衣甲粮械不计其数。几次招降李成，俱都不肯。最后，李成往投伪齐刘豫，江淮才渐渐平静下来。张俊满心欢喜，自不必说。

当岳飞刚追马进之时，牛皋劝道："大哥平日常说，这些盗贼都由内忧外患交迫而来，不应全当他们仇敌看待。我看马进十分勇猛，何不收降过来，使为我用？"

岳飞答说："这班盗贼多是叛将，与各地民变不同。为首诸贼，乘着国家丧乱之时，到处奸淫杀抢，无恶不作。他们带着好几十万人马，对于金兵从无一矢之投，却在我军将要收复失地之时，到处骚扰作梗，使我军有后顾之忧，即此已该万死！马进出身是个恶霸，以前坐地分赃，欺压良民，现又勾结叛将李成焚掠州郡。这类贼头自来凶悍，反复无常，便是肯降，也要格外慎重；何况这样执迷不悟，非将他除去不可。我想杀的只是几个首恶，余者只要倒戈归正，非但免死，我们还要储为国用呢！"

跟着又命人招降了大盗张用和马进手下溃逃的几万贼党。除裁汰老弱遣散归田外，选拔了一万多的精锐。朝廷以平定江淮之功，岳飞第一，升为建州观察使，暂驻洪州。所招降的盗军，却大半交于其他大将率领。

江淮平定不久，大盗范汝为又攻陷了邵武军。安抚大使李回命岳飞派兵分保建昌、抚州。到处张贴榜文，大意是说，贼兵投降，来者不拒，敢入境一步者死！一些零星贼党望见"岳"字军旗和榜文，谁也不敢入境，百姓欢颂不已。

第十五回

卖国阴谋，秦桧间关联赵构
奋身破敌，岳云匹马斩京超

这时岳母婆媳业已接到洪州衙内。岳飞又奉朝命往攻大盗曹成，兵发贺州。暑热行军，连用计带用兵，把曹成数十万人马杀了个落花流水。曹成杀一阵，败一阵，由贺州太平场溃退，逃到北藏岭、上梧关，收集残兵十余万，据险固守，又被接连攻破。手下勇将杨再兴，因和岳飞是旧友，也被收降了去。所占据的五岭一带州郡也全被岳飞分兵攻破，实在势穷力蹙，只得带领残兵一路溃逃，投降了韩世忠。

当靖康二年，金兵攻破汴京之时，数以千计的皇帝国戚、文武群臣，连同他们的妻女均被掳走。到了金邦，受不尽的虐待凌辱，有的当时受到残杀，有的更受尽了折磨惨痛，终于死亡，能够保得一命的极少。只有秦桧同妻王氏，到了燕京以后，金主吴乞买先将他夫妻赐给达赉为奴。秦桧受苦不过，常和王氏抱头痛哭，说此生在负才华，一为俘虏，永无出头之日。

不料达赉因知秦桧是宋朝状元，又是御史中丞，上来只是故意示威凌逼。等到看出他心胆已寒，才故作不知，借着一个机会，与他相见。立谈之下，便命沐浴更衣，将他夫妻

接进府去又谈论了一阵，命他参谋军事，跟着升为随军转运使，相待甚厚。

秦桧夫妻做梦也没想到转眼就要被金兵凌虐而死的俘虏，居然平步青云，当了大官，不由得感激涕零，出于意外。后又听说，达赉本不知他夫妻拨在奴隶队里，后听兀术说起他的才名，才得访查出来，加以重用。因此，把兀术也当作了救命恩人。

这时金邦兵权大半是在达赉和兀术手里，二人常召秦桧夫妇饮宴，王氏人本机巧阴险，颇得二酋宠信，常预密谋。后来达赉围攻楚州，秦桧夫妻随军南侵，为金兵划策，更得信任。

这日达赉忽接兀术来信，说："宋朝民心未死，我军目前虽然得胜，但是各地义军纷起，另外还有一些新起的勇将如岳飞、吴玠、吴璘之流，都是劲将。照这样下去，非但东南半壁难于吞并，连已夺到手的中原肥沃之地也恐不能长保。为今之计，只有派上一两个有名望的宋朝降官，许以重利，故意放他回国，命以和议打动宋主，作为内应，才能得志。赵构庸懦昏愚，素无大志，一听和议可成，定然求之不得。等派去的降官执掌朝政之后，再用他的权势，专制诸将的时候，这样我军才有机可乘，进可以战，退可以保。和战两面，都在我军掌握之中，无往不利。"

达赉看完大喜，连称妙计。一算宋朝这些降官，只有秦桧有才，可共机密。未被俘以前，当过御史中丞，并曾有过抗金的言论，颇有名望，用作内应，再好没有。正想命他夫妻同回，不料兀术也将秦桧夫妻看中，也有来信，除指示秦桧机宜外，并说："王氏聪明可供机密，遇事不妨与她商计。将来金兵如果席卷东南，便立秦桧为君。赵构如对秦桧不利，立统雄兵百万，为他报仇，秦桧不照所说行事，也决不容。”

一个甘心媚敌当奴才的汉奸，有这样的主子为他撑腰自然得意。觉着敌人得志，自可称帝南方，成为一国之主，即使划江为界，也必享受荣华，永保公侯将相之位，真个喜出望外，感激无比。当着来人便把信供上，穿了整齐的金人衣冠，口称“千岁”，跪倒谢恩，连眼泪也挤了下来。

达赉接到兀术回信，独自一人偷偷赶来商计，正好撞上，连夸：“你真是我金邦的忠臣。”秦桧夫妻忙又跪倒谢恩，不住拭泪。达赉再三以好言劝住，方始破涕为笑。两下密计了好几天，达赉才给了许多金珠，派人护送秦桧夫妻驾上小舟，到了两军交界之处偷偷上岸，由海道赶往越州去见赵构，自称是由敌军中逃回。

众朝臣因被掳的文武群臣甚多，只有秦桧一人生还，连妻王氏也带了来。中间路两三千里，连穿过金人占据之地，逾河越海，安然到达，许多可疑，都怀疑他是金邦派来的间谍。偏生奸相范宗尹和江西安抚大使李回，以前和秦桧交好，又受了好些贿赂，极力替他解释，并向赵构保奏，说秦桧是个忠臣。赵构便命入见。

秦桧早由范宗尹口中探出赵构心意为人，刚一见面，便说：“目前形势，只宜和而不宜战。休说金兵强盛，我军决非其敌，陛下圣明天纵，文武兼资，好容易上膺天命，神器有归，中兴大业，期于指顾。假若两宫还朝，陛下定必退居藩封，内招疑忌，拥虚名而受实祸。何况两宫（指赵佶父子）在日，任用六贼，朝廷失政，人怀怨望，再若重登大宝，必致众叛亲离。岂止大河以南不可复收，便这东南半壁也不能保矣。”随将所拟议和之策和向达赉求和的书稿呈上。

赵构本就害怕敌人，不愿二圣还朝，一见秦桧所写书稿，非但文章甚好，对于金邦的形势和兵力的强大厉害，更说得详详细细，有条有理，不禁又惊又喜。赵构先虽屡次派人向金求和，到底还记着一点君父之仇和全家流离逃亡之痛，是和是战，尚还举棋不定。有起事来，只管怯敌先逃，一面却想倚靠一些重臣大将和新起来的韩、岳诸军，为他保障江淮，以多杀敌人为喜。自从秦桧回朝，在偏殿单独召见，密谈了两次，这才专心一意，想与金人解仇求和。对于秦桧也就一天比一天宠信起来，曾对左右大臣说："桧朴忠过人，朕得之喜而不寐。"

赵构听从秦桧之计，专心求和。金人却是分兵几路，到处焚掠，攻陷州郡，一路连破泾、原、环、庆诸州。不是大将吴玠、吴璘和刘子羽在凤翔大散关东的和尚原孤军奋战，大破金兵，几乎连四川也被夺去。另一路侵犯熙河，副总管刘惟辅战死殉国。

金人因所占据的各州郡义军纷起，当时河北境义兵"八字军"最著名，面上都刺有"赤心报国，誓杀金贼"八字。而山西境义兵则以红巾军最著名（起初在晋城、长治一带，后来扩大到河北、陕西）。红巾军声势浩大，组织极密，用建炎年号，但不用宋朝官号。见有不愿降敌、从金国逃回的官民，便厚赠衣粮，护送出境；路上见有宋官旗帜，立即引去，绝不杀害。遇敌即奋死进攻，决不畏避。他们声称："只等官兵过河，并不要多，我们自有力量杀尽金虏。"他们曾袭击金军大寨，宗翰几乎被擒。金人痛恨红巾，捕逐最急，但只能妄杀平民泄愤，不能获得真红巾。无法镇压，又急又怒，忽下密令，命各路金兵到处搜索河南、河北的善良百姓和路上的商贩旅客，称为客户。有的在耳朵上刺字为号，锁押在云中一带，卖给金邦的军民为奴；有的押往关外各种族部落，以人换马；另外还有许多，竟被挖了大坑活埋。死的不计其数，活的更是受罪无穷。那少数由敌境逃来南方的，逢人哭诉，惨不忍闻。

朝臣据实奏报，赵构听信秦桧之言，只想保全自己富贵，竟然是置若罔闻。才只半年，便把秦桧升为首相。等绍兴二年正月，回到临安之后，秦桧升迁太快，朝臣不满。又因恃宠狂妄，对赵构讲话也太随便——主要还是口口声声高谈和议，金兵却是一味南犯，进攻不已。赵构对他渐去了信心，这才将其暂时罢免。以前派去求和的使臣都被金邦拘留，金邦却从未派一使臣来宋。

岳飞自从平定了曹成，便奉朝命，授为中卫大夫、武安军承宜使。这时，伪齐刘豫已迁都于汴梁，并与金人会同南侵，共起兵五十万，命降贼李成为前锋，攻陷了襄阳府和唐、邓、随、郢、信阳军等地。每占一处州郡，均分派兵镇守，一面打算煽动洞庭湖水寨首领杨么，想用军船攻打岳州、鄂州、汉阳、蕲州、黄州，顺流而下。再由李成带精兵二十万由江西旱路往浙江进发，声势甚是浩大。

赵构君臣闻报大震，严命岳飞防堵。

绍兴四年三月，岳飞由江西、南路舒、蕲州制置使，又除兼（“除”是实授，“兼”是仍兼原职）荆南鄂岳州制置使。立上奏疏，请朝廷许他收复襄阳六郡。

这时秦桧还未二次当政。赵构虽然苦盼求和，但见金人不断南侵，刘豫、李成等叛贼又联合金兵大举来攻，声势比前更大，眼看国土日蹙，逃亡无地，又不得不依靠岳、韩诸将，为他抵御金兵。接到岳飞奏疏，非但全照所说行事，并以亲笔下诏，除收复失地不要越过以前界线外（仍恐激怒金人，心怀畏惧），一切均许便宜措置。又命湖北、荆南各路军统归岳飞节制，并还犒赏岳飞的全军将士。岳飞接到诏旨，越发加紧准备，当年五月，又除黄、复州、汉阳军，德安府制置使。

岳飞在当时诸将中，年纪最轻（时年三十二岁），地位本在张浚、刘锜、张俊、韩世忠诸大将之下，忽然得到赵构的嘉勉和信任，以为可以收复中原，行其素志，自然感奋非常。预计先把郢州攻下，再去收复其他州郡。发兵渡江的那一天，船到中流，见江波浩荡，上下天光，慨对黄机密等说："如此大好江山，决不任其落于敌人之手！此时若不大破贼兵，收复襄阳六郡，我岳飞更无面目见此江水了！"

到了绍兴三年十二月，粘罕才遣前宋使韩肖胄同了金使李永寿、王翊来见赵构，索还刘豫的俘虏和以前曾在西北、后又逃往江南的士民，并要把大江以北的土地都划归给汉奸刘豫。这正是以前秦桧向赵构提出的求和计划。

殿中侍御史常同说："先振国威，则和战常在我。若一意议和，则和战常在彼。靖康以来，分为两事，可为鉴戒。"

赵构说："现在可靠的兵力只有二十万，怎么打得过金人呢？"

常同答道："古人一城一旅可致中兴，从没听说有二十万大兵，还在害怕敌人的道理！何况新招抚的民兵义军更要多出好些倍呢！"

赵构听了竟不搭理，又派枢密都承旨章谊为金国通问使，去向金人求和。无奈金人仍是一面空谈和议，一面分路南侵，并命汉奸刘豫，带领数十万伪军同时进攻。不是韩、岳、吴玠等抗敌名将将其挡住，江南岭表一带几乎又成了敌骑蹂躏之地。

赵构畏敌成了心疾，闹得终日惶惶，无计可施。

绍兴六年八月，帅臣张浚见各路将领多半都将金兵敌住，岳、韩诸将并还常打胜战，便上奏本，大意说："东南形势，莫重于建康，实为中兴根本。且使人主居此，北望中原，常怀愤惕，不敢暇逸。而临安僻在一隅，内则易生安肆；外则不足以号召远近，系中原之心。请临建康，抚三军以图恢复。”

赵构正在犹疑不决，忽听谍报，伪齐刘豫将要联合金兵，大举入寇。赵构吓得赶快逃往平江，命秦桧为行营留守，并参决尚书省枢密院事，二次拜相，威权更重。自从范宗尹、秦桧等相继免官这三四年中，韩、岳诸将分别收复了好些失地，内中战无不胜，立功最多的是岳飞。

秦桧二次当权以后，一心媚外通敌，专和这些抗敌将士作梗，诸将往往功败垂成。若非岳飞这一支孤军治军有条，爱民有方，到处都有义军响应，百姓欢迎，军民一心，百战百胜，接连先后几次大战役，都将敌人的主力攻破，非但收复中原，迎还二圣，成了一种空喊，永无指望，便这南宋半壁残山剩水，也早被金人吞并去了。

宋军兵到郢州，正是五月端阳。敌将京超乃刘豫的勇将，号“万人敌”。部下还有金、齐合派的好些勇将精锐，耀武扬威，兵力甚强。正在准备过节，忽听岳飞兵到，立时登城抗拒。

岳飞早知当地形势，先命张宪向城上发话，说：“你们都是宋人，曾受本朝厚恩，为何叛降刘豫，去做金人的爪牙？”贼兵军师刘揖应声喝道：“今日各为其主，少说废话！”

岳飞大怒，连进攻了二日，军吏忽在夜间来报：“因为大军急行，后面粮船忽遇风浪，暂时还不能到，粮草恐不敷用。”岳飞便问：“余粮还有多少？”军吏答说：“够吃两顿。”岳飞笑说：“我军明早巳时便可破贼，只消一顿饱餐足矣。”

岳飞当夜传令，命全军半夜饱餐，趁着月初天阴，偃旗息鼓，轻悄悄借着地形和树木隐蔽，先进到郢州城脚不远，等天快亮，突然进攻。另派岳云带领了五百“背嵬军”，进攻东北城角敌楼，再命徐庆、汤怀、张显带兵在后接应。

那敌楼因崖而建，甚为高大，下面都是野草杂树，内有两条小路可通城脚。京超自恃武勇无敌，初来不曾留意。岳飞大军攻城又在正面，虚张声势，喊杀震野。京超闻报宋军攻城甚急，忙上正面城楼防御时，岳云早带了五百“背嵬军”进到东北脚了。

守城贼兵由睡梦中惊起，匆匆迎敌。见宋军势猛，正在惊慌，那五百“背嵬军”已头顶特制的牛皮头盔，手持护手钩，一个踏着一个肩膀，分几处连肩而上，守城贼兵立被杀散。

岳云手持铁椎当先，刚一上城，便将迎面赶来的一名贼将一椎打死。众兵校看出对面来的全是金人，一声喊杀，纷纷拔出腰刀，上前猛斫，只杀得这伙金兵狼逃鼠窜，鬼哭神号，好些坠城而死。

岳云照例一见金人，怒火就往上撞，一路穷追，恨不得斩尽杀绝才能解恨。转眼由城上杀到城下，先将城门大开，放进徐庆、汤怀、张显，两下会合，威势更盛。

城内除贼兵外，还有兀术派来的三员大将和好几千人马，做梦也没想到宋军来势这样神速，一清早便将东北城攻破，杀了进来。内二金将慌不迭正要召集手下兵将迎敌，徐庆等已经城中百姓指点，分头杀到。内一勇将万户阿吉里，连马都没来得及骑上，便被徐庆一枪刺死，另一金将，也为汤怀、张显所杀。

金、齐的兵心胆已寒，再听徐庆等同声呐喊：“投降免死！”便忙丢了兵器，纷纷跪倒。有那还想突围逃走的金邦头目，均被宋军追上打死。

岳云更是猛将，见了黑衣金兵，举椎就打，所带“背嵬军”又都武艺高强，动作如飞，转眼便杀到正面城门左近。

京超正在城上指挥贼兵守城顽抗，因见宋军来势甚猛，下令准备滚木礌石，等宋军攻到城脚，往下打时，遥闻城内呐喊之声。两次命人往探，均未回来，也无人来报信。心正忧急，不料岳云来势特快，所向无敌。等到发现，宋军已由城内杀来。

京超知道不妙，刚由城上逃下，一跃上马，正遇岳云。忙将手中大刀猛斫过去，被岳云用铁椎一挡，震得两膀发麻，几乎脱手。才知这员小将比他厉害得多，不禁大惊，回马便逃。京超一走，城上守军纷纷溃窜。几个抢在前面的“背嵬军”又将城门打开，岳飞的大军立时冲杀进来。

京超逃出不远，见军师刘揖同了金邦另一著名勇将马黄带了手下数千金兵赶来接迎。心想：“马黄平日倚仗兀术的势力，盛气凌人，今天正好让他做个替死鬼，挡上一阵，我好逃走。”忙把马一拨，竟由左侧小巷中纵马逃去。初意南面有一土崖与城相连，只要逃到城上，便可越城逃走。不料岳云早认出他是主将京超，怎肯放过？又见前面虽有金兵迎抗，张宪、牛皋、王贵已由后面杀到，随将椎一挥，飞步赶了下去。

京超马快，逃到崖前，岳云相隔还有十多丈。若是弃马上崖，越城而逃，也许有望。也是惊慌太甚，拼命纵马飞驰，等到崖前，业已收不住势。只得把两腿一夹，纵马顺坡而上，相隔城墙也只数尺光景。不料马前立着一块突出崖石，离地有三四尺高，百忙中猛一拎马缰，妄想硬蹿上去。

京超那马把头一仰，一个猛劲，两条前腿正撞崖石角上，右腿立时折断，连马带人一齐翻落。京超左膀已折，惊慌过甚，口虽急呼“将军饶命”，右手大刀却朝岳云撩去。

岳云本来还想生擒，见他昨日那样骄狂，今天却是这样凶狡无耻，不禁有气，扬手一铁椎，那柄大刀竟被反震回去，刀背正斫在京超头上，深嵌入骨，就此毙命。岳云割下首级，又往回跑。

金将马黄最是勇悍，随同刘豫、李成连破了许多州郡，自负功高，兀术却命他当了一名副将，随同京超镇守郢州，心中大是不服。因所部四千金兵都是久战的精锐，一见京超战败，城被攻破，竟妄想把宋军打出城去，好丢京超的脸。正吩咐手下兵将随他拼斗，不许后退，忽见宋军赶来，当头一员手持长枪的小将连马都未骑，只当也和以前所遇宋将一样，凭着手中一对铁槊，一照面便可打死。刚把双槊一扬，匹马当先，未容开口，来将业已冲到马前，耳听一声大喝："张宪在此！"声如洪钟，甚是震耳。心中一惊，忙把双槊一分，扬槊便打。

哪知张宪枪法精奇，看出敌人身材高大，势猛力沉，早已打好主意。枪杆紧贴槊头微微一起，先将敌人的劲卸去，更不容第二槊打到，就势把枪头往下一绕，抖起一个寒光，分心就刺。马黄胸前铠甲立被刺穿，负痛情急中，再用右手槊猛力一撩，张宪就势一挑，当时把尸首挑起，撞向人家屋檐之上，把砖瓦砸碎了一大片。牛皋、王贵再往上一追杀，那些金兵金将挨着就死，自然抵挡不住。

城中百姓平日受尽敌人欺凌抢掠，见宋军把城攻破，统兵大将又是岳飞，全都惊喜欲狂，纷纷爬到屋顶上面观战。一见金、齐的兵逃过，拿了砖石瓦块往下就打。金兵空被打得头破血流，心中恨毒，无计可施。

张宪、牛皋见全城百姓登高助威，一面用砖石屋瓦乱打敌军；一面同声呐喊说："这些狗强盗，奸淫掳抢，无恶不作，我们恨他入骨。诸位将军千万要替我们报仇雪恨，不要放跑一个！"有的并在房上连哭带跳。

这一来，越发激动众兵将的义愤，追杀更急。有那受伤倒地未死的金兵，又被百姓们纷纷赶出，拿了厨刀棍棒乱斫乱打，敌军的死尸到处都是。

剩下一两千残余的金兵，正往城南土坡亡命奔逃，又被岳云和所带“背嵬军”迎头截住。

岳云本来还是想擒些回去，因后面的老百姓纷纷赶来，同声咒骂喊杀，好在没有奉到将令，这些金兵又都情急顽抗，两下一夹攻，又杀死了十之八九。不是傅庆由后面赶来，说要擒些俘虏审问，几乎杀光。

这一仗，共杀死了七八千，金兵占六千以上，下余贼兵全部投降。

岳飞进城安民，问知前事，对众将道：“兀术派来帮助京超守城的兵将，只生擒了数十人，余均被我军民杀死。虽然由于民愤使然，但是两军对阵，降者免死。并非爱惜敌人，以表仁义之师，用意是使敌人上阵时，有了投降免死的生路，便可削弱他们的斗志。否则，打起仗来人人拼命，我军就能必胜，也难免于多出伤亡，何况还可探问出许多虚实呢。这次杀得太多，都是本帅疏忽，又有许多是百姓们打死雪恨，难怪你们。功劳照记，下次对敌，却是不可。”

众将同声应诺。跟着一伙百姓又把刘揖擒来献上。岳飞问知刘揖平日专向金、齐两面讨好，于中取利，表面上决不做恶人，背后尽出坏主意。方才金将中枪落马时，刘揖看出不妙，恰巧左近有一民家，与其相识，主人以前受到贼兵骚扰，他曾经出头阻止。以为对那家有过好处，便溜了进去，许以重利，打算隐藏些日，偷空出城逃走。哪知主人亲族受害太深，照样恨他，话未说几句，便被主人全家合力将他绑起，任他喊爹喊娘，全都不听。跟着同了一些街坊，将他绑送大营。岳飞再想起刘揖前日城上的答话，越发有气。

刘揖还在急喊饶命，说：“金、齐虚实，我全知道……”岳飞已命推出斩首。王贵问道：“此贼颇知敌人虚实，元帅为何不问而斩？”

岳飞笑道：“要知敌人虚实，首在能得民心和久经训练的精明探报，岂能倚靠这类乱臣贼子？休说逆贼丧心病狂，所说未必可信，即使所说是真，必先许其不死，才肯吐实。问明再斩，失信于贼，所失大矣。”

吉青又问：“元帅用兵，向来以少胜多。这次贼兵连兀术所派兵将才两万人，我军倒有五万之众，结果用了不到一万人马，岂非小题大做了么？”

岳飞笑道：“五倍而围，十倍而攻；不胜则保全力以退，退必相机再战。先声夺人，胜者为多。郢州形势险要，京超、马黄都是金、齐猛将，号‘万人敌’。我以全军之力，连夜急行，一举将其攻破，下余贼占州郡，闻风胆寒。只要分兵往击，破之必矣。”众将闻言，更加敬服，暗赞不已。

岳飞随命张宪、徐庆带兵收复随州。贼将王嵩闻报，不战而逃，退保随城。岳飞又命牛皋照着所示机宜，只带三天粮草，往攻随城。牛皋到的第二天便将城攻破，生擒王嵩斩首，收降了五千伪齐兵将。岳飞再命张宪、徐庆收复唐、邓二州，自领大兵往攻襄阳。李成闻报，率领金、齐十多万人马，出城四十里迎敌。王贵首先讨命出战，牛皋、吉青也要同去。

岳飞见贼兵左临襄江，右布平野，密压压一大片，刀枪耀日，旗帜如林，比自己的人马少说也多三倍以上。笑对王贵等说：“你们莫忙！我先以为此贼屡次被我打败，受过几次教训，必有一些打算，不料还是这样愚蠢。自来步兵打仗，要有险阻之地才能得利，骑兵冲杀却非平原旷野不可。此贼竟将大队骑兵列在江边，步兵列于平地。虽然人马众多，一击必败！”

随命王贵、吉青带了三千手持长枪的步兵，往攻李成的骑兵；再命牛皋带领三千“游奕军”往攻李成的步兵，自率诸将随后接应。

李成的骑兵刚在江岸一带摆开阵势，耀武扬威，不料王贵、吉青带兵赶来，手下兵将都持长枪，见马就刺。贼骑马倒人翻，后队不能再进，再吃前面退逃的骑队一冲，军心大乱。王贵、吉青再带兵一路纵跃冲杀，所向无敌。贼军骑兵全数溃逃，互相冲突，有好些都被挤坠江中，激溅起江水高达丈许。

另一面的步兵又被牛皋带领三千精骑冲杀进去，一路刀斫枪挑，勇不可当。贼兵又是一阵大乱，岳飞大军再往上一涌，杀得李成带了残兵溃卒，连夜逃走。

这一战，又将李成一二十万人马杀得大败，收复了襄阳府。刘豫听说李成战败，又派了二十万援兵，连同兀术新派来的金兵和李成原有残兵，号称三十万人马，屯在襄江北岸新野市，还想夺取襄阳，报那屡次战败之仇。

岳飞先命王万带了五千人马驻兵清水河诱敌，再自领大军跟踪往击。李成这次打算以多为胜，不再摆列阵势，一味猛冲。王万先领兵诈败，李成贼兵正往前进，不料岳飞同了全军众将，连埋伏带截击，分七八路杀到，伏尸将三十里。同时张宪、徐庆也将唐、邓二州攻下，襄阳六郡全被收复。

第十六回

大势论当前，请此日定策兴师，营田汉水
悲歌言壮志，问何时长车雪耻，痛饮黄龙

赵构接到岳飞大破李成，收复襄阳六郡的喜报，觉着岳飞部下共只三四万人，加上各路调拨的兵将，不足八万，竟于两月之内，冒着炎天暑热，连破金、齐、蕃、汉数十万之众，也是非常惊喜，立赐手札嘉奖。但以所收降兵较多，恐以后兵少粮缺，问岳飞有何打算。

岳飞乘机回奏说："臣窃观金贼刘豫，皆有可取之理。金贼累年之间，贪婪横逆，无所不至。今所贪唯金帛子女，志已骄惰。刘豫僭臣贼子也……人心终不忘宋。攻讨之谋，正不宜缓。苟岁月迁延，使得修治城壁，添兵聚粮而后取之，必倍费力。……如及此时，以精兵二十万直捣中原，恢复故疆，民皆效顺，诚易为力。此则国家长久之策也。

"襄阳、随、郢，地皆膏腴，民力不支。若行营田之法，其利为厚。及今将已七月，未能耕垦，来春即可措划。陛下欲驻大兵于鄂州，则襄阳、随、郢量留军马，又于安、复、汉阳亦量驻兵。兵势相援，漕运相继，荆门、荆南，声援亦已相接，江，淮、荆、湖皆可奠定六州之屯。

"候营田就绪，军储既成，则朝廷无馈饷之忧，进攻退

守，皆兼利也。葺治之初，未免艰难，必仰朝廷微有以资之。基本既立，后之利源，无有穷已……于今所先，在乎速备粮食，斟量退守之兵，可善其后。臣今亦候粮食稍足，即过江北。虽番伪贼势众多，臣誓当竭力剿戮，不敢少负陛下。”

赵构仍觉岳飞直捣中原的话未免夸张，还要命大将王燮去平杨么。非但岳飞所请的兵没有给他抽调，反将他原统率的湖北帅司统制官颜孝恭、崔邦弼两军，调归王燮率领。

岳飞准备北伐的计划虽未如愿，营田屯粮，招民分耕（方法失传）的计划却逐渐实行开来。岳飞乘着屯兵的空隙，一面派牛皋、王贵将信阳（州）一举收复，一面命众将分兵四出，扫荡溃贼残敌。到处访查民间疾苦，尽量安置流亡和无家可归的穷苦百姓。将所获得的贼寇军粮，发了二十万担，分散穷苦度荒和耕种之用，又把大批军中牛马分与百姓耕田。

这一来，竟将破贼所得军费用去了一半多，王贵、陈经等纷纷劝说：“我军苦战多年，朝廷粮饷往往不能接济。好不容易大破金、齐、李成，得了这许多的军粮牛马。虽然百姓遭逢丧乱，理应安抚，目前正当用兵之际，一旦有事，军资不继，如何是好？”

岳飞笑道：“你们只知其一，不知其二。无论为政行军，都以民食为先。这次所得敌人军粮虽多，终有用尽之时，后难为继，还需取之农家。今当敌骑蹂躏，残破之余，民间耕牛种子全都缺乏。湘、汉膏腴之地，若使军民合力，限田分耕，一年丰收所得，除却民间所余，足供我十万大军数年之用，而民不扰。

“自来安内才能攘外，足食才可足兵。我军若是徒拥重兵，多蓄军粮，民间却是土地荒废，饥寒交迫，必又流为盗贼，变乱纷起。以言守土，则地方不靖，村舍为墟，民怀怨恨，到处皆敌。若以军力平乱，非但民怨难平，徒伤元气，就是平定下来，这样多无衣无食的穷苦之民，杀既不能，将他放走，势又为饿寒所迫，散而为乞，聚而为盗。年时一久，养成恶习，虽有数十万大军，也非数年之内所能全部平息。何况敌人正要我们兵连祸结，自相残杀，以便乘机吞并呢！一兵之费，常耗三五农夫终岁勤劳所积，不先使民能安其业，如何能够养兵呢？如何能收复中原呢？”

岳飞继续说道：“前面正在与敌死斗，后面却是寇盗纵横，道途多阻。即使朝廷粮饷能够按时运来，也难免被盗军中途夺去。何况朝廷粮饱也是取自民间，百姓无田可种，无家可归，竭泽而渔，已无鱼可得，杀鸡求卵，则无鸡可杀，又从哪里去取得呢？大敌当前，加上民心离叛，任你多大本领，也非败亡不可。始计不善，后患无穷了。”

众将知道岳飞深谋远虑，不是寻常。先后不满一年，非但襄、汉平定，民安其业，连川、陕各地贡赋也都通行无阻。湖南、两广、江浙一带也得到了安靖。闻言皆心悦诚服。

襄阳六郡收复不久，赵构听宰相赵鼎保奏，又下诏旨，以襄阳、随、郢、唐、邓、信阳，做襄阳府路，都归岳飞统辖，并除岳飞为清远军节度使，湖北路荆、襄、潭州制置使，封武昌县开国子，移驻鄂州。

所下制词（宋朝升贬文武，照例有一套形式，多由翰林学士起草，名为“草制”，礼节十分隆重。起草前由皇帝口授大意，再将起草人的官署封锁，名为“锁院”，以防事前泄漏），甚是夸奖，有“身先百战之锋，气盖万夫之敌。机权果达，谋成而动则有功；威信著明，师行而耕者不变”的话。

当年九月，兀术、刘豫起兵七十多万，积草屯粮，准备大举入寇。紧急探报一个接一个，雪片飞来，赵构君臣大为震动。由二十一日起，到十月五日，前后连下了五次紧急诏旨。既要岳飞照应荆襄、控扼武昌一带，又要令其相助王燮讨平杨么，还要分兵防守各路要口，严密阻截，不许敌人透漏，并把每日军情和敌人的动静飞马奏报。

紧跟着又因金兵侵犯江淮，围攻庐州，唯恐金兵又和上次一样杀到江南，逼得他君臣走投无路，又下紧急召旨，先把岳飞尽量夸奖了一番，要他即日出兵，星夜往援。诏旨上并有“朕非卿到，终不安心”的话。

岳飞早料金、齐必要合力南侵，已和张浚、韩世忠等通信密计，有了防备。接到诏书，忙留下一部人马镇守襄汉六郡，一面带了全军精锐，即日起兵。命牛皋、徐庆为前锋，岳云、张宪、王万、董先绕道接应，前后夹攻，自率大军跟踪前进。

这时，金兵共是两个元帅，达赉屯泗州，兀术屯竹塾镇（泗州东南，通天长、六合），兵分好几路。兀术的大兵，已被韩世忠挡住。围攻庐州的是达赉的部下大将刘合孛堇，后面还有刘豫的长子刘麟，带了一支人马，将由别处赶来合围。

守将仇悆率领全城军民，正在不分昼夜，坚守顽抗。一面选了勇士，半夜缒城突围，去向岳飞求援。正遇牛皋赶来，一听金兵在城外焚杀甚惨，不禁大怒，忙请徐庆带了步兵后进，自带三千“游奕军”，向前飞驰。

刘合孛堇本是牛皋手下败将，知道岳飞军的厉害，刚一照面，吃牛皋一声怒吼，便吓得退下阵来。手下兵将望见“岳”字军旗，早已胆寒；又见主将败退，全都不战而逃。因金兵逃得太快，岳云、张宪等竟未及截住。

岳飞赶到，对牛皋说：“你们定要快些追杀，否则金兵人多，暂时逃退，非再来不可。”牛皋、徐庆连忙会合张宪、岳云跟踪追击。追出二十余里，果遇刘麟带了几万人马来援，见败逃的金兵，军心先就摇动，众将再往前一冲，金、齐的兵全部大乱，互相践踏和被宋军杀死的不可数计。

当岳飞、牛皋等破敌以前，韩世忠也进兵到扬州的大义镇，伐木为栅，自断归路，准备和岳飞两路迎敌，与金人决一死战。并命统制董旻赶往天长邀击，统制解元迎截另一路的金兵。

刚刚准备停当，赵构又派吏部员外郎魏良臣去向金人求和，由当地经过。见面便说："现在和议已谈得差不多，金人坚持淮南一带不许屯兵，你却把大兵屯在这里。让金人知道，这和议还讲得成么？"

世忠早知道这类专一主和媚敌、希图苟安的粮饷无可理喻，甚而还要暗中作梗，去向敌人走漏消息。难得这次进兵扬州曾得到朝廷允许，正好乘机进兵，先把金人打退，让他尝尝厉害再说。见面以前，早命全军将士饱餐，将军灶拆去，披甲待命，故意对魏良臣说："已奉诏旨，兵退长江，这就把人马开走，淮南不驻兵了。"

魏良臣唯恐世忠进兵，触怒金人，闻言大喜，连忙上马，带了随从疾驰而去。世忠估计魏良臣走远，立时号令三军，说："你们看本帅鞭指何处，便往何处进发！"随命偃旗息鼓，连夜进军。一到大仪镇，便照预计，设下五个阵地，二十多处埋伏，信号一下，全数出击。

果然魏良臣一到金营，便将宋军虚实说了出来，金兵大将聂将贝勒闻言大喜，即日进兵到江口，相隔大仪四五里路。先锋托卜嘉带了大队铁骑当先，已快越过宋军所设的五个阵地。世忠早命健卒多人以小旗传命，一声号炮，全军战鼓齐鸣，五个掩藏着的阵地和二十几处伏兵全数出击。宋军另有暗记，却穿着金兵的服装，旗帜颜色也和金兵十九相似。

金兵刚到，喘息未定，只见四方八面都有人马杀来，也分不出哪是金兵，哪是宋军。另外一支"背嵬军"（北人呼酒瓶为“鬼”，大将之酒瓶必令亲信人负之。故韩、岳皆取为亲随军之名，不仅岳飞才有，当时最号健锐。见赵彦卫《云麓漫钞》）又由侧面冲入敌阵。都是手持长斧，上斫人胸，下斫马足。杀得金兵亡魂丧胆，许多铁骑陷倒在雨后泥塘之内，不能脱身。

世忠自带精骑劲卒四面冲杀，生擒托卜嘉等大小金将二百余人，杀死金兵无数。同时董旻又大败金兵于天长县的鸦口桥。解元早到承州，设下埋伏候敌，上来便得了胜，无奈后来的金兵人多势盛，一日十三战，正在相持不下。世忠一面派大将成闵率领骑兵星夜往援，自带大军分头截击。

这一战又把金兵杀得大败，所擒获的人马衣粮器械甚多，一路追杀，到了淮河。

金兵狼狈逃窜，互相践踏和坠河淹死的又是好几万。经此一来，达赉、兀术才知宋军厉害，暂时本不敢再做渡淮之想；加上雨雪交加，道路泥泞，兵无斗志，岳、韩二军都是越杀越勇，又接到金主吴乞买病重的消息，只得带领大队残兵溃卒，连夜逃回。

伪齐刘麟、刘猊得到消息，金兵业已全数逃退，知道金人要让他弟兄断后送死，又听军中谣传，岳飞踏雪行军，就快杀来。只顾逃命，吓得连辎重都不敢带走，就此匆匆逃了回去。

岳、韩二帅本意雨雪天寒，想让将士们休息两天，养好锐气，两路进军，将敌人一举消灭。没料到吴乞买病重，金兵突然逃退，伪齐的兵立被牵动，都逃得这样快。断定敌人决不死心，早晚还要卷土重来，各自上疏请求乘胜追敌，收复中原。

赵构只管传旨嘉奖，犒赏三军，并封岳飞为武昌郡开国侯，前方将士各有升迁，仍是害怕金人厉害，除命韩世忠移屯镇江外，连下密旨，命岳、韩二帅必须持盈保泰，不可再进。

岳飞无奈，只得留下一些兵将，分屯新收复的失地，等候朝廷派人换防。再命牛皋带兵回转襄汉，防御金、齐。然后轻骑简从，往见赵构，面陈收复中原的大计。

赵构先因金兵大举来犯，由临安移驻平江。表面上说是御驾亲征，实际是惧敌成了心疾，准备又和上次一样，风声稍紧，立由水路逃走。事前并还下诏，命三宫六院由温州泛海，逃往泉州等候，满朝文武，也许随便逃难。就这样，不是宰相赵鼎等主战派朝臣再三力劝，情理上实在说不过去，直恨不能当时便由海道逃走，才对心思。没想到岳飞、韩世忠会把他平日恨到极点，提起又自胆寒心跳的二十万金兵和汉奸刘豫的三十万伪军，杀了个落花流水。

赵构觉着这一来，求和有了本钱，业已心满意足。赶紧召回他那逃亡在外的三宫六院，并命朝臣连夜打扫临安宫殿，准备回转。因这次金兵借着讲和为名突然乘机来攻，想吞并江淮，不是岳、韩二军将金兵打退，连这半壁残山剩水都不能保，赵氏全家也有绝种之忧。又知金兵难免还要再来，非依靠这些抗敌的将士不可，对于岳飞非常倚重。

当时召见，赐了许多金银绢帛，连升岳飞为镇宁崇信军节度使和荆湖南北襄阳府路制置使，并封岳母为国夫人，岳妻李淑为孺人，把好听的话几乎说尽。

赵构因知岳飞抗敌心切，加上王燮被杨么战败于鼎江，这是在他统治范围以内的对头，自然放他不过。正好借平内乱为名，转移岳飞的目标，几次召见（这是绍兴五年二月，岳飞才三十三岁，在当时诸将中，年纪最轻，毫无权贵援引，资格又浅，居然封侯挂帅，为宋朝开国以来没有的事。虽然立功最多，却遭了权贵的嫉妒），并下诏旨，催他即速进兵澶州，讨平杨么。并命张浚都督军事，前往督战。

岳飞不久便平了杨么，赵构自然传旨嘉奖，并命岳飞兼蕲黄州制置使，进封鄂国公，又除荆湖南北襄阳府路招讨使。

绍兴六年，太行山忠义巡社义军首领梁兴等百余人，乘元旦新春，突破金人几重要口，抢渡黄河，往投岳飞。岳飞立以优礼接待，并保奏梁兴等官职。

二月初九，岳飞往临安去见赵构，面奏机宜。朝命知州通判以下，均许岳飞选任罢免。并照所奏，命韩世忠屯兵承州、楚州，准备收复淮扬。刘光世屯庐州以招北军，张浚屯盱眙，杨沂中为浚后翼。特命岳飞屯兵襄阳，相机而动，以为收复中原之计。随除岳飞为宣抚副使，地位仅在张浚之次。

岳飞看到自己少年新进，使掌握这样大的兵权，恐怕招忌，上章立辞。这时赵构因见岳飞既抗外敌，又平内敌，大军所到，战无不胜。那最怕的金兵，竟被打退，太上皇（赵佶）又苦死金邦，少了一些顾虑。秦桧起用不久，因上次内奸做得太露骨，话更夸张，身后的主子又不给他露脸，进兵太急，口说讲和，实际上恨不能当时把宋室江山全吞了去，因此招受到好些老臣宿将的反对。不是赵构想留一条求和的路，命都难保。好容易二次上台，便想下稳扎稳打的主意。只管忌恨岳、韩、吴玠、吴璘等抗敌将领，在朝野公论之下，暂时还不敢加以陷害。

赵构虽是丧心病狂，在广土众民为一家一姓私产的彼时，中原故土能收回来，终是乐意的事。当强敌虚张声势尚未来攻，或是暂时苟安的时候，虽想依靠秦桧等奸臣去向仇敌求和。但当强敌压境、逃亡无地，或是求和不准、风声紧急之际，却仍要依靠这些抗敌将士，为他保护生命财产。于是做了首鼠两端的打算，而岳飞也暂时得到了重用。

当年四月，岳母国夫人姚氏病故。赵构闻报，立遣使臣前往慰问。当时降下特旨，即日起复，并命全军将佐、本路监司守臣均往照料治丧，褒封赏赐，备极哀荣。

岳飞平日至孝，因岳母久经患难，晚年多病，虽知妻子贤孝，照顾周到，仍是万分悬念。稍有空闲，必往陪侍。这次岳母病重，更是亲奉汤药，衣不解带。岳母自知危在旦夕，恐爱子悲痛过度，伤了身体，临终遗命，再三叮咛，说："人生终有尽时，现在强敌未灭。国家多难，我儿若真孝母，应以国家为重。"

听了岳母的吩咐，岳飞只管强忍悲痛，诺诺连声，母死之后，依然忍不住悲伤，自和岳云赤足扶柩，冒着炎暑泥泞，亲往庐山葬母。连上奏章哀述，愿终三年之丧。赵构连下三次诏旨，最后又命众将前往请求："再不出山，去的人都要受刑！"岳飞只得拜命返防。

到了八月，岳飞觉着当年虽然丰收，百姓刚刚重建田业，用粮尚多，军粮还不敷用。探出金人和刘豫在各地边境屯有军粮，先命王贵、董先和另一统制郝晸，攻破河南的庐氏县，杀死守将，收降了数万敌兵，得了十五万石军粮。

再命杨再兴进兵到西京（洛阳）长水县，杀死敌将，攻破县城，得粮数万石，散给穷苦百姓。随将西京近险要之地全数收复，并获得刘豫所养战马一万匹、粮草数十万石。跟着又命吉青、梁兴诸将潜袭蔡州，把金兵存储的大量粮草烧毁，又命牛皋、岳云、张宪分带"背嵬""游奕"二军向敌人不时进攻。因其出没无常，每战必胜，军威大振，中原豪杰、各地义军纷纷响应。

刘豫连接急报，十分胆寒，不敢和"岳家军"硬碰，忙向金人告急求救，并命刘麟、刘猊、许清臣、李邺、冯长宁联合宋叛将李成、孔彦舟、关师古，合军六十万，分五路进犯淮西，刘光世、张俊等将帅都害了怕，一个想弃庐州，一个想弃盱眙。一面联名上奏，请召岳飞带兵东下，欲使独当其锋，以保全自己的地位兵力。

朝廷闻报大震。都督张浚向张俊等传命，说："遇敌而退，何以立国？平日养兵何用？今日之事，只有迎敌，决无退却！"刘光世接到命令，依然放弃庐州，退保采石矶。张浚大怒，又上奏说："万一岳飞出兵，金兵乘虚而入，贻患何穷？"最后请下赵构亲笔手札："前方大将如不听命，便以军法从事！"张俊、刘光世这才重返防地。

赵构知这两人虽是亲信大将，用来抵御敌人却是不行。结果，仍命岳飞出兵迎敌。岳飞正患目疾，闻命即行，联合诸将帅又将刘麟等打败，方始退军襄汉。随命王贵、董先、岳亨、牛皋、吉青、岳云、张宪分兵攻破伪齐所占各州郡，杀伤敌将，俘虏甚众。正要乘胜攻取蔡州，就势收复中原，赵构听信奸臣秦桧之言，下诏阻止，不许再进。

这时王贵等前锋已快将蔡州攻破。叛将李成等正合金、齐援兵来攻，想夺王贵归路。岳飞早知宋军一退，敌兵定要大举来攻，已想好以退为进，就势消灭敌人的主意。

李成刚赶到白塔镇，首遇岳云、张宪夹攻而来，上来就被杀败。等退到牛蹄镇，又遭牛皋、吉青等勇将沿途切断。岳云、张宪、王贵诸军再一前后夹攻，杀得这些贼兵纷纷溃窜，望影而逃。

绍兴七年正月，赵构除岳飞为宣抚使兼营田大使。岳飞立时面奏军情，说："金人立刘豫于河，实在是想荼毒中原，以中国而攻中国，他却借此休兵养马，乘机吞并，包藏祸心，阴谋不浅。如果不将刘豫父子除去，先把河南河北的失地收复过来，使敌人的势力越来越强，未来祸害，何堪设想！望陛下许臣便宜行事，一有机会，臣就带领大军，直攻汴京、洛阳，再据河阳、陕府，潼关以招降那些叛将。京畿陕右，自然收复；陛下再命韩世忠、张俊收复京东诸郡，也必成功。臣再分兵濬、滑，经略两河，刘豫父子定必成擒，金兵也必破败。此为国家永久之计。

“如其暂时还有碍难，便命汝、颖、陈、蔡坚壁清野，商於、虢雒分屯要害。敌人见我军退保上流，势必往南进犯。等他来时，臣便亲率诸将以逸待劳，先挫他的锐气，或是乘他久战疲厌，分兵击破。敌兵远来，利于速战，连遭挫败，必又退兵。臣便多设伏兵，断其归路，拦腰截击，多消灭他的主力，然后徐图再举。

“假使仇敌见我上流进兵，又和上次一样并力侵淮，或是声东击西，攻扼四川，臣即领兵长驱，直捣他的巢穴。敌寇疲于奔命，早晚势穷力竭。纵使今年不成，明年也必有望。臣闻：兴师十万，日费千金，内外骚动七十万家，此岂细事？然古者命将出师，民不再役，粮不再籍，盖虑周而用足也。”

“今臣部曲远在上流，去朝廷数千里，平时每有粮食不足之忧。是以去秋臣兵深入陕洛，而在寨卒伍有饥饿而死者。臣故亟还，前功不遂，致使贼地陷伪，忠义之人旋被劫杀，皆臣之罪。今日唯赖陛下戒敕有司，恪恭乃事，俾臣得一意静虑，不以兵食乱其方寸。则谋定计审，方能济此大事……”

赵构见岳飞忠义奋发，所奏有条有理，由不得也颇感动，一再传旨嘉奖。

岳飞回转防地，正在加紧练兵屯粮，激励将士，准备大举收复中原，无奈秦桧极力主张和议，向赵构密陈：“自来国无二君。漫说金人强大，岳飞不能成功；即使成功，迎还渊圣（赵桓）之后，陛下何以自处？”

赵构听了当时变计。非但岳飞所谓各条全未办到，并借故将当时主战派的帅臣张浚贬窜远方州郡，连都督府也裁了去。不是赵鼎力劝，几乎被害。岳飞屡请发兵收复中原，赵构都不允许，只说上几句好听话，敷衍了事。

岳飞先甚忧急，后经多日策划，觉着刘豫乃粘罕所立，兀术、达赉都与粘罕不合，稍有机会，便可除此大害。速命心腹查探敌人虚实，每日都在盘算如何不用兵力，先将刘豫父子除去，以免朝廷多有顾虑。

这日岳飞闻报粘罕死后，刘豫自知身后无人做主，兀术、达赉都不喜他，妄想立功自见，向兀术请求自做前锋，合力进兵来犯清河。知道朝廷听信奸臣之言，不许随便迎敌，只得严令将士暗中戒备。心中忧急，夜不成眠，便把忧国忧民、满腹悲愤苦痛的情感，发泄到文词上去。第二日早起，回忆昨夜徘徊月下的感想，先填了一阕《小重山》，原词是：

昨夜寒蛩不住鸣，惊回千里梦，已三更。起来独自绕阶行，人悄悄，帘外月胧明。

白首为功名。旧山松菊老，阻归程。欲将心事付瑶琴，知音少，弦断有谁听？

填完前词，正值大雨刚停，意犹未尽。跟着拔剑起舞，慷慨悲歌，又填了一阕古今传诵的《满江红》。原词是：

怒发冲冠，凭栏处，潇潇雨歇。抬望眼，仰天长啸，壮怀激烈。三十功名尘与土，八千里路云和月。莫等闲、白了少年头，空悲切！

靖康耻，犹未雪。臣子恨，何时灭？驾长车，踏破贺兰山缺。壮志饥餐胡虏肉，笑谈渴饮匈奴血。待从头、收拾旧山河，朝天阙。

这两首词，是岳飞的代表作，真个沉雄悲壮，气势豪迈！处处表现出他那孤忠激烈、痛饮黄龙的心情和誓欲恢复中原、为国雪耻的平生抱负。

第十七回

媚外图偏安，更何知君父羁囚，黎民涂炭
攻心除隐害，决不许河山破碎，逆贼猖狂

过了几天，岳飞正和黄机密等幕僚商计军情，张宪来报，擒到一名间谍。猛生一计，便和黄机密说了。黄机密道："此事不成无害，成则不费一兵一卒，便除去一个大害了。"岳飞点头称是。密谈了一阵，随向张宪指示机宜，命先安排好了奸细的住处，再选上一些将士先住进去，然后升帐审问间谍。

间谍乃是兀术心腹杨勇，被擒以后，只说凶多吉少，心胆先寒。隔了一会儿，忽听传呼元帅升帐，跟着便有军校提审。勉强挣扎着随到宣抚大堂一看，岳飞坐在当中，两旁卫士刀枪雪亮，威风凛凛，还未近前，便听呼喝堂威。

军吏禀告："金邦奸细身有腰牌，请按军法斩首！"杨勇越发胆落魂飞，伏地不起。心正叫不迭的苦，连想："死定了！死定了！"

忽听岳飞大喝："奸细抬头答话！"吓得他战战兢兢刚喊得一声："元帅饶命！"目光到处，瞥见岳飞双眸炯炯有光，英威逼人，正在朝他注视。心里一震，由不得把头一低，哪里还敢仰视！心正急得打鼓，周身发抖，忽听传令：

"退堂，将奸细带往里面审问！"跟着又听脚步走动。

他偷眼一看，岳飞人已入内，两旁卫士刀斧手刚刚退去，身后便有人来解绑。回顾一看，正是岳飞身旁那位姓张的少年将军。只得随着，连过了几层院落，到一小院之内。进屋一看，只岳飞一人独坐，桌上杯盘狼藉，满屋酒气熏人，仿佛先前酒还未曾吃完，便出审问神气。以为岳飞想骗他的口供，心中略定，忙即跪下。杨勇暗忖："自己当了多年间谍，连经风险，都被逃脱。除非当时将我斩首，我算认命，只要有过十天半月拖延，就能想出脱身之计。反正你和我是对头，我只能说点皮面话把你稳住，才好脱身，要骗我真实口供，却是休想。"

心正盘算，忽听岳飞道："张宪，将门关好，不许有人走进。"随将桌子一拍，骂道，"大胆张斌！本帅命你带了蜡丸密书到汴京去，请齐皇帝借着约会金人侵宋为由，诱兀术落网，里应外合，大破金兵，以免互相残杀，受那外敌欺凌。去年庐州一战，刘麟偏又胆怯，迟不下手，以致金兵先退，失去机会。都是你一去不来，误了大事。新近又派人去和齐皇帝商量，日前回报，今年冬天，定将兀术诱到清河入伏杀死，免他下手碍难。然后双方夹攻，把金兵全数消灭，宋、齐两国平分疆土。我事快办妥，你才回来，又将身藏的金兵腰牌被人看破，差一点没把我的机密泄露。你自己想想，该当何罪？"

杨勇误以为有了生机，忙说"因被金兵掳去，想乘机探听虚实，假意投降，新近才得逃回，原发腰牌已失"等语。

岳飞笑道："这类腰牌，都由被擒奸细手中得来。我正奇怪你那腰牌上的姓名本是王忠，怎会变作杨勇？照这样说就对了。你此行受苦还不小呢。"杨勇知道岳飞不是容易受欺的人，便把金兵虚实连真带假说了好些。乘机又说："这次是由淮北逃来，前在东京还结交了好些义民，以后往来方便，探敌容易。”

岳飞大喜道：“你所说金兵虚实，有好些齐皇帝也曾来信说过。你居然探得这样详细，足可将功折罪了。侦敌队现在添了一些新人，归张宪将军带领，地方已换，可随去歇息数日，不久还要用你呢。”

杨勇极口称谢，刚随张宪要走，岳飞又喊回来说：“转眼就要大破金兵，你们这些敢死之士用处最大。近恐泄露军机，每人蒙着一片黑纱，谁也不会认出面目，也不许离开一步。违令者斩！你莫要久出新回，误犯军规。”

杨勇诺诺连声，随同张宪由一又暗又窄的夹道走到一所僻静营房里去。张宪先取黑纱将脸给他蒙上，然后一同走进。里面先有十来个面蒙黑纱的壮士，起立行礼，喊了一声“张将军”，便不再开口。

张宪又把杨勇引往一旁，嘱咐了几句，方始走去。食宿均有专人照料，十分精美。杨勇久当间谍，甚是奸猾。恐被岳飞看破，一心一意苦盼早日脱身，非但不向人打听虚实，偶听旁人谈及军事，必以婉言劝告，表示他是岳飞的心腹。有人问他此行经过，也只敷衍了事，不肯多说。

由第二日起，便见这些蒙面壮士不断来往调动，也有探敌回来受到奖赏的。多是一进门先把敌人咒骂一阵，对于认贼作父、甘为敌人爪牙的败类，更是切齿痛恨。杨勇知道一露马脚休想活命，无奈这一队死士关防甚严，每次调入出外探敌，都是张宪亲来，谁也不敢私自走出。做贼心虚，万分忧急。好容易盼到第四天上，张宪忽把他带到岳飞密室之内，将他大腿肚割开，把一封蜡丸密书封藏在内。

岳飞跟着走进，说：“现在命你带了蜡丸密书，往见齐皇帝，速讨回信，必有重赏。再若延误，休想活命！”随给百两银子做路费，令其速行。

杨勇自然喜出望外。临行，岳飞又将他几次喊回，再三叮咛，加给了一些金珠，以供途中紧急之用，最后才由张宪亲自护送，江边已有小船等候。杨勇谢了张宪，由船家扶上船去。仗着带有岳飞的令符，宋军境内，水陆通行。过界以后，更不必说。

杨勇急于回去报功，日夜赶路，往见兀术，说了经过。兀术见信，又惊又怒，忙向金主奏报。刘豫偏不知趣，恰在这时请立刘麟为太子，并催请金主命兀术、达赉早由清河进兵，大举灭宋。所说的话，正与岳飞假送刘豫的信相合，不由金人不信。金主忙命兀术、达赉借南侵为由，往袭刘豫。

兀术快到汴京，先遣人把刘麟召来商计军情。一见面便发动埋伏，连所部人马全数擒住，跟着进兵汴京。刘豫正在讲武射箭，向左右夸口："金兵一来，此行灭宋无疑。"兀术已突入东华门下马，命刘豫出见，一把抓住，同到宣德门，命人押往金明池囚禁起来。

第二日召集伪官，宣读金主诏旨，内有"建尔一邦，逮兹八稔，尚勤兵戍，安用国为？"的词句。随将皇帝名号废去，另设行台尚书省和汴京留守。一抄刘豫的家，共搜出黄金一百二十多万两、白银一千六百多万两、米九十多万石、绢二百七十万匹、钱九千八百七十多万缗。刘豫几次苦苦哀求，表示忠于金邦，死无二志。兀术、达赉理都没理，反骂了他一大顿。

岳飞得信，立上奏疏，请乘刘豫新废，攻其无备，长驱收复中原。韩世忠也上奏说，机不可失，请大军北征。赵构虽连回话都没有，金兵南犯清河之举却因此作罢。

绍兴八年的秋天，金人屯兵汴京、顺昌、淮阳、陈、蔡、徐、宿等地，积草屯粮，准备大举南侵。因岳飞、韩世忠、刘锜等不可轻侮，便乘赵构屡派王伦赴金求和的机会，想下缓兵之计，答应将河南州郡还给宋国。

岳飞识破敌人阴谋，往见赵构，详陈利害。赵构只拿迎还太上皇梓宫（赵佶的棺材）做题目，说："和议必成，业已谈妥。"岳飞力言："敌人不可信！我国不能言战，岂能言和？相臣（秦桧）此举，不为国家根本打算，必有后患，将来难免被后人讥议。"赵构却也无话可答。

秦桧闻言，更恨极了岳飞，便和金人私通消息，想好阴谋，将河南一些州郡真个还给宋国，因此威权日重。赵构还恐岳飞不愿意，又下亲笔手札，归功于岳飞，说："全靠卿能抗敌，才能得到这样好的结果。"岳飞好生不快，对黄机密等幕僚说："敌人虎狼，哪有信义？权奸用事，后患无穷矣。"互相愤慨了一阵，知道赵构不听劝说，便在暗中加紧练兵，开发营田，以为未来之计。

绍兴九年三月，赵构因收还了一些残破的州郡，大赦天下。十一月，又因和议成功，升赏文武百官，加封岳飞，进秩一等。

岳飞连上三次奏疏力辞，大意说："这是国家的耻辱，不是可喜可贺之事。以此论功行赏，徒使敌人讥笑；将来敌寇叛盟，更失朝廷体面。敌人以和议为饵，欺骗我国已十多年。廷臣庸懦无谋，使国家蒙此奇耻，流毒无穷，举国臣民皆所痛心。今金人忽然无端请和，不是包藏祸机，便因内部空虚，为此诡计。明为还土地，实是当作寄存一样。臣实不敢拜命。"

秦桧知道赵构希图苟安，又怕赵桓还朝，便说："岳飞跋扈倔强，拥有重兵，须防变乱。"劝赵构以温言劝谕，强令拜命。一面却严令岳飞："新界军民，不许结纳。如有北方逃来的百姓，都要送还金邦，不许宋军渡河往来。"岳飞自然愤激，并未照办。

绍兴十年五月，金人准备停当，果然大举渡河，分道南侵。这时达赉因为谋反被杀，主帅只兀术一人，兵力比前更强。自领孔彦舟等叛将直攻汴京，命乌噜取归德，李成取河南，分攻各州府县，左监军萨里干由河中攻打陕西。秦桧奏保的东京留守孟庾、南京留守路允迪，全都开城投降。下余河南州县官府，多半是秦桧的奸党，不是弃城逃走，就是投降。只有拱州守臣工慥、亳州提辖魏经战死殉国。陕西各州县守臣，也是不降即逃。

宋室君臣一日数惊，远近震动。兀术只个把月工夫，便将去年退还宋国的一些州郡又夺了去，越发志得意满，以为兵强将勇，又有秦桧内应，专和几个抗敌的名将作梗，定是势如破竹。没想到上来所得州县，沾了秦桧的光，守土官将都是粮饷，自然抢夺容易。再往前进，便吃了大亏。

也只有个把月的工夫，宋将吴璘首先大败金兵于扶风，萨里干几乎全军覆没。同时，刘锜率领所部兵将去往东京赴任，途中闻说金人败盟，由涡口（淮河附近）兼程而进，又大败金人于顺昌。

岳飞这面更是一得急报，立命张宪、王贵、牛皋、杨再兴、李宝等十多员勇将分兵攻打西京、汝南、郑州、颍昌、陈州、曹州、光州、蔡州等地。命梁兴渡河，联合太行山忠义巡社和两河各地义军攻取河东河北诸州县。又命岳亨、吉青、汤怀、张显东援刘锜，霍锐和杨么手下降将黄佐、杨钦等西援郭浩。自领大军长驱向敌，准备一举收复中原。

不消多日，牛皋、杨再兴首先在京西打了一个大胜仗，李宝连攻曹州、宛亭县和渤海庙（镇），三战皆胜，杀死金邦大将鹊眼郎君和另三名金将。

闰六月，张宪大败金兵于颍昌府，将城收复。跟着进兵，将金将韩常杀得大败，又收复了陈州。韩常是金邦有名大将，气愤不过，调来援兵镇国大王邪也孛堇，带了六千铁骑，乘虚偷袭颍昌，又被董先、姚政杀得大败。

当天，王贵部将杨成收复郑州，将金邦大将漫独化杀了个落花流水。七月初一，张应、韩清收复西京，牛皋、傅选在京西又打了一个胜仗，跟着又在黄河岸上大获全胜。另一路孟邦杰收复了永安军，又命部将杨遇收复了南城军，跟着联合刘政攻打西京。伪军守将李成、王胜等带兵十余万，放弃洛阳，逃往孟县。

这些全是岳飞先后选拔起来的勇将，所有将士都受过极好的训练，明于战术战略，领有机宜。所到之处、战无不胜。共只两个多月光景，便将河南州郡全都收复。岳飞将大军留驻颍昌，命诸将分道出战，往破金兵。自领一队轻骑驻扎郾城，准备即日北进，军威越盛。韩世忠又乘机收复了海州。金兵到处挫败，兀术大惧。

赵构既怕赵桓回来，要他让位，又觉汴京业已残破，江南风景秀丽，更多享受，只要保住这半壁残山剩水，已是心满意足；又听了秦桧的谗言，觉着打了胜仗，求和容易。忙命司农少卿李若虚赶往军前，面谕岳飞：“只可退守，不许前进。”岳飞不听！若虚见连打胜仗，士气高昂，岳飞更是为国公忠，智勇过人，好生感动，便对岳飞说：“你只管进兵，朝廷若问，就算是我把旨意传错便了。”岳飞大喜，接连出兵又打了几次胜仗。

赵构连接各路捷报，前方将帅都主张以全力将金兵消灭。岳飞所奏更是慷慨激昂，义正词严，实在无话可说，只得再下诏旨，劝岳飞保全实力，不可冒险。

岳飞看出金人只想倚仗奸臣秦桧，伎俩已穷。先不回奏，只命将士每日挑战，咒骂不已。兀术恼羞成怒，打算倚仗人多，与岳飞一决胜负，召集龙虎大王、盖天王和韩常等大队人马一同出战。

岳飞先命岳云带领三千人马往冲敌阵，如不能胜，便按军法从事！

岳云经过这些年的锻炼，本领更高，所部“背嵬”“游奕”两军，又是岳飞军中特有的精锐，都能各自为战，一以当百，当时冲入敌阵。由早起战到午后，连伤了好些敌将，金兵杀伤甚众，并夺了数百匹战马。不料兀术怒火头上，亲自督战，派了大队金兵杀来，忙又回兵冲杀。虽然所到之处，无人能敌，无奈金兵越杀越多。眼看陷入重围，正打算率众拼命，忽见西北角上敌阵大乱，知道来了接应，连忙冲杀过去。

原来兀术正在西北高坡上指挥督战，严令部下金兵，只许前进，不许后退，非生擒岳云不可！忽听下面喊杀之声，仔细一看，由北面杀来一支宋军，当头一员手持长枪的大将，威风凛凛，勇不可当，迎敌兵将稍微挨近，不是被他刺死，便被枪杆打落马下。素以勇悍著名的盖天大王手持双铁锤，上前迎敌，才一照面，便被来将手起一枪，拨开双锤，当胸刺透。连尸首也由马上挑起，甩向一旁，双锤同时飞落出去，又砸伤了好几个金兵。随来宋军好似生龙活虎一般，勇猛非常，转眼便被杀出一条人弄，直奔这面山坡而来。刚呆得一呆，忽听哈密蚩在旁低语道：“殿下还不快走！”一句话把兀术提醒，话也顾不得说，忙即上马，往坡后逃去。

哈密蚩先见岳云只带少数人马，便来冲锋陷阵，知道岳飞用兵如神，早防中计。一见这支宋军突由后面杀来，越料不妙。忙代兀术传下急令，命龙虎大王和勇将阿里朵孛堇先将来将敌住，一面命全军速退第二层阵地，紧守待命。刚把令传完，宋将人马已快杀到坡前。龙虎大王、阿里朵孛堇哪知厉害，同声怒吼，连忙催马杀上前去。哈密蚩见势不佳，手朝兀术的女婿夏金吾一招，一同上马，就此溜去。

来的这员战将正是杨再兴，奉了岳飞急令，由京西回军绕向敌军之后，接应岳云，先挫敌军的锐气。再兴赶到当地，因见金兵势盛，喊杀震天，正恐岳云有失，忽见南面山坡上立有一面杏黄色的大纛旗，知是敌人主帅所在，忙一摆手中枪，绕向侧面，一声大喝，匹马当先，冲杀过去。

再兴本领高强，部下四千兵将都是精锐，本来出其不意冲向敌后，擒杀敌人主将并非无望。无奈兀术屡为岳飞所败，存有戒心，身旁保卫的心腹兵将甚多，初上来都能拼命迎敌，再兴虽然得胜，却耽延了些时候。眼看杀到坡前，瞥见两员金将怒吼杀来，更不答话，先将阿里朵孛堇的大刀一枪磕飞，人也坠马逃走。龙虎大王正由侧面来攻，吃再兴一枪杆将马头打碎，连人扫中，马倒人翻，被金兵抢救了去。再兴满想生擒兀术，连忙冲上山坡一看，人已逃光，手起一枪，将大纛旗打断，跟着又往人多之处杀去。

岳云正带领人马冲杀过来，两军会合，杀得金兵尸横遍野。一直追到金兵第二层阵地，接到收兵信号，方同将所得的战马和敌将的首级带回交令。

兀术先以为岳飞必有巧计，事后才知共只岳云、杨再兴这七千人马，竟将他多出十倍的兵将杀了一个大败。当时愧愤交加，越想越气。

兀术先练有一支骑兵，号称“拐子马”。每三人三骑为一联，人马皆披重铠。马头上佩有利刃，马上人都端着极锋利的长枪。每联马前还配有一个特制的拒马刺，上起阵来宛如一层接一层的铁墙，戈甲鲜明，神眼生光，遇人人死，遇马马伤。遇到平原旷野，冲起锋来，万蹄踏尘，惊天动地。后面再有千百人擂鼓助威，声势越发惊人。兀术平常看得最重，这次出兵，先在顺昌府因遭大雨，“拐子马”为刘锜所败，连死带伤去了一小半，非常痛惜。因往襄汉这一路，平原无多，再往前进，更多水路，本来留在前面，不舍轻用。也是一时情急无计，以为当地战场是平野，可以一试，便调了来。当日命韩常暗带三千“拐子马”先出挑战。

岳飞遥望金兵前面旗帜特多，后面尘土高扬，远望好似裹着一团浓雾。想起刘锜前些日来信和以前的谍报，忙传密令，命众将分头准备。再命岳云、杨再兴同出迎敌。告以“敌军后面藏有精锐，也许就是兀术所练‘拐子马’‘铁浮图’之类，这次不比上次，你二人能胜则进，不能胜则退，切记不可多伤将士”。

二将领命出战，望见对阵敌兵手挥大旗，极少持有兵器，越知有诈。岳云首命将士留意，不要急进，随同再兴当先迎敌。来将正是韩常，刚一交手，便自逃退；前面金兵跟着纷纷逃窜。再兴要追，岳云连忙拦住道：“敌将不战而逃，敌兵都往两旁逃散，必有诡计。”再兴方说“无妨”，忽见金兵散处，后面突然涌现出大队铁骑。再兴笑说：“这东西平地相遇，果然厉害，可命众将士后退，我两个先讨他一点彩头再走如何？”

岳云回头，“背嵬军”部将王纲带了五六十名骑兵由后赶来。大喝：“这东西也和它硬拼么？急速传令快退，我和杨将军稍微试它一下就回来了。”话刚说完，一看再兴已单骑向前，便跃马赶上前去。

为首金将刘大保，首吃杨再兴迎住，共只两个回合，便中枪落马。另一金将正是阿里朵孛堇，吃岳云迎住，才一接触，便被岳云铁椎震得两膀皆麻。身后大队“拐子马”一拥而来，连后退都难，吓得慌不迭往斜刺里逃去。

再兴、岳云虽看出“拐子马”来势凶猛，仍想试它一下，不顾追敌，各催战马，冲杀上前。初意是想查看“拐子马”是否可以攻破，又想迎头打死一些，看看马倒之后是何光景。谁知兀术“拐子马”每三人三骑为一联，每十联为一小队，均能各自力战，并有大小将校带领，先二敌将只是同来诱敌，并不相干。

再兴胆大气粗，临敌最勇，手中所用铁枪又长，见岳云忽然立马观望，喊声“快杀！”便单人独骑，挺枪直上。上来一枪，刚将当头一联的马上敌兵长枪打落，连伤了两个，还想多杀几个时；没想到这些铁骑久经训练，上起阵来，一味前冲，人虽杀死，马却不停，又都披甲，只露四脚，并有一个形如铁环的拒马刺挡在前面。坐下马先禁不住，左右两边的“拐子马”再纷纷冲杀上来，越发难当。

再兴不是闪避得快，坐下马已不死必伤了。盛气头上，还不肯退，回手猛力一枪，刚将左边冲来的一联破甲透颈而过，连伤两马；马上敌兵也有一人滚落，被旁边的马踏死。右边又有数十联“拐子马”涌到，靠近的一联敌马，手中长枪已朝再兴人马猛刺过来。眼看形势危急，人不受伤，马也必死。

忽听大喝，一条人影带着一团寒光，突由斜刺里横飞过来。跟着便听呛啷啷一片急响，目光到处，正是岳云。连马都没骑，赶来接应；纵身一铁椎，先将敌兵的三支长枪全数打飞，再猛力将椎一挥，内中两马的头立被打碎，下剩一马也受了伤。

再兴还没有看清，岳云已不再恋战，回手朝再兴马股一拍。这类久经训练的良马，得到退回的信号，立往来路跑去。再兴因岳云孤身应战，又未骑马，自不放心。刚要回援，忽听收兵信号，同时瞥见岳云已连蹿带跳，飞驰追上。口里一声呼哨，所骑战马便由前面奔腾而来，到了近前。岳云纵身上马，这才并骑同回。

原来岳云看出“拐子马”前有一个拒马刺，无法近前，恐爱马受伤，又见再兴危急，忙即下马纵身赶去，将再兴接应下来。“拐子马”身披重甲，三马连环，看去声势猛恶，行动到底较慢，自然追他不上。

二人回离阵地不远，正恐敌骑追来，难以抵挡。忽见两名骑兵由满地野草中左转右折，飞驰而来。见面便说：“元帅恐敌骑猛冲，已有防备，前半有陷坑和绊马桩，后半是照第四十三行营图设的，请二位将军过时留意。”说时，王纲带了五十名人马，也由侧面飞驰而至。

岳云问他：“怎么不曾回营？”王纲答说：“因见金将落荒逃走，就便赶上，将他杀死，因此晚来了一步。”三人回营一看，全军业已后退十五里。岳飞同了徐庆、陈经、黄机密等正在立马遥望，见面问了几句，便命同退。

那统领“拐子马”的名叫噶噜，闻报两员挑战的金将均被宋军杀死，大怒追来。遥望宋军阵地营垒森列，旌旗如林，只是静悄悄的不见一兵一卒。随听侦骑来报，说前面设有绊马桩。正命破桩而进，忽听前面金鼓齐鸣，号炮四起，左右两旁草地里，立有大批火箭射来，同时又接兀术急令说，宋军不战而退，必有准备，命速回兵。噶噜只得带了三千“拐子马”退回。

第十八回

急诏促回军，大憝当前，万民茹怒
分耕为再举，轻骑断后，全师乃还

兀术原因前在顺昌府遇到雨后泥泞，吃刘锜将“拐子马”破去了好些，心中痛惜。闻报两员大将都被宋将杀死，宋军一人未伤，不战而退，知道岳飞比刘锜更不好惹，唯恐中计，乃下急令将噶噜召回。说起前事，越以为所料不差。后接探报，说岳飞业已拔营后退了十五里，两旁火箭只放了一阵，便不再见。不禁大怒，忙命夏金吾去下战书，就便暗窥宋军虚实，准备进攻。夏金吾竟一去不回。

正等得心焦，岳飞忽命牛皋来下战书，大意是说：“我已调齐全军，准备与你军决一胜负。何时交战，悉听尊便。”兀术笑问：“岳元帅号称常胜之军，人都说‘撼山易，撼岳家军难’，为何昨日不战而退？”牛皋哈哈大笑道：“四殿下的‘拐子马’还未走近，便被火箭吓退，怎说是岳元帅不战而退呢？”

兀术心中有气，无奈岳飞用兵难测，不知所说真假，未便反问，冷笑道：“兵家进退，原是常事。我想送走将军，就和岳元帅战场相见，当不至于怪我太性急吧？”

牛皋笑道：“岳元帅连睡梦中都想和金兵一决存亡，蒙四殿下慷慨出战，欢迎之不暇，焉有见怪之理？夏金吾将军大约就快回来了，等他一到，便请发兵吧。我牛皋回去不回去不相干，只要能使我军如愿以偿，就足感盛情了。”

兀术先以为岳飞故意命大将牛皋下书，却把夏金吾留做押头，正要发话。忽报夏金吾回营交令，竟是大出所料，心中暗佩，只得强笑道：“夏金吾已回，我送走将军，便照来信所说，与岳元帅战场相见了。”随起以礼相送。牛皋把手一拱，从容往回驰去。

兀术见牛皋单人独骑，连兵器都不带；来去从容，旁若无人，所说的话，都是针锋相对，不禁叹道：“岳飞部将都是这样，此人不去，休说吞并东南，恐连两河燕云都难长保了。”随问夏金吾：“为何去了这么久？”

夏金吾答说：“宋军仍扎原处，岳飞竟以客礼相待，说起两国仇深恨重，只有还他中原故土，送还两宫，把屡次掳掠去的臣民财物、军粮器械全数算还，才有商量。宋营到处静悄悄，很少见到人马，也看不出有准备交战的形迹。过午以后，岳飞才命人送来使回去。出营一看，人马业已布满，军容甚盛。因要和我军一决存亡，连大营前的绊马桩都拆去了。”

兀术闻言，仔细想了一想。暗忖：“岳飞当我‘拐子马’易进难退，必是先放我军过去，再和以前一样，另出奇兵抄我后路，拦腰截击。要不，便是前面伏有火攻，不可不防。”便和哈密蚩商量好了计策，先命噶噜带领一万五千“拐子马”以全力冲锋，照着宋军人马去路前进，以防陷阱。遇见丘陵起伏，草木多处，须防火攻。随将全军分为五队，以梅花形阵势进攻，以防宋军邀击。

两军相隔共只十里之遥，兀术事前早有准备，以为牛皋刚走不多一会儿，岳飞决想不到来势这样迅速。哪知“拐子马”前锋走出才七八里，便遇见大队宋军的骑兵，相隔还有十来丈，箭便和暴风雨一般射来。噶噜自恃人马均披重铠，立即挥军前进。宋军好似看出厉害，纷纷回马逃回。

噶噜见敌人都是骑兵，前面不会设有陷阱之类，并没想到别的。等追出十多里，刚听出万蹄奔腾之声有异，便听近侧兵将急呼："这一带恐有陷阱翻板，大家留神！"跟着便是一片惊哗之声。前面"拐子马"忽然一联接一联，连人带马纷纷翻倒，转眼就去了一小半。不禁吓了一大跳。

噶噜仔细一看，到处都是一人来高的井形土穴，内中各藏有手持麻扎刀的宋军勇士，这时忽将上附泥土的木盖握在手里护住头脸，由穴中纷纷暴起，用刀专斫马足。

"拐子马"三马连环，并驱而进。一马倒地，另两马便不能行，后面的马再往前一冲，便成了自相践踏之势。宋军乘机再将后来的马蹄斩断，越发惊蹿挤压，人翻马倒，不死必伤了。

"拐子马"相继翻倒，穴中宋军又各换了长枪大锤，纵将出来。倒地的金兵本就多半受伤；再吃这些健儿们一路乱扎乱打，转眼尸横遍地，欲逃无路。噶噜见此情势，心胆皆寒。忙即传令后退时，后面的"拐子马"也同样翻倒伤亡。一片喧哗惊扰声中，后面黄尘弥漫，高涌十丈，连号令也无法传达。正在马上暴跳急呼，骤出不意，坐马前蹄忽被宋军斫断，人便攘落下来；忙想纵起，已自无及。吃后面一联"拐子马"猛冲过来，当时压死。不消片刻，一万五千"拐子马"全数翻倒，没有一骑生还。

岳飞自领大军埋伏在前，等"拐子马"过，一声号炮，便往前冲，正和后队金兵迎个正着。岳云、张宪、杨再兴奉命诱敌，见"拐子马"一破，也由两边抄越过来，兵力更强。

兀术以为这次必能取胜，正打着如意算盘，不料宋军突然杀来，竟将前锋"拐子马"隔断。最出意外的是平日惯用奇兵偷袭的岳飞，竟以全军之力来攻，兵强将勇，锐不可当。不禁大吃一惊！未容发令，前军先溃。遥望“岳”字军旗，相隔也只半里之遥。知道凶多吉少，即便“拐子马”能够保住，金兵也无胜理。忙传急令，命左右两翼急速上前应战，后军改作前军。自领中军撤退时，宋军业已潮涌而来。喊杀之声，震得人耳鸣心悸！兀术回马先逃，金兵纷纷溃窜，狼狈已极。

这一仗岳飞只用了三万多人马，又将兀术十余万精锐之兵杀得大败，追杀了三十多里，天已半夜，方始收兵。兀术一点残兵，只剩了两万多，闻报“拐子马”一骑不存，放声大哭道：“自从海上起兵，此马战无不胜，这次南进，先败于刘锜，还是吃了天时地利的亏。不料平野冲锋，也被岳飞杀得片骑不回，此仇岂可不报！”越想越恨，忙又急调来了十二万精锐，准备由临颍大举进攻，非将岳飞打败不止！

岳飞大败兀术之后，知他还有不少兵力，决不甘休，连忙整顿人马，准备应战。杨再兴讨令自带三百骑前往探敌。岳飞恐其犯险，本不令去，再兴力请不已，岳飞方始答应。

再兴去后，岳飞越想越不放心，又命张宪带了两千人马前往接应，以防万一。跟着命王贵紧守颍昌，另由牛皋、徐庆两军去攻金兵的侧面。

再兴行至许州临颍县南的小商桥，一时大意，由兀术大军侧面错过，撞上了另一路金将万户萨巴。再兴连战二十多个回合，才将萨巴枪挑马下。兀术得信，立命合围夹攻。再兴人强马壮，所部都是亲手训练的敢死之士，又连杀伤了金将千户之类一百多人，金兵伤亡更多。

兀术亲自回马督战，见再兴只带三百人马，竟将金兵杀死这许多，不由怒火中烧。忙在对岸埋伏了大量弓箭手，故意放开一面，诱其入伏。

再兴杀了半日，人困马乏，又见部下伤亡过半，打算突围过河。将手中长枪一紧，连挑带打，冲到河边，刚刚跃马下河，快要走上对岸，冷不防一阵乱箭射来，连人带马全被射死。

兀术见金兵被再兴杀了一个落花流水，混乱非常，正待下令整军再进。不料张宪带了两千轻骑赶来接应，路遇乘隙冲出，回报军情的两名骑兵，说起再兴业已危急，不禁情急，一声令下，一马当先往前杀去。兀术行军正是小商河旁，地仄兵多，施展不开，金兵已被再兴杀得胆寒，哪禁得起这一支生力军的猛击！

岳飞恰又得到兀术大兵进犯临颍的探报，带了四千精骑飞驰而来，乘机由金兵中腰冲入，杀得兀术连夜逃走，宋军追出十五里外，方始停住。

张宪将再兴的尸首寻到一看，人已和刺猬相似，通身钉满了金兵的长箭。火葬之后，单箭镞就有两升多。岳飞亲身祭奠，痛哭了一场。一算地势，忙对岳云说："兀术颇善用兵，又最好胜。他连遭大败，定必回攻颍昌。守将王贵势孤，你速带兵前往接应。"

岳云赶到颍昌，见金兵大至，王贵胆怯，不敢出战，并在城内搜刮了些财物，准备弃城逃走。便说了他几句，自带骑兵八百当先，另派步兵由左右两翼进攻，迎头遇见兀术女婿统军上将军夏金吾，只两个回合，便起手一锤打死，跟着挥军冲入敌阵。

兀术不料宋军有备，本就胆怯情虚。忽听急报，岳飞命梁兴会合两河豪杰义军，将垣曲、沁水等地的金兵杀得大败，并将怀州、卫州收复了去，山东河北的道路全被截断。随又闻报宋军勇将董先、胡清前来夹攻，手下兵将伤亡越多，不由心胆皆寒，只得率领残军退走。中途遇见张宪、徐庆、李山等截杀，又伤亡了六千人马。一路狼狈逃窜，到了朱仙镇北，与各路应援的金兵会合，才得喘息。

岳飞的大军已进到了朱仙镇南，离汴京只剩四十五里。两河豪杰李通、赵云、李进、董荣、牛显、张峪等义军何止百万，有的投到岳飞部下，有的先将失地收复，派人向岳飞报捷，准备前后夹攻，收复中原，直取燕云。

投奔岳飞的义军都打着“岳”字旗号，所过之处，沿途父老百姓抢着挽车牵牛，把仅有的一点粮草也取出来犒军，顶盆焚香迎候的一路都是。金人号令已不能行于燕京以南，哪里还敢过问！

兀术还想“签军”（征兵）再战，连一个应声的都没有。休说原在部下的汉军降卒，连原部落招来的金兵都在纷纷聚谋，打算叛变，最凶狡残暴的金将乌陵噶思谋都镇压不住，只得对部下将士说：“你们先不要动，等岳家军一来，我们投降就是。”此外还有金将王镇、崔虎、李觊、华旺、噶克察等，都密受岳飞旗榜，纷纷请降。韩常也看出大势已去，打算带兵五万，前往投降。兀术看出败亡在即，准备弃了中原，逃回国去。

岳飞连破金兵，满心欢喜，兴奋已极，笑对众将说：“此番抵黄龙府，必与诸君痛饮矣！”他这里正在计划受降之策和如何布置整编那两河百万忠义之士，准备指日渡河。非但收复中原，还要直捣燕京，生擒敌人首脑，为国家报仇雪耻。不料此时赵构、秦桧君臣竟做出了一件伤天害理、祸国殃民、令人万想不到的卑鄙事来。

原来兀术自从“拐子马”一破，便连命心腹往临安责问秦桧，说：“现在岳飞进攻不已，他如将中原夺回，我定发动倾国之兵将赵构君臣杀光，并将你私通我国之事全数揭露出来。”

秦桧得信，又急又怕，连忙回信：“岳飞不死，终是后患。且喜赵构昏庸，只图苟安，又恐赵桓回朝，还可要挟。

请赏给我一些限期，决不负殿下对我的大恩。”随命粮饷上奏，说岳飞这样冒险轻进，一败便不可收拾。最好命他班师专守江淮，万不可失去求和机会。

不特此也，秦桧跟着又向赵构说：“岳飞已收复中原邀买人心，现在带兵已达二十万以上，还在招收各地盗贼。两河群盗（指各地义军）和岳飞勾结的已有一二百万之多。眼看兵力越来越大，稍一叛变，这片江山便非宋室所有。即使不然，他将渊圣（赵桓）迎回，挟以自重，朝廷废立，更全由他一言而决。金人至多只想划淮为界，还能保住这半壁江山；岳飞一旦得志，却比金人厉害得多。”

赵构前贬主战派大臣张浚，本就有过“宁肯亡国，不用此人”之言。这种卑鄙无耻的话，正表示他情愿把国家亡于外敌，也决不容自己人坐大的一种想法。

宋朝平日大将待遇最优，但统兵极少，连韩世忠在抗敌之时，本军都未超过三万人。岳飞虽号常胜之军，先前地位在当时诸将帅之下，所统人马又少，即使所见与朝廷相反，赵构还是相当信任。自从持节封侯、平了杨么以后，渐渐兵多将广，军容日盛。加上奸臣常进谗言，由不得使赵构生出顾虑。一听秦桧这种说法，除怕赵桓回来夺他的地位以外，又多了一桩心病，当时吓得汗流浃背，连说：“丞相真个老成谋国，虑得极是。”忙传特旨，命岳飞急速班师！

岳飞知是奸臣卖国，暗助敌人的阴谋毒计，立时回奏：“金人锐气已丧，尽弃辎重，疾走渡河。而我豪杰向风，士卒用命，时不再来，机难轻失……”不肯班师。

秦桧知岳飞志不可夺，又对赵构说：“陛下只许臣便宜行事，臣定将岳飞召回。倘若叛变，斩臣以谢岳飞便了。”赵构将头微点，秦桧得了默许，大喜辞出。首先把张俊、刘锜、韩世忠、杨沂中等全军召回；再连发下金牌诏旨，立逼岳飞班师。

各路金兵先后受到刘锜、吴璘、韩世忠等猛击和牵制，岳飞更是他的死对头，兵强将勇，锐不可当。先占据的两河城邑，多被各地义军夺回，闹得金兵夜不安枕，前方士气更是消沉。连兀术那样素来刚愎自信的人，都时时刻刻打点着逃亡的主意。岳飞这面却是全军士气高昂，忠义奋发，只等一切准备停当，便要一举收复中原，直捣黄龙。双方优劣胜败之势，已成了极鲜明的对比。

这日清早，岳飞召集众将指示机宜，准备全军出动。有几路奉命先行的将士，已然整装待发，一个个精神抖擞，勇气百倍。正在非常紧张兴奋头上，忽报朝廷降下诏旨，岳飞前数日又曾上过请命各路将帅一同进攻、一举收复中原的奏本，全军将士都以为是朝命犒军，并许出战的好音。等把钦使迎进，一宣读诏旨，竟是促令班师，不许迟延。下余都是一些无耻的旧套和敷衍的废话，不禁大失所望。

岳飞还能强忍悲愤，将士们却愤激起来。来使正是粮饷万俟卨，偏不知趣，开口“秦丞相”，闭口“秦丞相”，立逼岳飞要讨回话，问几时班师。张宪首先忍不住怒火，抗声问道：“钦使一句一个秦丞相，难道这诏旨是秦丞相下的么？”

万俟卨恼羞成怒喝问道：“我奉圣旨而来，你是何人？也敢在旁多口！”

张宪大声道：“末将副都统制张宪！事关国家安危，有话自然要说。”

万俟卨先闻张宪英名，又见他身材高大，威风凛凛，说时，双目正注自己，英气逼人。不由吃了一惊！还未及答，牛皋也插口问道：“我等身经百战，出生入死，好容易把金兵杀得大败。眼看收复中原，为国雪耻，你偏一句一个秦丞相，要岳元帅退兵，难道此是秦桧的主意不成？快说！”

万俟卨见牛皋声如洪钟，须发皆张，旁立诸将都是满面怒容，越发气馁心寒，只得强赔笑脸道：“牛将军不可多疑。这样大事，若非出自圣命，谁敢妄为？不过秦丞相乃朝廷心腹重臣，他的意思也就是圣上的意思罢了。”

岳飞哈哈大笑道：“钦使此言差矣！你只知当朝首相是朝廷重臣，可知君优臣辱，君辱臣死的道理么？我奉的是朝廷诏旨，不是接了秦丞相的私书。如今十万大军与敌对峙，还有数百万百姓在此，都不能弃之而去。不问班师与否，均须有个安排，这不是儿戏的事。钦使请先回朝，我自行回奏好了。”

万俟卨不敢再说，只得负愧告辞。岳飞仍以礼送，只是不再和他交谈。万俟卨走到外面，见全军将士都以怒目相视，吓得连忙上马驰去。岳飞回与众将幕僚计议，众将纷纷开口，都说：“胜而让敌，从古所无。此事不是奸臣矫诏，便是朝廷受了奸贼蛊惑。望元帅以国家百姓为重，乘着回奏的几天工夫，提前出战。先使金兵全军覆没，攻下汴京，生擒了兀术，再看朝廷有何话说。”

岳飞本就有此打算，刚说“这样也好”。跟着连接探报，张俊、刘光世、杨沂中等将帅首先撤兵，连刘锜、韩世忠也连奉诏旨，不得不收兵退去，各路金兵因知兀术危急，都往汴京这面赶来。岳飞满面愁容，仔细想了一想，和众将一谈形势和敌兵的来路，觉着抢前出战还来得及。只将兀术擒住，下余各路金兵不战自乱。正忙命黄机密速写奏疏，一面升帐准备发兵。不料又有急诏到来，大意是说：“我军粮饷不继，不耐久战，各地大军尽撤，金人已答应还我失地，送还两宫，严令即日班师，不许违诏。”

岳飞看出诏旨暗示各路宋军全撤，使其孤立，并还要断他的粮饷。再若抗命，甚而要以叛逆问罪，不禁慨叹道：“我军十年苦战的心血，难道就废于一旦了么？”来使当然也是一个粮饷，路遇万俟卨，已受了指教。只将诏旨宣读，一句话也不多说，便告辞而去。

岳飞刚忍住悲愤把人送走，还未回转，遥望前面尘头起处，有二十来骑飞驰而来。临近一看，一员神武（禁军）军统制手举一面金牌，带着二十名盔甲鲜明的校尉，同骑快马，做一窝蜂驰到，同声呼喝："岳飞速接金牌诏旨！"

这类金牌，上有"如朕亲临"的词句，从不轻发。照例随行校尉都带有刑具枷锁，无论文武大臣，稍有违抗，来人便可将他当时斩首，或是锁拿问罪，死活凭来人一句话，丝毫没有商量。

岳飞刚听来人面传圣旨，将金牌接过。前面尘头又起，又是一员统制带着二十名校尉，捧了金牌飞驰而来，除立逼班师外，别无话说。总算昏君奸贼还有顾虑，来人只是虚张声势，并未带刑具，校尉的刀也未亮出，只在营外喊了一阵，说"圣意已定，元帅三思"，便相继纵马驰回。

岳飞和众将自然万分愤慨。刚同回到营内，谈不到几句话，金牌又到。来使所说还是那一套，说完就走，更不停留。岳飞二次回营，还未坐定，张保忽报，朝廷不知发下多少金牌诏旨，就要到来。岳飞见众将都是满面怒容，有的直恨不能把金牌打碎！忙拦道："不可如此！且等接完金牌再做计较。好在方才回奏，只说容我熟计而行，非到万不得已，仍照预计行事便了。"

话未说完，王横来报，第三次金牌相隔只有二里之遥。岳飞想了一想，命在营外设下香案接旨，索性接完金牌再说。刚率众将走到营外，遥望前面果然又来了好几起，都是一员统制带领二十名校尉，一队接一队走马灯也似飞驰而来。接旨时，双方问答仍和先前一样，当下又连接了四道金牌，等接过金牌，送往里面供起，又有金牌相继驰来。

这一天之内，先后接了十二道金牌。末了三道并还带了刑具和刀斧手。不过来使为岳飞和全军将士正气英名所惧，只管耀武扬威，都是虚张声势。传完诏旨，交过金牌，便即驰去，谁也不敢作威作福。

岳飞接完金牌，天已入夜。休说无暇商计军机，连饭都没顾得吃。觉着费了无数军资民力和十年苦战的心血，忽然废于一旦，自是万分悲愤，忙召集众将和黄机密、于鹏等幕僚商计。牛皋、张宪等大将都说：“‘将在外，君命有所不受！’先把中原收复，夺回燕云，再向朝廷请罪，我等死而无怨。”

谈到天亮，岳飞只听众人说话，时而低头沉思，时而起立往来走动，极少开口，忽然慨叹道：“朝廷既连发下十二道金牌，已是无理可讲。若不奉命，非但军粮器械决无后继，甚而还要以叛逆的罪名加在我们身上。如今各路将帅已全撤兵，我们这一支孤军，外有强敌，内有权奸，岂不成了腹背受敌之势？以前兵少，还可取敌之粮以供军用。此时兵多，敌人又与奸臣勾结，知道军中缺粮，战时坚壁清野，攻少守多，退时纵兵焚掠，野无青草。中原百姓久在敌骑蹂躏之下，伪齐刘豫搜刮已空，他们只管心依故国，有如望岁，无奈力不从心，哪有余粮供应大军！以目前形势而论，后无援兵，尚不足虑；粮食缺少，却是致命一伤。还有最可虑的是两河百万忠义之士，每日引颈苦盼来归。视此忠义奋发，固是令人感佩，但那起义之处，多半近在他们乡土，地均分散，各自为谋。以前凭山据险，结寨自保，已不免于饱受饥寒；如今所占州郡，地方残破，无粮可取，又多成了一支饿军。新近来投的几支义军，均因敌人退时焚掠一空，实在不能存活，不得不将所得城邑舍去，转战来投。若非沿途百姓把勉强藏留度命的少数粮草倾囊相赠，正不知途中要饿死多少！两河义军人数这样多，他们一面热望着能与我军会合，收复中原，雪耻复仇；一面却又以为我军一到，一切都可如愿以偿。其所望于朝廷者甚大，而朝廷已与他们的想望背道而驰；其所望于我军者甚多，而我军则无以为应。一旦渡河北进，这百万义军定必纷纷来投，闻风继起者更不知有多少。有何良策，妥为安置？他们十九起自田间，能与敌人相抗，使其疲于奔命，全由多年苦战、出生入死中磨炼出来。攻坚袭敌，是其长所；军规营伍，多非素习。既不能因为内有一些乌合之众，沮其忠义之气，不令来归，又不能因为军资缺乏，使其枵腹杀敌，置之死地。一个处置不当，将要大失人望而贻无穷之患！使将来收复中原，更多艰难。

“我苦想了这一夜，只有收置义军这件事，比什么都难。我和诸位将军都是身经百战，出生入死，伤痕累累，几时怕过事来？便是朝廷屡次信任奸臣，专主求和，也都抗疏力争，遇到自期必胜之机，常是坚不奉诏，并未曲从。我岂不知‘将在外，君命有所不受’‘民为贵，社稷次之，君为轻’的道理？无奈孤军深入，兵家之忌。收置这百万义军比和百万金兵对阵，还要难上十倍。

“目前能够抵御敌人的也只有我军和韩（世忠）、刘（锜）、二吴（玠、璘）这有限几路人马。我军兵力较强，关系更大。与其只顾与敌拼命，使未来收复中原的主要兵力凋残损失，甚而全军覆没，以壮敌人吞并我国的野心，还不如退保襄汉，经划营田，助民耕种，养机待时，谋成而动。使我军粮有以自给，无须朝廷筹运之烦，免却奸臣作梗之忧。一旦出兵，两河义军依然闻风响应，收复中原，一举而定呢！况且敌人决无信义，必败和盟，内奸通敌阴谋终必败露。此时暂且奉诏班师，使朝中奸贼无可进之谗；将来准备齐全，更多必胜之算。不是比进则与敌同归于尽，退则一败涂地、不可收拾，强得多么？”

众人先都愤慨叹息，或是垂头丧气，闻言觉得岳飞所说有理，又全兴奋起来。

众将退后，隔了半日，牛皋忽然来报：远近百姓闻班师消息，大为愤慨。如今四面八方潮涌而来，口口声声要请元帅北进，不可回去。并说：“我等陷敌已十二年，平日受尽苦难，好容易盼得‘岳家军’来，将敌人打退，眼看收复中原，为何忽要班师？我等以前顶盆焚香，欢迎我军，和久旱逢甘雨一样。大军退后，敌人决不相容。今日情愿死在元帅马前，也决不甘心去受敌人的残杀！”

牛皋话未说完，大营四外已是哭声震野，嘈成一片。岳飞大惊道：“由昨日起，我们只顾商计班师与否和未来破敌之计，怎会忘记了他们？差一点便铸成了大错！你快去请上几位父老来相见。”牛皋领命而去。

众父老刚一走进，便跪伏在地，号哭起来。岳飞连忙还礼，命人扶起，开口就说：“我决不丢下你们不管！请看这些诏旨和十二道金牌，怎敢违抗呢？我已准备除退军日期外，为诸父老百姓再多留五日。你们赶紧准备随军南去。我先派人马护送，将汉上六郡的闲田分与你们可好？”

众父老见桌上除班师诏旨外，还供着十二道金光耀眼的金牌，上面都刻有“如朕亲临，违者立斩”血也似红的八个字。知道岳飞无法违抗，只得拜谢辞去。众父老走后，岳飞恐兀术由后追袭，忙传急令，先把百姓送往南方，一面散布不日与兵渡河，收复中原的消息。

兀术闻报大惧，正准备丢下汴京，连夜逃走。忽报宋军全撤，岳飞自带一支人马断后，军容甚整。兀术成了惊弓之鸟，竟不敢追。等各路宋军全数撤退，才率领残部进攻。宋军已收复的失地，又渐渐被金兵夺去了。

第十九回

亲自坏长城，昏主内奸，孰为祸首
疾风知劲草，皇天后土，实鉴此心

岳飞回到鄂州，觉着费了许多军资民力，今天刚收复了失地，明天又把它弃去，养寇残民，实在痛心。连上奏疏，请解兵权，辞职告退。赵构见岳飞威望日隆，越加疑忌。非但不许告退，并以温语慰勉，定要岳飞入朝，商计国事。岳飞入见之后，想起前事，正在愤激，那决不死心的敌人果又大举来攻。岳飞接连出兵，又连打了几次胜仗。

当年十一月，金人北退，秦桧用奸党范同之计，将当时兵权最重的韩世忠、张俊和兵力最强的岳飞等三个大帅，全任为枢密使（韩、张拜相）和枢密副使（岳）。先使其离开军队，以便为所欲为。张俊知道秦桧用意，首先请将所部人马调归御前，一面极力赞成和议。双方本有勾结，这一来更成了死党。

岳飞见金人还是一面谈和，一面来犯。赵构仍然宠信秦桧，一味求和，越想越气愤，常说朝廷不想收复中原，秦桧欺君误国，语多激烈。赵构听了当然不免刺心。

秦桧本就恨毒岳飞，第二年八月，又接兀术来信，催他下手。秦桧乃公然对赵构明说，兀术的意思，不杀岳飞，决谈不到和议。随命粮饷何铸、罗汝楫、万俟卨等群起参奏，污蔑岳飞因去年班师怀恨，不肯再为国家出力，心存怨望。

那丧心病狂的赵构，只图奴颜婢膝去向敌人摇尾乞怜，保存他那偏安残局，竟会一切均听秦桧所为，共同谋杀岳飞，上来先将岳飞的官免去。秦桧因张俊想夺韩世忠的“背嵬军”，于是想连韩世忠一起害死。岳飞得信，忙命岳云连夜驰告世忠。

世忠大惧，往见赵构，揭破阴谋。赵构因世忠比岳飞听话，觉着秦桧不应做得太过，一面否认，一面嘱咐秦桧，下余将帅不许妄杀。

经此一来，秦、张二贼更恨岳飞入骨，暗中密计多日，先寻访岳飞的部下，威胁利诱，使其诬告岳飞谋反，以便陷害。结果费了许多心力，谁也不肯答应。后来打听出王贵因守颍昌怯战和暗掠民间财物，被岳云数说了一阵，后被岳飞知道，几乎斩首。王贵的亲兵又偷取老百姓的东西，被岳飞知道，当时斩首，并打了王贵一百鞭。以为王贵必恨岳飞父子，暗中命人引诱，许以重利。王贵先拒绝道：“相公（指岳）身为大将，自然有赏有罚。如果因此怀恨，谁也难于当大将了。”秦、张二贼又查访出王贵曾经贪赃，将由敌人手中夺取的珍贵珠宝私自留下，不肯献公，论律当斩，便以此要挟。王贵方始害怕答应。

另外一个名叫王俊的，外号王雕儿，原是张宪部下，因犯军规，曾受刑责。加以久战无功，不得升官，心中怀恨，被秦、张二贼也找了去，先把阴谋想好，命王贵把张宪骗到张俊的镇江行枢密府，再以王俊做证，准备屈打成招。

堂吏王应求向张俊力说：“枢密府从来不曾审问过犯人，恐乱朝廷法度，请相公慎重。”张俊执意不听，等张宪一拿到，便亲自坐堂审问，毒刑拷打，要他承认和岳飞一同谋反。张宪遍体鳞伤，身无完肤，已成了一个血人，始终不肯屈服。张俊无奈，只得自己写上一篇口供，画了假押，亲往临安密告秦桧。

十月十三日把张宪锁送临安，下在大理寺的死囚牢里。

秦桧知道赵构顾虑太多，先与商量，反使为难。当天代赵构发下诏旨，将岳飞父子擒送大理寺，命御史中丞何铸、大理卿周三畏严刑审问。

岳飞一上公堂，何铸便问："朝廷待你不薄，因何谋反？"岳飞哈哈一笑，双手抓住衣服，往两旁一分，道："你来看！"刺的一声，内外衣服全裂。两臂抖处，转身现出脊背上岳母刺的"精忠报国"四个大字，红如朱砂，深入肌里。

何铸虽是秦桧的粮饷，见到这样激昂壮烈的神气，也由不得情虚起来。周三畏又暗告何铸："此乃千古奇冤，休看秦相势盛，将来必为公论所不容。万一冤狱平反，你我俱都不保，还要骂名千载。千万动刑不得！"何铸越想越怕，但不能不问，问得也极详细。

岳飞只是从容谈笑，慷慨回答，并说："皇天后土，实鉴此心！我岳飞百死不辞，决不诬服！"岳云更是神情壮烈，目眦欲裂。不是岳飞喝止，又被锁铐绑紧，几乎暴跳起来。说到愤激之处，将足一顿，脚下大砖立成粉碎。

何铸越想越寒，忙命退堂。和周三畏商计，想了又想，最后告秦桧，再三劝说："此事既失全国军民之心，便相公将来也有可虑。"

秦桧先是大怒，后被何铸问得无话可答。遣走之后，觉着何铸是自己的党羽，以前还奏参过岳飞，都会这样说法，何况全国军民？忧疑了两天，终觉擒虎容易放虎难，只有把岳飞害死，才能保全富贵。便命粮饷万俟卨、罗汝楫代何铸、周三畏审问岳飞。

岳飞本是当时民望所归，连岳云、张宪也是英名远播，妇孺皆知。岳飞父子在大理寺过完头一堂，虽被下到狱内；从狱官倪完起到牢头禁卒，都是争先恐后，以礼相待，全为他父子和张宪抱屈。有几个会做针线的，便抢着把岳飞撕裂的衣袍缝补好。岳飞只是微笑称谢，并未多言。

过了两天，倪完奉了周三畏之命，乘夜间暗送酒食进去。岳飞看出其意甚诚，才问："张宪何在？"倪完先是满面愁容，语多支吾。后经岳飞父子再三追问，才低声悄答："张将军屡受毒刑拷打，不肯屈服，已被打入死囚牢了。"岳云闻言，越发悲愤，欲往探看。

岳飞低喝道："此事明是奸臣阴谋暗害。你若往看，休说禁网周密，势所不能；即使能去，也是有损无益。万一被人看破，更使奸贼有了话说，还要连累好人。如何去得！莫看前日问官被我问住，不曾动刑，秦桧等奸贼既甘心为敌人爪牙，非把我们害死决不甘休。人生终有尽日，到了紧要关头，我儿必须学你张大哥的榜样，不可丝毫气馁呢！"

岳云刚答："爹爹放心。"忽然有一狱卒慌慌张张地飞跑进来，刚一进门，便低声悄喝："快收！快收！"跟着便慌不迭收拾桌上的杯盘酒食。倪完知有变故，连忙唤至一边，便问何故。

狱卒喘吁吁答道："周、何二位原审官都被秦相罢免，现派万俟卨为御史中丞、罗汝楫为大理寺正卿，接了朝命，当时上任。一到，便命连夜赶造刑具，恐怕今夜三更后便要提审呢！来这两个官都是秦相心腹，比不得头一堂有理可讲。快请岳元帅和少将军分开来住，睡上些时，准备过堂才好。"

倪完听了大吃一惊！还未开口，岳飞已从容笑道："我早料奸贼与我势不两立，此事原在意中。请狱官不要为难，无论什么刑法，我父子领受，绝无话说。"

倪完还在踌躇，跟着又有两起狱卒来报，说："新官甚是严厉，恐怕今晚还要亲自查监，请老爷早做打算。”倪完无法，只得把岳飞父子分开，带到两间小监房内住下。仗着白天堂上没有吩咐，也没给二人上刑具。

刚刚安排停当，天已过了三鼓，忽然传令升堂，跟着便听外面厉声吆喝和脚步声走动。砰的一声，狱门启处，一伙如狼似虎的校尉衙役，手持锁链鞭棍，气势汹汹，冲将进来，刚喝得一个“带”字……

倪完早已得信，中心忧急，一直陪侍在侧。见来这一伙校尉，倒有一半是生脸，知是粮饷带来的爪牙，料定岳飞父子决无幸理，心正叫不迭的苦。岳飞已从容起立，只说得一句“岳飞在此”。声音不大，不知怎的，自然有威，来人竟被镇住，当时清静下来。

为首两校尉首先把脚步停住，做声不得。就这相对略一观望之际，岳飞已慨然笑问道：“要过堂么？我去好了。”

忽听隔壁砰訇哗啦和众人惊呼急叫倒地之声，乱成一片。立有数名校尉，拉了倪完，赶将出去。岳飞知是另一起校尉往隔室锁拿岳云，岳云不服，打倒了几个。忙喝：“云儿不得无礼！”语声才住，倪完已拉了岳云连同先去的校尉走进。

岳云怒吼道：“我死活都要和爹爹在一起！这班猪狗想凌辱我，不行！”岳飞方喝：“云儿不可如此。”为首二校尉已赔笑道：“没有元帅和少将军不圣明的。我们决不敢狐假虎威，欺心大胆，不过堂上有话，非带刑具不可。请二位应个景儿，我们也好交代，以免到了堂上彼此不便。”

岳飞笑道：“我父子死且不惧，何惧上刑？你们只管动手，不必害怕。”随将手往后一背。岳云只得照样，也把手向后一搭。

为首二校尉互看了一眼，再向两旁使一眼色，立有四名校尉抢向岳飞父子身后，把暗藏的特制锁铐取出，冷不防跄的一声，把二人铐上，跟着又给戴上一副重脚镣。

内一校尉刚说得一声："岳元帅、少将军请走。"先在隔室打骂岳云、遭到反击的两名粮饷爪牙，正由人丛中挤进。见岳飞父子上了特制的重镣铐，以为可欺，意图报复，各把手中皮鞭一扬，大骂："死囚！"照准岳云迎头便打。

岳云早就愤极，见对头行凶欺人，一声怒吼，避开来势，腾身而起；左肩上虽被扫着了一鞭，那打人的却被他一脚踹中，"哎呀"一声惨叫，倒地不起。身后的同党也被撞倒了两三个，当时又是一阵大乱。

岳飞忙喝住岳云，对众发话道："我父子不论有罪无罪，既到这里，必守法度。你们如其擅用私刑凌辱，我儿子年纪轻，恐怕他忍耐不下呢。"说罢，双臂微微一振，身后铁铐轧轧乱响，仿佛要断神气。吓得这班恶奴面面相觑，哪里还敢多言！

为首二校尉赔着一脸苦笑，连声应"是"，先把动手的同党故意喝骂了几句，再朝岳飞父子说了几句好话，然后起身。倪完已不知何往，岳飞父子便随着这班恶奴走了出去。

外面正下着雪，地上积雪已将二寸。忽然一阵寒风带着一蓬雪花，迎面扑来。岳飞觉着冷气侵肌，由不得打了一个冷战。由当地到后堂，要经过好几排监牢和大小六七座院落，前半所过之处到处都是锁链拖地和犯人呻吟悲号之声。风雪深宵，听去分外显得悲惨。

等过完这几排监房，走向正堂驰道之上；前面先现出两行白纸灯笼，昏焰幢幢，似明还灭。人快走近，才看出灯下站着两列禁军，都是特选的彪形大汉。因天太冷，一个个缩头缩手，立在寒风中冷得直抖，非但显不出丝毫威风杀气，那特意用来示威、打磨得明光铿亮被这些人抱在怀中的大刀阔斧，也为雪花所掩，不到面前，简直看不出来。

这父子两位英雄都是身经百战的人物，看了正觉好笑，为首二校尉已当先往前跑去。跟着便听呼喝堂威，一递一声，远近相应，凄厉刺耳。刚走进大堂台阶，便听有人大喝："叛贼岳飞、岳云带到！"跟着问官便点岳飞。

大理寺后刑堂，是专审要犯的所在。万俟卨、罗汝楫二奸贼又都是秦桧的死党，一心一意想置岳飞于死地。事前便照秦桧所说，想了好些又阴又毒的主意，打算恐吓岳飞，屈打成招，逼他诬服。上来便命各牢头禁卒把所有监犯加以私刑虐待，使其惨痛悲号，故意在半夜里造成一种悲惨景象，准备敲山震虎。

刑堂地势广大，上面供着圣旨。公案前面和两侧，由上到下，吊的、架的、铺在地上和手拿的，是大理寺原有的刑具，全都布满，另外还有许多新制的非刑。二百名手持刀斧枪戟的禁军，做小半环保卫在中、左、右三列公座之后；一百多名手持皮鞭棍棒的差役，两翼分列于前。

那先前一声接一声，后来再同声吆喝的堂威，宛如恶鬼厉啸变作一群野兽在那里张牙咆哮，似欲得人而噬。迎门两侧各站着八个彪形大汉，一个个貌相狰狞，凶神恶煞一样。休说常人到此，便是久惯犯案滚过多次热堂的江洋大盗，见到这种威势，官法如炉，也由不得胆寒心悸，惊魂皆震。

二奸贼由提审起直到刑堂，无一处不苦用心机。断定岳飞便是一个铁汉，也禁不住这样威吓凌逼。坐在公案之上，把名一点，正打算先来一个下马威，给岳飞受上一顿折磨，岳飞已在众声吆喝中缓步走进。

那两旁十六个恶汉，无一善良，原定岳飞一到，迎头先将衣冠剥去，连踢带打，尽量凌辱一阵。然后踹到公案之前，再由二奸贼拷问。一个个早就横眉竖目，摩拳擦掌，端足了架子，准备为首二人一抓岳飞袍带，立时一涌齐上。

无奈岳飞英名神勇和他的为人，众恶汉全知道，平日都伸过大拇指。岳飞先在狱里，并未丝毫受屈，仍穿着一身公侯冠带，脚下锁链又被勒紧在棉裤腿上，不曾拖地。这时由外而背手走进，依然是英威凛凛，大将威仪。

为首二恶汉见了，首先发怵。余众恶汉也和他一样，非但不敢按照预计抢扑上前，竟连平日沾满血污的双手，都不自觉地垂了下来，彼此不约而同，往后闪退了两步。就这互相观望缩退之际，岳飞已从容缓步走到公案前面。

万俟卨前因运粮误期，又有克扣，曾被岳飞鞭打，几乎斩首。后来传旨班师，又闹了个无趣而回。心既怀恨，又想讨秦桧的好，真恨不能把岳飞凌迟碎剐才对心思。但是多么极恶穷凶之徒，也具有和常人一样的心理，只管大权在握，可以任性迫害无辜，终不能不为对方的正气英名所慑。临事时的胆怯和事后的外惭清议、内疚神明，特别是害怕自食其果，受到应有的制裁，成了他们精神上的重压，其心理上与常人略同而本质有异者在此。因为面对这一位英名盖世，并曾亲眼见到过他那军容军威之盛的非常人物，心理上早就种下了一个畏惧的根子。再见岳飞昂然走进，那一种严肃坚强的神态和飒爽的英姿，仍和自己当年犯法受审伏地哀求时所见的三军主帅一样，心先一震。

这时堂威早过，除岳飞脚步走动之声外，满堂三百多军校差役都和泥塑木雕一样，目定口呆，谁也没敢出口大气。两旁公案后，还坐着大理卿薛仁辅、寺丞李若朴、何彦猷等陪审官，也都一言不发。堂吏低喊了声：“岳飞提到！”万俟卨竟似不曾听出，呆在座上，急切间开不出口来。

罗汝楫比他还要脓包，生得又极矮胖，做一堆坐在那又高又大的公座上面，心里老想着岳飞当时单骑陷阵，出入万军之中，所向无敌，那么厉害的金人竟被杀得闻名丧胆，望影而逃，何况刑堂上这三百多个兵差爪牙？万一情急反抗，一个制他不住，命都难保。

岳飞人还不曾提到，罗汝楫先就胆怯忧疑，打好让万俟卨先做恶人，然后相机行事的主意。没料到万俟卨先前口发狂言，认定岳飞是他俎上之肉，可以随意宰割。谁知见了岳飞，竟会呆在座上，一言不发。一着急，便多看了岳飞一眼。

双方目光正对，罗汝楫瞥见岳飞一双精光炯炯的眼睛注定自己，英威逼人之概，心里又是一震！身不由己，往下一缩，矮下了半个头。这一来，只剩下半张猪脸和一双倒挂着的狗眼露出在公案之后，哪点像人！

刑堂被布置得和阎罗殿一样，地又深广，虽然挂有八个极大的灯笼，都是红色油纸所制，光景十分晦暗。公案上的两对大蜡烛给寒风一吹，蜡泪做一边倒挂下来，有的已熔去了半截，残烛摇焰，直冒黑气。二奸贼怕冷，又在公案两侧升起两大盆炭火，火升得很旺。火焰熊熊，红中带绿，把满堂官差兵校的脸都映成了惨绿色，仿佛一片愁云惨雾，笼罩着一堂泥塑的恶鬼。

万俟卨生得又瘦又长，一张吊客脸，下面支着一节细长的头颈，坐在又高又大的公座上面，送丧的纸人也似。再配上一个臃肿猥琐的罗汝楫，更显得形态丑恶，不似人样。

岳飞看了又好气，又好笑，也由不得朝二奸贼多看了一眼。罗汝楫竟被吓了一大跳！他这里往下一缩，座椅一响，万俟卨立时惊觉过来；忙把心神一镇，张口便问："你……你为什么要谋反？还不从实招来！"

岳飞亢声答道："我岳飞自从当兵到现在，每日只想收复中原，迎还二圣，扫平虎穴，复仇雪耻。上安宗庙社稷之灵，下慰举国军民之望。如说我反抗金人，与仇敌不共戴天，致招内奸谗贼之忌，则是有之。似此阴谋诬害，我岳飞宁死不服！”说时，长眉高举，目射精光，声容既极壮烈，又当深夜广堂，繁嚣尽息，最寂静的时候，越显得声如霹雳，满堂皆震！

万俟卨正在心头震动，非常紧张之际，问得又慌了些，语声有点吞吐，本来就不自然，闻言好似当头挨了一棒，只觉两耳嗡嗡乱响。一眼瞥见大堂外雪花飞舞，起伏如潮，仿佛天空中的风雪也在和岳飞助威，怒吼起来。不知怎的看了心慌，忙命左右把刑堂大门关上，跟着向岳飞“你你你”连说了三个你字，底下又开不出口来。

罗汝楫见他又僵在那里，心正急得发抖。屏风后忽然转出一名校尉，报说：“证人已到！”又听岳飞脚底当啷一响，好似锁链坠地之声。偷眼一看，岳飞双手倒背，始终挺立未动，腿上正滑下来一条锁链。再一侧头，瞥见两旁二十来个身强力大手持挠钩、套锁的差役，各把眉头皱紧，一动不动地正朝着岳飞呆看。猛想起岳飞戴有特制的镣铐，刑堂上戒备森严，罗网稠密，便是三头六臂，肋生双翅，也不怕他反上天去，这样怕他作甚？念头一转，恶胆立壮，抓起惊堂木往桌上一拍，厉声嘶喝：“如今人证俱全，你还说不谋反？快些从实招来，免得皮肉受苦。”

岳飞哈哈大笑道：“好！你把人证拿来我看。”这一来，连万俟卨也被提醒，立命快传证人上堂对质。

岳飞一见当晚的局势，问官万俟卨、罗汝楫又是秦桧的死党，早就料定凶多吉少，决无幸理。后想平日治军、临民、对国家，全都无愧于心，只管粮饷深文周纳，阴谋陷害，多少也得有点因由，似此捕风捉影，适见其作伪心劳，并无用处。念头一转，也就放过。及听说是人证俱全，并要传来当面对质，忽想起带兵多年，最重的是纪律，虽然从来谨细，不曾屈过一人，既然明申赏罚，哪有不结怨于人之理？何况秦贼这样重的威权，买也买出人来。倒要看看来者是谁？如真是偏听错罚所造成的对头，今日平白受此奇冤，也就是平日断事不明种的恶因了。

心正寻思，目光到处，屏风后已有一名校尉领着一员将官走来。定睛一看，那被奸贼传来的证人，正是同门好友、又曾同抗金兵、共过多年患难的王贵。事出意料，不禁又惊又怒，暗忖王贵尚且如此，余人可知。王贵已到了公案旁边。

万俟卨故意喝问道："你告岳飞令幕僚于鹏、孙革密写私书，命你和张宪虚张声势，假说金兵大举来攻，借此发兵谋反；又命张宪先据襄阳造反，意图篡位。现在已将岳飞拿到，快去当面对质，看这反贼有何话说。"

岳飞这才听出案由，暗骂奸贼真个无耻，既拿这样大的题目诬陷人，怎么上得堂来，连句整话都说不出？先想听王贵说些什么，偏生语声甚低，吞吞吐吐的一句也听不出，迥不似平日那么粗豪。

岳飞心正不耐，忽又听万俟卨狞笑道："你自告岳飞谋反，反贼张宪又是你设计诱擒归案。此事关系你一生祸福，切莫要自误呢！"王贵低头不语。

隔了一会儿，忽然转身走来。岳飞方想，难怪徐庆、岳云都说他膏粱子弟，贪逸畏险，心志不定，难共危难，果然一点不差。

忽听罗汝楫在上发话道："王将军不顾私交，除此大害，功劳不小。"说时，王贵已然走近。岳飞只朝他看了一眼，并未开口。王贵受了二奸贼的威胁利诱，本来板着一张脸，看去意思很坚决。刚和岳飞一对面，不知怎的，面容突转灰败，嘴唇不住乱抖，两眼里泪花乱转。望着岳飞，仿佛有一肚之话说不出来的神气。

二奸贼看出王贵情虚胆怯，同声大喝："王贵，你要放明白些！这时候你有天大本事也顾他不得了。”旁座陪审官薛仁辅、李若朴、何彦猷等早就看不下去。见此情景，李若朴首先起立，把手朝二奸贼一拱，还未开口，王贵忽向岳飞扑地跪倒，颤声哭喊道：“岳大哥！岳元帅！我不该昧着良心冤枉了你！这不是我的本心。秦丞相和你作对，就没有我，你也活不了。我实在没脸见人，我情愿陪你一起死！受逼诬告你的不止我一个。”说时，神态激昂，连珠炮也似，使人没法插口，说到末句便放声大哭起来。

岳飞笑说：“是非公道自在人心。我不怪你，你快起来。”王贵仍哭个不住，只说：“我实在是比猪狗都不如，太对不起你了。”

二奸贼做梦也没想到业已收买得好好的帮凶王贵，当此众目之下，竟会翻腔，被陷害的又是功在国家、官居少保枢密副使武昌公的元戎重臣，不是寻常的百姓。这一急真非同小可，吓得心都乱抖。慌不迭同声喝骂，只把惊堂木乱拍，不知如何是好。

满堂三百多人都被这一个紧张动人的场面所吸引着。休说原有大理寺官差军校，便是二奸贼带来的爪牙恶奴也都看出了神。一个个全神贯注在岳飞、王贵的身上，又为王贵号哭之声所掩，二奸贼只管嘶声哑叫，竟如未闻。

后有两名爪牙惊觉过来，抢着下来要拉王贵，薛仁辅已实在忍耐不住，拍案大喝道：“把原被告先带下去，等弄清楚了真假再审！”旁立众差役见二奸贼坐在位上，气得直喘，并无表示，忙即应诺。

二奸贼虽然依附秦桧，凶险狡诈，无恶不作，到底初任刑堂，好些法度还不明白。薛仁辅等三人都是在职多年，颇有风骨声望，官也仅在二奸贼之次。王贵临场变卦，又成了致命一伤，当时只干着急，无计可施。

第二十回

三字铸奇冤，剩水残山，空悲夕日
千秋留正气，英风亮节，深入人心

万俟卨、罗汝楫二奸贼眼睁睁望着原被告走了出去，正在急怒交加，无法下台。不料堂门开处，一阵狂风带着大蓬雪花猛扑进来。正面公案上两对残烛，立被刮灭了一对半；下剩半支，残焰如豆，摇曳寒风之中，和阴磷鬼火相似，转眼也快熄灭。

两旁差役慌不迭把堂门关好，换上新烛。薛仁辅正想发话退堂，不料二奸贼两旁炭火太旺，身上穿得又多，方才关门之后，便觉烤得难受，再加变生意外，连惊带急，越觉烦热难耐。正没法下台，吃寒风一吹，当时虽打了一个冷战，人却惊醒过来。

万俟卨首用那一双吊客眼斜视着薛仁辅，阴恻恻冷笑道："秦丞相再三叮嘱，此是钦命叛逆要犯，还有人证不曾对质，贵大理寺卿就随便退堂了么？"

旁座寺丞何彦猷见万俟卨说时，罗汝楫朝身后爪牙耳语了几句，即有数校尉往屏风后急驰而去。知道当晚冤狱已成既定之局，无理可讲，不由激动义愤，把心一横，不等薛仁辅开口，抢先起立，亢声说道："万俟卨大人！话不是这样讲。立法之道，首重慎刑。便是常人犯罪，也应详查人证，审情度理，不应屈在无辜。何况岳飞屡抗强敌，保障江淮，身经百战，功在国家，今已出将入相，并非常人之比。如其锻炼罗织，我们纵不顾千秋万世的唾骂，将何以安人心而服天下？”

罗汝楫接口大怒道：“我二人奉有特旨，非追究此案不可。什么叫作锻炼罗织？他自己谋逆，难道是我二人冤枉他不成？”

薛仁辅冷笑道：“岳飞谋反，并无实据，就说有人告他，现在也只一面之词。二位大人今天一上任，先命赶造镣铐刑具；并由秦相府调来许多校尉，又加上许多奇怪的布置，做出如临大敌之状。审问的是岳飞，却在深更半夜，严命牢头禁卒把全监人犯，不问罪刑轻重是否定案，无故加以毒打虐待，使那惨痛悲号之声远彻于外。而新添设的非刑，有的直非人所能以想象。对这样一个功在国家的元勋，即使情真罪实，也须问个水落石出才能动刑。何况事涉嫌疑，未经仔细推求，就这样劳师动众，大张声势，有意威逼，专重刑求！请问这也是圣上的特旨，还是另外有人要这样做呢？仁辅因见王贵上堂翻供，众目之下，非但我们久在刑曹的人感觉难堪，也是自太祖立国以来，从所未有的怪现象。实在看不下去，才命退堂，想等查明情由，改日再审，免得一个不妙，大家都受天下人的唾骂，原是一番好意。二位大人既怪仁辅擅专，仁辅实不敢在法求荣，只好避席待罪了。”

万俟卨见薛仁辅理正词严，声色俱厉，不禁有些发慌，忙喊：“薛大人不要过意！”薛仁辅已拂袖而起，往堂后从容走去，头也未回。

李若朴跟着起立拱手道：“这样大审，我等从所未见。二位大人既奉有秦丞相之命，若朴不肖，不敢紊乱国家法纪，也只好告退了。”话未说完，何彦猷跟着起立，冷笑了一声，便随同李若朴向二奸贼一揖而退。

这三个素有人望的老刑官一走，下余还有五个陪审官，也觉此事如若参与，必为公论所不容，将来还有杀身之祸。内中三人相继起立，异口同声道：“二位大人奉有特旨，小官不敢参与。”各自长揖而退。

下余二人因惧秦桧威势，还在踌躇，及见这三人跟着一走，也觉再留下去不是意思，在此碍眼，也许还要招到二奸贼的忌恨，还不如与薛、李、何三人同其进退比较好些。念头一转，也同向二奸贼拱手道：“薛大人和诸位陪审官都退，我二人也不便再留，请二位大人做主，等定案后，我等署名画押便了。”说罢，一同退去。

当时两边公案上的官座全空，二奸贼又呆在座上，面面相觑，急不得，恼不得。

万俟卨正想势成骑虎，今日之事，有他（指岳飞）无我，除了一不做，二不休，把他害死，日后休想保得身家性命。忽见罗汝楫递过一张字条，上写：“王贵已被扣押，岳飞现押在外候传，此事决无善罢。”看完，恶念更炽。拍案大喝：“速带岳飞、王俊对质！今夜出力的人都有重赏。”身后几名心腹爪牙立时应诺，抢先由屏风后往外绕去。

岳飞上堂仍是昂立不动，王俊一到便朝二奸贼跪倒，开口便诬告岳飞谋反是实。

万俟卨立向岳飞狞笑道：“如今人证俱在，不给你吃点苦头，决不肯招。”

正要发威用刑时，罗汝楫见王俊跪在地下，始终未看岳飞一眼，忽想起岳飞两次上堂，都是昂然直立，神情甚傲。连忙在旁插口道：“这厮咆哮公堂，老是立而不跪。单这一件，就可断定他反抗朝廷，目无法纪了。”

岳飞见左右陪审官全退，只有二奸贼在座，不容分说，就要动刑，已压不住怒火，再听这等说法，越发气往上撞，挺身上前大喝道：“我岳飞先以为人谁无过，也许平日有什么无心之失。即使奸人暗算中伤，朝廷一时不察，只要问心无愧，是非曲直终可分晓。照今夜情势和王贵所说的话，明是奸贼、粮饷通敌媚外，有意陷害。我守的是国家法纪，本来无辜，跪你这样粮饷则甚！”

二奸贼闻言大怒，刚要同声喝打。猛瞥见岳飞人已走向案前，不禁心一惊！万俟卨老奸巨猾，急忙离座而起。罗汝楫看出不妙，也想躲时，不料人太肥蠢，行动不快，就这二奸贼相继逃避，行刑恶奴拿了鞭棍抢上，一霎眼的当儿，岳飞右肩抬处，那长约一丈的大公案整个往后翻倒。

罗汝楫连人带官座仰跌在地，后脑跌了一个大包，不住狂呼“救命”，爬不起来。万俟卨虽躲得快，没有被公案压倒，座椅却被撞翻，歪倒在旁边大火盆上。盆翻火飞，烧红了的碎炭被激起好几尺高，正落在万俟卨的身上，把头脸烫伤了好几处，衣服也被烧焦。如非身后人多，抢救得快，几乎燃烧起来。砰訇哗啦和满堂军校差役奔走嚷叫之声，乱成一片。

二奸贼被恶奴们扶向一旁，瞥见岳飞已被两旁的挠钩钩翻，鞭棍交加，才放了心。惊魂乍定，恶胆又壮。因那公案连官座一起砸毁，不能再坐，坐在旁边又不够气派，只好立在那里，嘶声乱嚷。二奸贼一高一矮，一胖一瘦，形貌又极丑恶，此时衣冠不整，须发凌乱，再一暴跳，看去真如恶鬼一样。

万俟卨忽然瞥见王俊满脸鲜血，晕倒地上，左眼珠露出在外，也无人管。先当是岳飞打伤，正好借此陷害。继一想，岳飞双手背铐，如何能将他眼睛挖去？正打主意乘机害人，忽见大理寺班头徐浩跪禀道："王将军因见岳飞动手，抢着去抱他的腿，大家忙乱中，被挠钩误伤了一只左眼，脸也钩破，痛晕死去。必须抬出救醒，以免死无对证。"

万俟卨不知徐浩久在公门，十分老练，唯恐王俊就此一死，如不点明，二奸贼又借此诬害岳飞，故意当众享告。以为所说有理，忙命速抬出去延医上药，好好调养。徐浩应了一声，把手微点，立有两名差役赶过，用木板将人抬起。

徐浩又说："这样重伤，经不得风。"忙将外褂脱下，把王俊的头盖好，做得非常小心。等离开刑堂稍远，便把盖的衣服掀起，却不揭下，又朝王俊痛眼偷偷用力一戳。

那丧心病狂的王俊受此重伤，被雪风一吹，已难活命。在这快要痛醒的当儿，哪再禁得起又来这一下？只鼻孔里微微惨哼了一声，连痛都没喊出来，就此毙命。

堂上二奸贼正在跳脚发威，嘶声喝打，忽听鞭棍交加中，岳飞厉声大喝："'皇天后土，实鉴此心！'任尔奸贼阴谋陷害，打算屈打成招，却是休想！"

万俟卨定睛一看，地上打断的棍棒已有七八根，岳飞衣冠早被扯碎，周身是血，始终倔强不服。忽然闻到一股奇臭之味。原来方才这一乱，那加上鱼胶熬好的一桶生漆溅了几点在地下，一块碎炭恰落在上面，发出臭味。暗骂："我真蠢材！这样好的刑法，为何备而不用？"见罗汝楫还在嘶声喝打，也未想到这件毒刑。万俟卨微笑道："听说岳飞背上刺有'精忠报国'四字，我们何不借此见识见识，让他缓一口气，就不得不招了。"说罢，先命停刑，把岳元帅扶起来。

行刑校尉全是二奸贼由秦桧那里带来的恶奴，事前早有安排，当时会意，将岳飞扶起，内二恶奴便去分头准备。

岳飞气得目光如火，须发皆张，大骂："奸贼秦桧和你们这些粮饷丧心病狂，陷害忠良，以遂你们的卖国阴谋。我岳飞生不能食尔之肉，死后必为厉鬼，夺尔奸贼等之魄！”声如洪钟，声态又极壮烈。二奸贼虽然听一句，心中便似挨了一下重锤，不住胆寒心跳。无奈双方势不两立，仍不得不照预计下那毒手。

万俟卨先把气强行沉住，故意向前，把吊客眼一翻，诡笑道：“岳元帅莫生气，我们也是奉命差遣，概不由己。听说你背上刺有四字，容我们见识见识如何？”

岳飞知其不怀好意，恨到极处，劈面啐了一口！万俟卨因见岳飞已被打得遍体鳞伤，周身都是生麻牛筋特制的绳索绑紧，四外并有好些人用挠钩套锁搭住，以为再也无力反抗；没想到这一啐，直似一蓬碎石子带着一股刚劲之气迎面打来！打得先前烫伤之处又辣又痛，吓得连忙缩头往后倒退。

这时岳飞上身衣服已全被恶奴撕碎，露出脊背。二奸贼先命恶奴用一把把的生麻蘸了热的胶漆粘将上去，然后同声喝问：“岳飞，你和张宪谋反，招是不招？”

岳飞依然大骂奸贼，丝毫不屈。罗汝楫笑道：“你要是忠臣，你背上刺的字决拿不下来，我们先试一下。”说罢，把手一挥，二恶奴早将生麻挽紧，接到暗号，用力一扯；岳飞脊背上的皮肉立时一片接一片地被二恶奴往下撕落，转眼之间，上半身便成了血人。

除二三十个行刑的凶手外，满堂军校差役，十九偏过头去。岳飞只把牙齿挫得直响，双睛怒突，似要冒出火来。二奸贼哪里还敢正眼看他？正想此人真个铁汉，若不就此置于死地，秦相和我们决难安枕。身后心腹爪牙忽然传进一张字条。二奸贼接过一看，上写“速来”二字，下有秦桧的密押。

原来秦桧虽然用尽阴谋想杀岳飞，无奈这类穷凶极恶的恶行亏心太甚，做起来到底还是怔忡不宁。加上朝野议论纷纷，人心沸腾，只管害怕，恶却非作不可。从二奸贼上任起，便命心腹冒着风雪飞骑探报。一听岳飞并未为二奸贼的凶威所屈服，已是心寒；跟着连听探报，王贵当堂翻供，八个陪审官全都退席；风闻明日还要联名参奏，不禁急怒交加，手足皆战。

秦桧心想此事虽得官家（赵构）默许，到底不曾明奉诏旨。这位皇帝老儿一向只顾自己，不管旁人。万一岳飞宁死不屈，激动众怒，他无以自解，却全推在我的身上，那还了得？越想越害怕，忙命飞骑拿了亲笔画押，将这两个心腹奸贼喊去密计。准备天一亮便乘着大雪入宫，抢在头里去见赵构，至少要他一两句话，再行下手。

二奸贼一见到秦桧以亲笔画押深夜来召，做贼情虚，以为发生了变故，急得心里头十五个吊桶七上八下。忙命犯人还押，退堂候审。跟着狗颠屁股也似，急匆匆往秦桧家中赶去。

停刑以后，岳飞只管满身血流，依旧大骂奸贼，挺立在地。这一种临难不屈的凛然气节，满堂军校衙役，不论平日为人善恶，没有一个不在暗中赞佩的。

徐浩见行刑的二三十个恶奴先自溜走，便对众道："他这样重的伤，万受不得风寒了。快取担架和几床棉被来抬了走吧。要是有个一差二错的，谁担得起呢？"

众恶奴同声应"是"，忙命人取来担架被褥。徐浩又说："单把人卧倒还不行，我担一点责任吧。"随唤了四名老衙役一同下手，将岳飞轻轻扶倒，请其侧卧勿动，再把被轻轻盖好。

岳飞看出这个精明强干的班头有心照顾，想说无妨。忽见徐浩眼皮微眨，忙又忍住，任其抬走。满堂军校衙役，除护送岳飞的三四十名军校外，余都散去，都是低着个头，连二奸贼的爪牙恶奴也没一个开口的。

岳飞先虽受到那样毒刑，因在万分愤怒之下，体力又极强健，当时并没感觉厉害。及至上了担架，走不多远，忽然觉出伤处奇痛，宛如周身都被撕裂神气。休说翻身转折，有时上下台阶，微一颠动，便疼得冷汗直流。这边仗着徐浩一直在旁照看，抬的人又极小心，连快步都不肯走动一下，直和捧着满盆清水一样，把人抬送到监中才行放下，否则苦痛更大。

徐浩又向为首校尉道：“这时要把他放在‘匣床’上去，休想活命。口供还没有，怎么办呢？”

那为首校尉见岳飞面如金纸，周身血汗交流，心想，徐浩是老公事，此言有理。忙答：“先让他卧在担架上，我去向二位大人求恩再定便了。”

岳飞闻言大怒，挺身大骂道：“哪个要你这个奴才去向奸贼求……”底下一个字没喊出口，盛怒之下，伤处迸裂，血流不止，人也痛晕过去。

那校尉正在发慌，倪完忽由外走进，见岳飞在架上业已痛晕过去，故意骂道：“这真叫自作自受！好好的公侯将相不当，偏不听秦丞相的话，要去造反。”随伸手向岳飞鼻孔试了试，摸了摸脉，转向众校尉道：“天已快亮，诸位累了一夜，也该睡了。把岳飞交给我，有什么事，我倪完承当就是。”众校尉哪知倪完用意，嘱咐了几句，便即退出。

倪完刚把这班恶奴送走，立命禁卒紧闭监门，口中连喝：“此是钦命要犯，谁也不许进来。”

禁卒会意，便分人把门守住。内一禁卒悄说：“还不把岳爷爷救醒，时候久了，怕不行呢。”

倪完悄答：“此时把人救醒，那痛苦谁受得了？你看他这一身伤。”说罢，忙从身上取出一包药粉，先给岳飞全身撒上，再用棉花蘸了温水，轻轻拭净血污。此是倪完连夜回家取来的特制伤药，止血定痛，其效如神。隔了一会儿，岳飞一声怒吼，便自醒转。倪完早就防到，忙把他按住，附耳说道：“相公此时刚上好药，千万动不得！”旁立禁卒，忙将事先备好的一大碗姜酒送上，帮助倪完把岳飞的头轻轻扶起，喂了下去。岳飞觉得身上伤痛减了许多，忽想起岳云不知是何光景，刚问了一句：“小儿如何？”倪完明知岳云在另一处受审，已与张宪同一命运，仍以为岳飞始终未被屈打成招，只要保得命在，终有除奸复仇之日，恐其伤元气，忙道：“少将军今晚不曾过堂，只换了一个地方。相公此时保重要紧，不可多言，以免伤气。”

岳飞慨然长叹道：“覆巢之下，焉有完卵？千秋自有公论，吉凶祸福何足计呢？”说罢，便不再开口。

这时众恶奴早已走尽，全监中的牢头禁卒奔走相告，纷纷赶来慰问，都被关在门外。有的隔门和禁卒说好话：“只要看上岳爷爷一面，当时就走，决不给你们惹事。”有的说：“方才那些猪狗已去挺尸。外面风狂雪大，天还不曾亮透；除非那万恶的奸贼有话，你去请他们都请不来。我们都是自己人，休看平日也曾欺压过囚犯，不能丝毫没有人心。如果有人照应了岳爷爷，谁敢去向奸贼告发，我们先要他的狗命！你们还不放心么？”

守门禁卒说：“岳爷爷正在上药，不宜惊动。”众人虽然安静下来，都关在门前，谁也不走，后听岳飞怒吼，误以为倪完受了奸贼指使，给岳飞苦吃。内中一个性暴的怒吼起来，竟想领头破门而入。

倪完暗忖：“这班吃公门饭的人，多半不是善良，对于岳飞尚且如此敬爱，不知秦桧等奸贼是何心肝！”随对禁卒道：“让他们进来。有什么乱子，都是我的。”监门一开，众人立时一拥而进。见到岳飞身受之惨，一个个咬牙切齿，咒骂奸贼，有的竟痛哭起来。

秦桧和万俟卨、罗汝楫等粮饷，由下半夜商计到天明，知道不把岳飞害死，全都活不了。秦桧连眼都没顾得合，便匆匆往叩宫门，去见赵构，连进谗言带要挟，前后说了两个多时辰。

赵构先是紧皱眉头，一言不发，最后才说出"任卿所为"，只是要有一个说辞。跟着便推神倦欲眠，示意令退。

秦桧明知赵构心意已定，偏偏费尽唇舌，讨不出一句准话，空自着急，无计可施，见赵构人已起立，只得辞出。一路盘算到了家中，见众粮饷还在等候消息，一个未走，都是眉头紧皱，面如土色。没奈何，把心一横，仍照原定阴谋行事，一面密令万俟卨、罗汝楫加细审问，软硬兼施，只要讨得一点口供，便可下那毒手。二奸贼硬着头皮，领命而去。

第二日薛仁辅、李若朴、何彦猷首上奏疏，说岳飞有功无罪，不应听人诬陷，兴此冤狱。还有一些朝臣也纷纷上疏保奏，到处都听到替岳飞呼冤之声。秦桧等奸贼听了，心中更自发寒；总算赵构为他撑腰，竟将这些主持公道的人先后罢免。

布衣刘允升伏阙上书，为岳飞喊冤，被秦桧下在大理寺狱内，活活打死。齐安王赵士褒因救岳飞向赵构力争，请以满门百口保岳飞无罪，也被放逐建州安置。

韩世忠越想越不平，往寻秦桧质问："岳飞父子与张宪谋反，有何凭证？"秦桧强颜答说："飞子云与张宪书虽不明，其事体'莫须（也许）有'！"世忠大怒道："'莫须有'三字何以服天下？"说罢，拂袖而起。

秦桧赶紧出送，人已上马走去。回来呆坐室内，半晌作声不得。想了三日没奈何又向赵构连进谗言，虽将世忠官职免去，每日想起岳飞之事，心便急得乱跳。万俟卨等粮饷偏又用尽非刑，问不出岳飞父子口供！闹得秦桧两个多月寝食不安。

这日独坐密室，不许旁人走进，本意静心盘算，哪知平日和王氏商量还好一些，这一独自沉思，更是心乱如麻，坐立不安，残年风雪的寒天，双手竟捏出一把冷汗，连茶饭也无心吃。

王氏知他喜吃蜜橘，亲自端了一盘走进，见他搔首呆坐，喊了两声未应，便塞了一个大橘子在他手内，笑说："此害非除不可，你也要保重些。"秦桧忽把眉头一皱，挥手令去。

秦桧素来惧内，这样颐指气使，是从来没有的事。王氏刚把脸一沉，忽一转念，便退了出去。秦桧意如未见，不知想到哪里，不知不觉把手一紧，手中橘子竟被握碎。橘汁迸射，溅了一脸。当时吃了一惊，手上又是黏腻腻的。本想唤人取水洗手，不知怎的一岔，人忘了唤，橘子也没有吃，却在室中低着个头，往来走动。只把橘皮一点一点地乱掐，撒了一地的碎皮渣。眼看天已入夜，他忽然匆匆走向桌前写了一个地条，命心腹密送大理寺。

次日一早，便报岳飞死在狱中，跟着又将张宪、岳云害死，家属流窜岭南。是助成冤狱的，均有升赏。岳云死时年才二十三岁，除岳云外，岳飞先后共生四子（雷、霖、震、霆）一女（霙）。被害抄家时，岳霙万分悲愤之下，意欲冲出叩阙，代父鸣冤，为禁军所阻，自抱银瓶投井而死。后人把那井取名"孝娥井"，传诵至今。

这是绍兴十一年十二月二十九日的事情，岳飞死时，年才三十九岁。死之日，家无余财。全国军民得到岳飞被害的消息，个个顿足号呼，悲痛不止。

兀术等金邦官将听说岳飞被害，全部备下酒宴，痛饮欢呼，大举庆贺。由此秦桧独掌朝政，更无忌惮，只要当时为岳飞说过一两句公道话的人，贬官的贬官，害死的害死。连岳阳因有一个“岳”字，也被改为纯州。后来由于作恶太多，心越虚怯，也更倒行逆施。茶坊酒肆中只要有人提到一个“秦”字，便难免于杀身之祸。

秦桧死后不久，江南百姓恨他入骨，大家凑钱把几个首恶元凶（秦桧、王氏、张俊、万俟卨）铸成铁像，跪在岳飞坟前面。

从此去的人，无论男女老少，全指着铁像咒骂，并用砖石乱打，还有在上面便溺的。等到铁像年久残毁，大家凑钱又铸新的，永远如此，遗臭无穷。坟前还有一副“青山有幸埋忠骨，白铁无辜铸佞臣”的对联。下联以反面文章为白铁抱屈。这一切，都说明了我民族最重气节、崇拜英雄和对内奸民贼的永远仇恨。

岳飞虽遭奇冤，为昏君奸臣阴谋暗杀，但是金人屡被打败，元气大伤，知道岳飞虽然被害，宋朝民心未死，江淮一带还有岳飞的旧部，暂时也就不敢再做南侵之想。后来金主完颜亮听说西湖“十里荷花，三秋桂子”的湖山胜概，美景无边，竟起了“投鞭断流”的妄念，发动三十九万人马，分二十七军，大举灭宋（绍兴三十年九月）。事前还派人去向赵构暴跳辱骂，吓得赵构躲在屏风后面直哭。

这时，一些主张抗战的元戎宿将，有的被秦桧陷害，死亡流窜。有的被秦桧收买，再将兵权夺去，即使老而不死，也都成了老而无用。只刘锜、吴璘等有限两人尚在，未被奸贼害死，偏偏兵力单薄，衰老多病，只勉强将内中两路金兵敌住，收复了一些城镇。情势依旧危急，眼看非国亡家破不可。结果还是依靠当年岳飞手下的一些将士（如李宝等）和各地起义抗敌的民军（如宿迁、魏胜等）将金兵挡住。同时，山东、河南的义军首领赵开、刘异、李机、李仔、郑云、明椿、王世隆各举义旗，聚众攻袭金军后方城邑，金国又起内乱……完颜亮到处遭到宋朝军民的猛击，在进退两难中为部下所杀，残军也就退去。

中间虞允文采石矶一战，大破金兵，所部也正是岳飞、韩世忠当年所练的水军。

绍兴三十二年六月，赵构实在老聩昏庸，步履艰难，这才放弃权位，自称太上皇，传位给养子赵昚（音“慎”，孝宗）。赵昚即位的第二月，因朝野纷纷上奏，岳霖又抗疏为父辩诬，才恢复了岳飞的原官，以礼安葬。一面召回岳飞死后流窜在外的家属，把下余四子各封官职，并命御史中丞汪澈往荆襄一带宣抚岳飞旧部。

汪澈到了岳家军驻兵之处，只见灶幕鳞比，壁垒森严，旌旗萧萧，人却少见，先颇奇怪。等到登上将台，一声令下，金鼓齐鸣！当时万骑云屯，刀矛映日，也不知这许多人马是从哪里来的，不禁大吃一惊！等把来意一说，大小三军同声痛哭，为岳飞喊冤！请汪澈代奏。连汪澈和同去的人都感动得流下泪来！

（全书完）